衣更月一族

きさらぎけのいちぞく

[日] 深木章子　著

杜星宇　译

台海出版社

◇ 千本櫻文庫 ◇

文库，原本是指收纳书物的仓库和书库，也指收纳书与记事簿，以及不常用物品的小箱子。以前者为例，京浜急行线的"金泽文库站"就是以前镰仓时代北条氏用来收藏汉书用的，"金泽文库"名字的由来便是如此。东京都的世田谷区也存在着收集着珍贵汉书的"静嘉堂文库"。后者则更多地被称为"手文库"。

江户时代以来，可以放入袖袂的小开本书籍逐渐流行起来，被称为"袖珍本"。明治三十六年（1903年），富山房发行了小开本的丛书，起名"袖珍名著文库"。随后，明治四十四年（1911年），讲述战国时代的猿飞佐助和雾隐才藏系列故事的讲谈社"立川文库"发行出版。讲谈是日本民间艺术，以口语化的方式讲述历史故事的形式。而"立川文库"则是将讲谈收录成册集中出版的丛书，据统计，当时刊行量为200册左右。从那时起，文库就脱离了原本的释意，逐渐演变成了现在的类书集丛。

文库说法借鉴了日本出版业界的传统说法。而千本樱源自日本奈良县吉野山樱花盛开的奇景，世人皆称"一目千本樱"来形容樱花美景。千本樱文库的纳入作品皆为日系作品，题材包括推理、悬疑、幻想、青春、文化等类型，正如千本樱满山盛开的绝景。

现代日本，以"文库"命名刊行的丛书系列有 200 种以上，所谓"文库本"只不过是统称而已。日本传统的"文库本"常用的是 A6 尺寸的 148mm×105mm，也叫"A6 判"。千本樱文库的所有书籍将在"文库本"的基础上提升，达到 148mm×210mm 的开本标准。追求还原的前提下，力图带给读者更清晰的阅读体验。

从二十世纪 70 年代以来，日系推理小说逐步进入中国读者的视野。随着时代更替，涌现出一大批不同风格的作家。日系推理能够长久不衰的原因之一在于设立的各种奖项，这些奖项能为日本文坛输送新鲜血液，不断地创作优秀作品。"本格推理小说大奖"由十七位热爱本格推理小说的作家发起，他们于 2001 年 11 月正式成立本格推理作家俱乐部，同年开始举办本格推理小说大奖，由会员票选出当年最受期待的本格推理小说。获得此奖的重要作品有《虚构推理》（城平京）、《如水魑沉没之物》（三津田信三）等。

2010 年，深木章子凭借《鬼畜之家》荣获"第三届蔷薇之城福山推理小说新人奖"。2013 年出版了第二部小说《衣更月一族》，2014 年推出第三部小说《螺旋之底》，连续两年入选"本格推理小说大奖"的候补作品。本作是继《鬼畜之家》"榊原侦探系列"的第二弹，三起案件将错综复杂的人物联系起来，线索多而隐蔽。虽无诡计之言，单靠故事情节和叙述技巧却能致胜。被欲望与愤怒蒙蔽双眼的人类将何去何从？翻开此书，纵览一个家族的爱恨情仇。

千本樱文库编辑部

巫女馆的密室

圣女的毒杯

哲学家的密室

衣更月一族

本格

美浓牛

少年检阅官

宛如碧风吹过

推理要在早餐时

午夜零点的灰姑娘

会错意的冬日

日常

喜鹊的计谋

谷中复古相机店的日常之谜

电子脑叶

复写

蒸汽歌剧

科幻

巴比伦

里世界郊游

千年图书馆

鲁邦的女儿

狂乱连锁

神的标价

悬疑

恶意的兔子

癌症消失的陷阱

沉默的声音

死之泉

戏言

忘却侦探

弹丸论破雾切

这个不可以报销

轻文芸

天久鹰央的事件病历表

吹响吧，上低音号！

宝石商人理查德的谜鉴定

千本樱文库

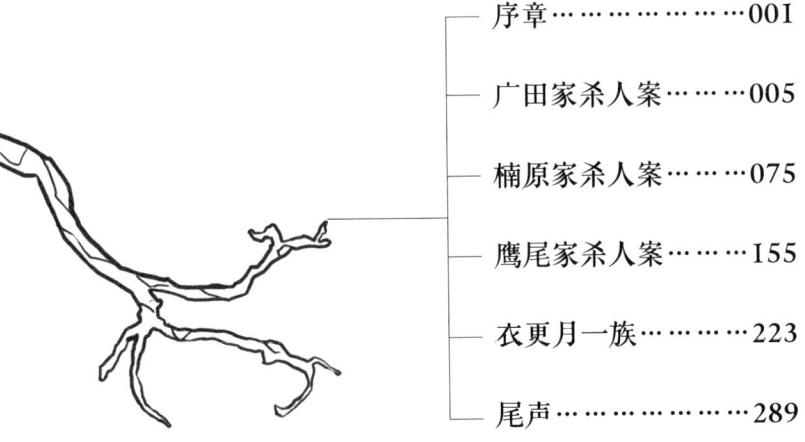

目录
CONTENTS

—— 序章 …………………………001

—— 广田家杀人案 ………005

—— 楠原家杀人案 ………075

—— 鹰尾家杀人案 ………155

—— 衣更月一族 ………223

—— 尾声 ………………289

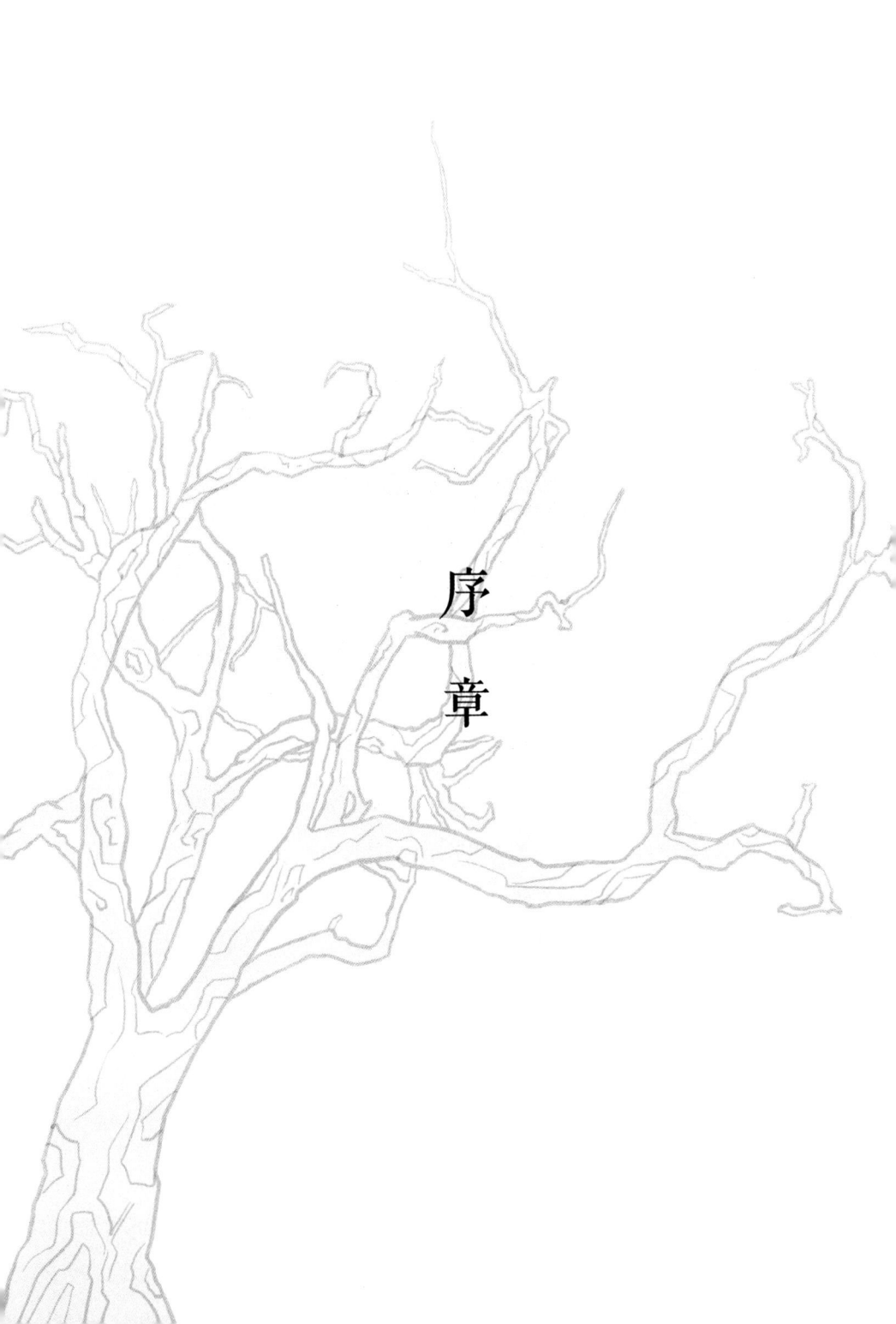

序章

已故衣更月辰夫原为关东美术大学助教，亦是一位活跃的美术评论家。他在本职工作中取得了不错的成绩，但真正让他一举闻名于世的契机，却是他和时年十九岁的女学生双双赴死的殉情事件。

平成八年[1]十月十三日，有人在轻井泽的衣更月家别墅中发现了两人的尸体，他们的侧头部都有手枪造成的贯通伤。这时辰夫五十五岁，已是初老之人。

两名死者事前的言行、现场的手枪、辰夫手上的硝烟反应、他们留给各自家人和朋友的多封遗书……从这些线索来看，他们明显是下定决心要殉情。然而和他一起殉情的人是关东美术大学的学生，并且是未成年人[2]——问题由此扩大化。

女性的双亲认为，两人的关系虽然貌似恋爱，实质却只是来自指导教授的性骚扰；让不成熟的年轻女性一起自杀，则是利用了误解和同情的谋杀。以此为由，他们向衣更月家的遗属提起诉讼，要求得到损害赔偿。实际上，辰夫既然能非法持有手枪，可见并不是一名单纯的学者。

1　1996年。——译者注

2　日本政府于2018年3月13日通过了《民法》修正案，将法定成年年龄从20岁下调至18岁。自2022年4月1日起生效。——译者注世间普遍认为，由于从事西洋美术史研究，他常常出国，手枪应该就是那时买的。但实际上，以黑社会相关人员为核心使用者的这种型号的手枪当时在日本广泛流通。由于当事人已经死亡，无法展开正式搜查，但依警察所见，辰夫很可能是通过国内地下渠道得到这把手枪的。

业界向来有一部分人在散播流言，说辰夫和贩卖各种美术品、珠宝赝品及仿制品的国际非法组织有所牵连，还常常有人看见他和这类人流连于各个高级俱乐部饮酒作乐。辰夫是一位既有实绩又有知名度的学者，他最终没能成为教授，或许正是受这些不良谣言影响所致。

正因为他是这种人，针对他和年轻学生的殉情事件，很少有人认为原因只是不伦恋爱。

一种观点认为，由于赝品销售出现问题，辰夫被非法组织盯上了；还有一种观点认为，他发现司法当局要展开调查，于是先一步自行了断。既然横竖都是自杀，那就伪装成跨越三十六岁年龄差的殉情，让世人只关注这一点；甚至有人还冷漠地说，他为了混淆视听和虚荣心，利用了一个天真的女人。

事实上，辰夫和女性的关系极其开放。殉情事件发生时，他交往的女人也不止一两个，难怪死去女学生的双亲怒火中烧。不过，他们最后还是和辰夫的遗属达成了和解。

辰夫的继承人是妻子晓枝和三个孩子。且不论要如何争遗产，至少在面对威胁遗产的共同敌人面前，他们好像是团结一致的。

或许是因为生前非法敛财，就一介学者而言，辰夫的遗产相当庞

大。遗产分割协议纠纷不断，最终在家庭法院实现了调停。

辰夫没有能继承家业的儿子，而为了缴纳遗产税，他建在涉谷区松涛高级住宅区的豪宅在第一时间被出售，精致绝伦的内部装潢也被拆得惨不忍睹。他秘藏的美术品被卖给了天南地北的美术商和旧货商，如今荡然无存。

从室町时代绵延至今的名门衣更月家，终究是在辰夫这一代迎来了终结。一度热衷于衣更月家话题的综艺节目和周刊杂志，也很快转向了新的话题。

事件后十年有余，不论是衣更月家还是那起殉情事件，都成了世间遗忘已久的存在。

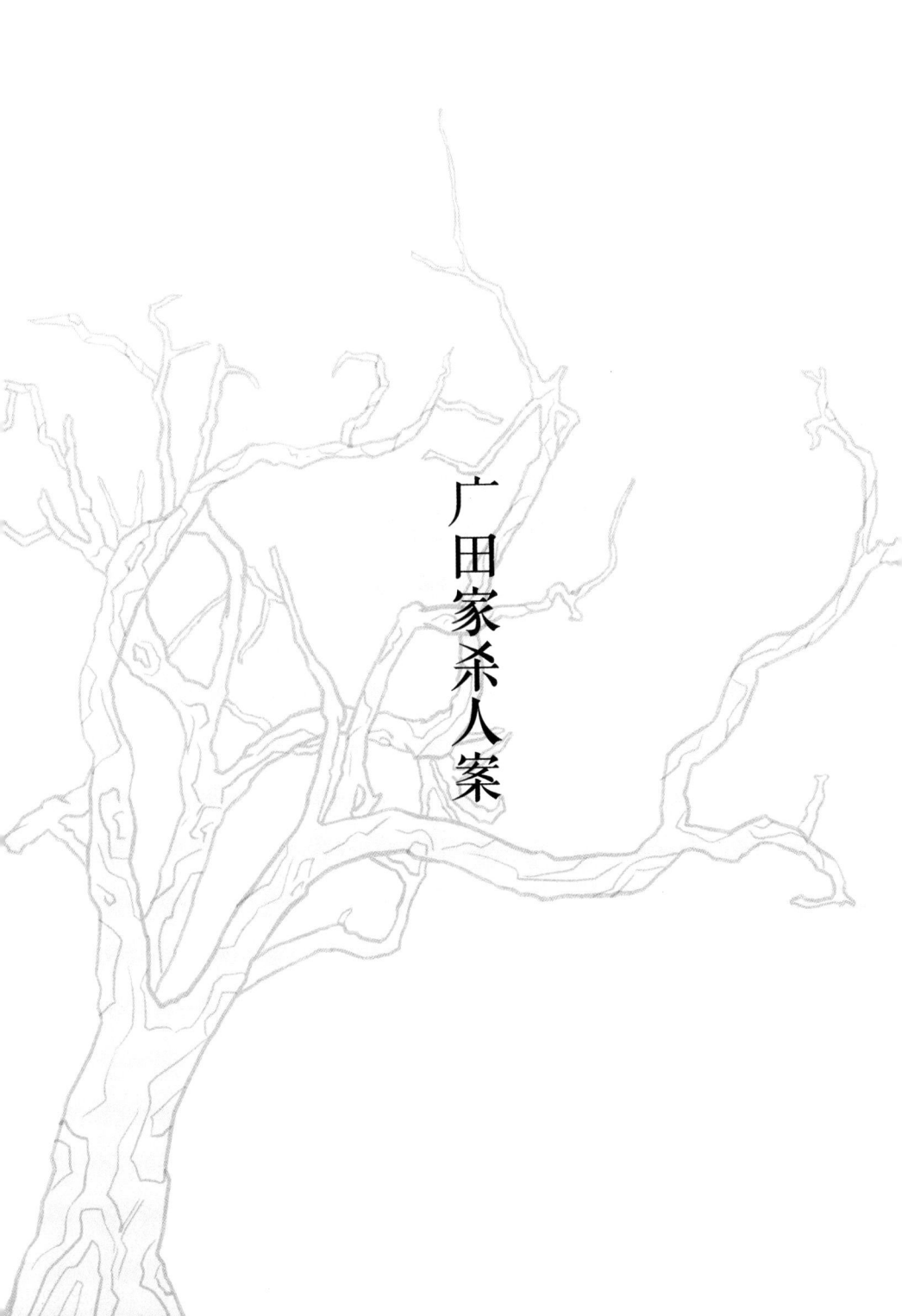

广田家杀人案

1

东京都目黑区碑文谷位于东急东横线学艺大学站和东急东横线都立大学站之间，是一处闲静的住宅区。

环七路和目黑路两条重要干道在这片总面积四万三千平方米的区域交汇，这里不仅是交通要塞，还拥有弁天池岛屿上的岩岛神社、江户时代曾为将军鹰猎场的目黑区区立碑文谷公园、罗马风格建筑美轮美奂的碑文谷天主教教会、赏樱胜地碑文谷八幡宫等地标，让居民得以享受人工与自然的和谐之美。

碑文谷的街景如此安稳，而在 X 丁目的木造双层住宅中，一名四十五岁的主妇却惨遭妹夫打杀。事件发生于平成二十二年[1]三月二十一日，春分那天夜里。

被害人名为广田优子，是一名专业主妇，与丈夫圣一分居已有三年，两人没有孩子。

广田圣一五十四岁，是一家拥有十数名员工的印刷公司的老板。

他很久以前便出轨公司的女会计，两人有一个五岁的女儿，还新添了一个儿子。儿子诞生之后，他下定决心和妻子分居，如今与情人

---

1 2010年。——译者注

及两个孩子一起住在新宿区公司附近的公寓里。

据当事人所言，他对妻子优子并没有特别不满，分居后仍会每月回家一次。妻子明确表示绝不离婚。为了照顾她的感受，他并没有诉诸离婚调停等法律程序。

加害人名为富坂弘毅，三十八岁。

他算是个记者，但他不仅会把自己取材的报道卖给杂志和周刊，还会参加取材过程中获知的各种纷争，扮演类似事件调停人的角色。出版界近来萧条，他这份工作反倒更像本职。据业内人士所言，他善于发现纠纷，善于建立地上地下的人脉。不过，他并未参与敲诈勒索这类狠毒行为，也没有交通违纪以外的前科。

弘毅是优子妹妹富坂晴菜的丈夫。晴菜三十一岁，在一家中坚服装制造企业上班。四年前，她在弘毅挖掘服装界丑闻时与他相识。他们有两个儿子，一个三岁，一个两岁。

一开始，晴菜十分迷恋英俊的弘毅，然而，弘毅收入不稳定还极其好赌，她便渐渐开始讨厌他。三个月前，弘毅欠钱被追债，导致晴菜带着两个孩子回到了横滨的娘家。

然而，弘毅并没有对晴菜死心。晴菜想和他离婚，不愿和他交谈，而他为了逼妻子重归旧好，行动逐渐激化，如今已经完全变成了跟踪狂。

从晴菜的说明来看，弘毅是个相当缠人的家伙。

晴菜离家之后，他虽然没有直接使用暴力，却在她上班时、接送孩子去幼儿园时、去超市购物时执着地纠缠她。他深夜虽然会去某个地方睡觉，夜晚熄灯之前，却会一直顶着严寒站在晴菜娘家门口的路上。早上出门倒垃圾，还会发现他等在垃圾场。

晴菜的父亲已经过世，娘家只有六十多岁的母亲和两个小孩，想到弘毅可能会强行闯进家里，她实在非常害怕。她最后虽然求助于附近的警署，但他们在户籍上还是夫妻，弘毅也并未采取暴力言行，欠缺让警察出动的决定性事实。这次报警没能取得显著效果。

事实上，警察接到通知赶来说服后，弘毅当场就乖乖离开了。然而，他第二天又出现在别的地方。这根本就是原地兜圈子。

于是，晴菜明白警察是靠不住的。她将两个孩子交给母亲，前往住在东京的姐姐优子身边紧急避难。她向公司说明了状况，用上了带薪假期，还说如果事情拖延，就让公司算自己停职。这是事件发生前约一周、三月十五日的事。

然而，敌人同样非同小可，弘毅立刻找到了妻子的潜伏地点。事件前一天，附近居民在广田家附近目击了鬼鬼祟祟的弘毅。

事件发生时，晴菜待在二楼，幸免于难，前去应门的优子却不幸被害。弘毅是把优子看成了晴菜，还是更恼怒藏起妻子的优子？无论如何，由于加害人弘毅正在逃亡，这起古怪事件的真相并不明确。

"不好了，请快来！我姐姐……我姐姐广田优子，被我丈夫杀了！"

事件的开端是晴菜拨打的 110 报警电话。

当时，大家都认为这只是单纯的杀人事件，然而，从初期行动阶段开始，搜查人员便一直被玩弄于股掌之间。

2

"喂，津津井啊，"警视厅搜查一课的原井克俊警部把装着挂耳咖啡的纸杯放到桌上，跟旁边一直在玩手机的津津井警部搭了句话，"春分这天昼夜一样长，这种事我还是知道的。不过，就算昼夜一样长，为什么就非得去扫墓不可？"

津津井二十八岁，大学毕业后不久就当上了警部补，是个年纪轻轻便被挖到警视厅搜查一课的精英，但在他平常的言行之中很难看出这种精英气质。

"我也不知道啊。扫墓这种事，如果觉得没必要去，不去不就行了？"

他目不转睛地盯着手机回答。

"怎么可能！"

原井轻轻一咋舌，但并未大声说话。

他喝光咖啡，闭着眼陷入短暂的沉思。

今天是周日，又是春分日，普通的上班族不会工作。要一家人带着野餐的心情去扫墓，还是要在家里懒懒散散地待一天，都是他们的自由。原井本来是懒散打盹派的，但如果妻子要出门，他也愿意奉陪。

不过，原井并不是普通的上班族。

"我要上班。扫墓换一天也行吧。"

他本应该严肃地跟妻子这么说。

然而，实际氛围却略有不同。

哪怕听说丈夫要在春分日出勤，妻子也没有丝毫不满。

"我自己去就行。"

她说得很干脆。

在原井家的家庙履行完媳妇的职责之后，她会直接回川崎的娘家，搭父亲的车前往郊外陵园，直接完成扫墓二连战。

晚饭当然是在娘家吃。在此期间，她打算和母亲及妹妹们一起聊聊电视、购物、熟人和明星的八卦。

反正孩子们要么打工，要么出门玩，都不会在家。

原井不觉得这有什么不好，只觉得这样很没趣。

为什么没趣？因为妻子说这些话的时候，表情分外高兴。

我不在身边，她有那么开心吗？

原井是旁人眼中的工作狂，但在这种瞬间，他其实会讨厌工作。他轻轻叹了口气。

然而，不知是幸运还是不幸，这种情况一瞬就过去了。一旦发生事件，家人就会立刻被他抛到银河系彼岸。

这天也是如此。

仔细想想，这起事件打一开始就很奇怪。

事件的开端是被害人妹妹拨打的 110 报警电话。时间是下午七点十七分。报警人在电话里说，她姐姐在自家玄关被杀了。

被害人被放在玄关鞋柜上的大理石花瓶击中了后脑勺。加害人是报警人分居中的丈夫，最近对报警人的跟踪行为日渐激化。看来，报警人的姐姐把她藏在自己家，结果卷入了妹妹夫妇的离婚纷争。

警车于报警后六分钟，七点二十三分抵达现场。加害人犯罪后立刻逃走，很可能已经远离现场。

按理说，既然凶手已经锁定，逮捕只是时间问题。应该加以警戒的是加害人会不会惊慌自杀，又会不会自暴自弃地继续行凶。

只要能顺利逮捕凶手，剩下的就是杀人还是伤害致死的法律问题，事件就此解决。在这个阶段，谁都想不到这居然是起疑案。

接到案发通知后，原井和津津井一同赶往位于碑文谷的广田家。前来迎接他的，是主管警署西目黑署的大河原警部补与中村巡查部长。

两位刑警都是熟面孔。

"这边请。"

刚被带到屋里，倒在玄关三合土[1]上的女性尸体就映入眼帘。

西目黑署的几名鉴定人员正在工作，但验尸官还没到。

尸体俯趴在地，双手上举，双腿不自然地分开。他们看不到她的脸，却能直接看到她后脑勺偏右处的凹陷，以及黏在及肩长发上的红黑色血液。

死者身穿纯白的松软毛衣、同为白色的羊毛裤子——是安哥拉羊毛制成的吗？——她还戴着名称不详的乳白色宝石耳环。就主妇的日常装束来说，这装扮可谓华丽。她没有穿鞋。

1　日本住宅中，大门处比玄关略低的一块地板，用来放鞋。——译者注

死者头朝玄关大门，看来是试图逃跑时遭到身后一击，结果从玄关地板掉到了三合土上。

"广田优子……她是这家的主妇，因为丈夫广田圣一在外面有女人，他们正在分居。他们没有孩子。她妹妹一周前来到这里，但她平时是独居的。还有，她丈夫正在过来的路上。"

大河原如此说明。

"报警的妹妹是？"

"她叫富坂晴菜，现在也和嫌疑人，也就是她的丈夫富坂弘毅在分居。她丈夫缠着她逼她复合，她便逃到了姐姐这里，结果她没事，姐姐倒遇害了。她受了很大的惊吓，肚子还疼，所以我让她在二楼休息。不过，我大致向她问了问情况。"

"富坂还在逃亡？"

"是的。我们拉了警戒线，但他还没落网。如果他是乘车从东急东横线逃走的，恐怕早就出了包围网。"

"这样啊。"

不过，这也在预料之中。

"凶器是这个。"

死者头部右侧的三合土上倒着一只石制大花瓶。花瓶高五十厘米，底部与开口部是边长十二三厘米的正方形，形状基本呈立方体，朝上一面的开口处沾满了红黑色的血迹。

"看来是一击命中的。"

"应该是。花瓶是空的吗？"

到处都没有花，也没有洒出来的水。

"毕竟是大理石嘛，好像是放在这里做装饰的。"

大河原指向玄关大门，向他们示意右侧鞋柜上方。

"这花瓶好像很重啊。被这种东西狠狠砸一下，当场就不行了。"

津津井蹲在三合土上，一边来回比较尸体和花瓶，一边如此嘟囔。原井的视线则落到了鞋柜上。那里有一把亮着刃尖的柳叶菜刀。

菜刀刃长近二十厘米，形状细长，前端尖锐，像是厨师用来做刺身的刀，尺寸却略有些小。这把刀看起来是新品，如果捅进胸腔或腹部，那才真的是当场就不行了。

"那应该是加害人带来的。"

原井还没开口，大河原就抢先回答道。

"至少，晴菜没在厨房见过这把刀。毕竟不是切菜的刀，平常恐怕也不太用。加害人最初应该打算用这把刀来捅被害人，结果被害人突然闪开，他失败了。晴菜发现尸体的时候，这把刀掉在三合土上。"

"谁动过它？"

原井顿时脸色一变。

"不是我们。"

大河原用力挥了挥手。

不同于肌肉发达的原井，大河原是个身材纤细的男人。他办事周到，比起警察更适合当推销员。他的表达能力就是这么强。

要原井来评价的话，大河原不善搜查，状况说明和搜查报告这些口头工作却做得无可挑剔。难怪上司都喜欢他。

"是晴菜动的。因为逃走的丈夫说不定还会回来，慌乱之中，她想着必须把它藏好，等捡起来之后，却又意识到不能乱动犯罪现场，于是慌慌张张地放到了鞋柜上。她跟我们道了很多次歉，说自己不该碰重要的证据。"

大河原若无其事地袒护着晴菜。

这要么是因为晴菜很漂亮，要么是因为他在同情这个为跟踪狂所困的女人……

"实际上，案发大约十五分钟之后，晴菜才发现姐姐的尸体并报了警。"

大河原继续说明。

"这也就是说，晴菜并没有目击犯罪？"

原井的表情又严肃起来。

"没错。但照她的说法，这也难怪。"

大河原却并不在意，爽快地予以肯定。

"警部，您稍后直接问她也行。富坂弘毅出现在这里的时候，七点的 NHK 新闻刚好开始。出于一些原因，大门刚好没上锁。晴菜发现丈夫闯入，于是赶紧跑上二楼，躲进自己住的小房间。优子应该也没想到自己会遇袭。这次应门用光了她的运气。"

"那么，在姐姐被杀的时候，晴菜……"

"一直悄悄藏在二楼。"

不等原井说完，大河原已经接过了话。

"二楼没有座机，倒霉的是，她的手机也留在楼下。所以，她就算想报警也报不了，这怪不了她啊。"

"不过，如果是这样，凶手就不一定是弘毅了吧？"

晴菜未必看到了丈夫的脸。

被害人优子同样正和丈夫分居，必须考虑凶手是广田圣一的可能性。还不能排除强盗流窜作案的可能。

不论如何，绝不能妄下定论。

"不，这个嘛……"大河原含糊其词，"听晴菜的语气，她应该没搞错。"

哎呀哎呀……

这么快就暴露自己不擅长搜查了。

"混乱结束后足足有十五分钟，晴菜为什么没报警？"

大河原对晴菜越宽容，原井的语气就越严厉。

总之，就是因为晴菜这女人没本事，才会发生这起案件。原井暗自断定。

女人只要够本事，就能避免牵连第三者。被跟踪的女人自己也有问题。就算别人批判这是偏见，原井的信念也不会动摇。

貌似漫不经心却算尽男人生理的媚态；装作天真无邪却看透男人心理的极致娇态；让男人饱尝焦灼后再冷漠拒绝；而这一切的终极，则是对追求者毫不留情的侮辱。

每个人都该在摆出受害人嘴脸之前摸着良心好好想想。退一万步讲，就算女人没错，但既然对方是她们的丈夫或恋人，既然她们乐意和这种男人扯上关系，就至少该自己负起这部分责任。

"虽然没动静了，但她不知道丈夫是不是真的走了，害怕得不敢出来。十五分钟后，她悄悄探头查看，发现家里一片寂静，这才突然担心起姐姐的安危，下楼一瞧，发现被害人倒在玄关。"

"她不是想争取时间让老公逃跑吧？"

这简直像警察和嫌疑人在对话。

"怎么会呢！"

大河原好像真心感到无语。

津津井熟知原井的性格，正一副事不关己的模样和中村低声交谈。

"毕竟，晴菜很害怕丈夫，怕得找过好几次警察啊。"

哼，你懂个屁！

只要是警察，不论大小，都有过这种不爽的感觉。

接到女人投诉，于是对男人进行教导或发出警告，几天之后，却看见女人挽着这个男人走在路上。哪怕有此遭遇，警察也不能有半句怨言。毕竟，夫妇和好不是坏事。

就算同一个女人下个月又来投诉，他们也不能置之不理。如果因此出事，警方不知会被媒体如何抨击。

"哎，等晴菜下楼，您再亲自问问吧。"

大河原话音未落之时——

"受害人的丈夫到了。"

在门外看守的警察如此报告。

3

广田圣一是位容貌端正、举止稳重的绅士。

他头秃了大半，原井觉得他应该是那种会喝蛇酒的油腻大叔。然而事实和想象略有不同。或许是为了掩饰秃头，他戴着灰色的帽子，再配上高级西装，一副说是学者也不为过的智慧形象。

久违地踏入自家房门，却一进门就看到妻子惨死的尸体，然而，或许是因为在路上做好了准备，他看起来并不慌乱。

他神情僵硬地站立不动，凝视着面目全非的妻子。

"太惨了。"

他小声呢喃。

他可能是想到不能随便触碰尸体，因此完全没有蹲下来看她的脸或是呼唤她的意思。不愧是正在分居的人，夫妇关系之冷淡可见一斑。

"死者面部朝下，您觉得这是您妻子吗？"

听了大河原的问题，他默默颔首。

"您见过这只花瓶吗？"

原井问。

"见过。是我去中国的时候买的。"

声音很低沉，但语气很稳重。

"平时是放在哪儿的？"

"这个鞋柜上面。"

话到此处，广田发现了那把露刃的柳叶菜刀，倒吸了一口凉气。

"这把菜刀是府上的吗？"

"不，我不知道。"

他立刻摇摇头。

也难怪。就算没和妻子分居，只要不是特别喜欢烹饪的人，应该都不会仔细观察自家菜刀。

"不过，这看起来是把刺身刀吧？内人其实不爱吃鱼，没在家做过。而且，我家的菜刀应该不会放在这种地方。"

那当然是不会了。

"还有什么和平时不同的地方吗？"

听见大河原的问题，广田又环视了一遍玄关大厅，但还是无力地摇了摇头。

原井盯着广田观察。

直觉告诉他，这个男人是清白的。

大概是因为有着严密的不在场证据，除惊愕和困惑之外，在广田对待警察的态度中，还洋溢着坚定的自信。

这时，门口传来了停车的声音，在外守卫的警官们骚动起来。验尸官一行似乎终于到了。

数十秒后，伴随着熟悉的高亢讲话声和冰凉的室外空气，勘查犯罪现场特有的紧张而活泼的气息涌进了屋内。

经过晴菜和丈夫广田圣一的确认，被害人确定为广田优子。她虽朴素，但也算得上是个美人。

看见妻子死去的面容时，广田郑重地合起双手，默默行了一礼。原井看着他，却无法窥探他内心徘徊的情绪。

至今未有嫌疑人落网的报告。

晴菜似乎身体不适，原井便决定先在客厅询问广田。大河原和津津井也一并列席。

这明明是自己家，广田却并拢双脚、挺直脊梁，礼仪周到得像个客人。

"这次真是有劳各位了。"

首先，他向坐在正面的原井深深鞠了一躬。

"不过，弘毅居然会对内人下那种狠手……"

他虽神色沉痛，但以被害人遗属的身份而言，态度却十分冷静。这想必是因为凶手已经确定，而且是妻子那边的亲戚。

"是谁跟您说富坂弘毅是凶手的？"

姑且稍做确认。

"警察联系我之前，晴菜打了个电话到我手机上，说弘毅把优子杀了，让我快点过来。"

"什么时候打的？"

"七点二十左右吧？稍等一下。啊，是七点二十一分。"

广田从口袋里取出手机，确认了时间。

"我问她有没有报警，她说刚打了110，我就马上赶来了。"

怪不得他这么快就到现场了。

"您夫人是在什么情况下如何被杀的，晴菜小姐有告诉您吗？"

"没详细说。她说她和弘毅正在分居，但弘毅不愿意离婚，一直缠着她，她就到这里来避避风头，结果弘毅闯进来，用玄关的大理石花瓶打了内人的头，把她杀死了。

"讲着讲着，她说警车好像来了，便把电话挂了。我完全不知道她和弘毅正在分居，也不知道她到这里来了，所以吓了一跳。"

广田同样正和妻子优子分居，不知道也并不奇怪。

不过，广田似乎另有想说的话。

"其实，内人和晴菜不是一个母亲生的。内人的母亲在她九岁时就亡故了，晴菜的母亲是续弦，现在应该还健在。不过，对内人来说，她始终是继母，两人还是有些矛盾。和我结婚之后，内人跟娘家几乎就没有来往了。"

这件事大河原好像也不知道，他从旁插了句话：

"但是，晴菜既然给您的手机打了电话，说明夫人至少跟她说了您的手机号吧？"

"不，她是用内人的手机打的。就算内人与继母不和，晴菜毕竟也是她亲妹妹。不过，我刚才也说了，内人虽然关心她，但走得并不近。所以，我也只见过晴菜几次……"

"那么，您一定以为打电话通知您的是您夫人吧？"

"是的。"

广田用力点了点头。

"您和夫人偶尔会用电话或邮件联系吗？"

原井问。

看状况，凭直觉，广田都属清白，但也并非百分之百没有嫌疑。毕竟，他有可能希望妻子丧命，这是无法否定的。

就算并非如此，如果有人希望特定的某个人去死，那这个人很有可能正是身边最亲近的人。

"会，每天都联系。"

广田平静地回答。

然而，他察觉到警察们反应微妙，赶紧加以补充：

"我和内人在分居这件事，应该是晴菜告诉你们的，不过，我们夫妻俩感情并不差。结婚以来，别说动手了，连架都没吵过，跟晴菜她家大不一样。虽然没孩子，但我觉得我们比普通人更美满。哪怕分居之后，我也一天不落地给内人打电话，每个月还一定会回一次家。

"说来惭愧，我在外面有了孩子，和孩子的母亲同居，这完全是我不道德，绝非内人有什么过错。"

哼，就会说漂亮话！

原井的反感情绪骤然高涨。

这时，广田说了句意外的话：

"其实，我今天也打算九点左右过来。"

"真的？"

"是的，只要没有特别情况，我每个月二十一号都会来送生活费。今天虽然是扫墓日又是星期天，但因为有要紧的工作，我一大早就去了公司，打算回家时过来一趟。"

"那么，七点左右的时候，您是一个人在公司？"

这明显是在调查不在场的证据，但广田并没有表现出不快。

"不不不，我和三个员工在一起。上周来了笔大单子，客户急着要看样本。晴菜通知我的时候，我们正在讨论工作呢。"

果然没错。从容的源头正是严密的不在场证据。

"您是什么时候和夫人彻底分居的？"

"三年前过完年之后。不过，我们不是什么都没说就分居的。我和内人好好聊过，是得到她的理解之后才离开的。"

这有什么好骄傲的。

不过。

"您夫人居然会接受啊。她是做什么工作的？"

"她没工作，是个职业主妇。她一直很喜欢手工，但她性格内向，不喜欢扎在人群里闹腾。我经常劝她开间手工教室解闷，不过……最近两三年，她好像很沉迷做纸黏土人偶，但并没有拿来卖。"

听见这话，原井又四处望了一圈。即使他也能看出，沙发套和沙发垫都不是市面上买来的，挂在墙上的匾额、假花和纺织品，也全是手工制品。被害者应该是金钱和空闲都太多了，因此才创造出了这些作品。

"方便的话，能跟我们说说现在和您一起生活的女性叫什么名字吗？"

"好。她其实是我们公司的会计，名叫川村阳咲。川是三本川的川，村是农村的村，阳是太阳的阳，咲是开花那个意思的咲。"

"两位的孩子几岁了？"大河原插嘴问。

"姐姐五岁，弟弟三岁。"

"哎呀，那正是最可爱的时候啊。"

你是推销员吗？

见大河原如此谄媚，广田差点也没绷住表情。

"您和夫人感情虽然不差，但您在外面有了孩子，夫人应该不高兴吧？她允许他们入户了吗？"

然而，听了原井的话，他的神色又严肃起来。

"不，还没有……不过，女儿明年就上小学了，我也跟内人说过这件事。分居时她提出的条件是让我每个月回一次家，每天必须打一通电话。三年来我不管多忙，哪怕在外出差，也都一天不落地完成了约定。内人也认可了我的诚意。"

他忧愁地低下头。

这份苦恼虽已化作往事，但至少看得出，广田并没有放弃经济上的责任。

但凡踏入家中一步，这家人的经济状况便一目了然。不管在外如何装模作样，每天的生活都骗不了人。是否应该佩服广田的诚意？原井拿不定态度。

不过，孩子的认领问题确实加重了夫妻间的紧张感，他需要考虑这个事实。就算凶手的确是富坂，也该找川村阳咲问问情况。

原井得出了结论。

目前，对广田的询问可以到此结束了。比起广田，他更想听听晴菜怎么说。

道谢之后，原井转身离开。

晴菜还没下楼。

中村去确认她的情况。在此期间，原井则和津津井一起查看楼下其他房间。

大河原忙着用无线电跟人联络。似乎还没发现富坂的行踪。

广田家占地约两百平方米，虽有种植着茶花及八角金盘的庭院，住宅面积却不算特别大。进门后右手边是大概十二叠[1]的客厅、左手边是餐厨厅，再往前走是洗手间和盥洗室，尽头是八叠大的和室。

餐厨厅中，餐厅和厨房由餐边柜隔开。他们迈步进屋，立刻闻到了熟芝士的味道。

"好香啊！"

津津井轻率地大声说。原井瞪了他一眼。

只见餐桌铺着纯白的桌布，桌上放着外卖比萨的盒子，盒里剩了半张比萨。

相向的两个座位前都摆着餐盘，盘中放着叉子，是正在使用的状态。其中一只餐盘里有块咬过的比萨，它已经冷却，挂着半凝固的白色油脂凄凉地留在这里。

此外，还有一瓶健怡可乐、两个装着剩余可乐的玻璃杯。冰块融化之后，饮料变得非常淡。除此之外，就是花瓶里的一枝玫瑰，以及

---

1 叠，日本面积单位，一叠为1.62平方米。——译者注

叠起来的擦桌布了。

很明显，事件是在吃饭时发生的。

"连份沙拉都不做，晚饭就吃比萨喝可乐？这两个无所事事的女人，聚在一起打算干吗啊？"

妈妈是这种人，小孩的味觉和体型自然会变得奇怪。

原井愤慨不已。

"不过，比萨很好吃啊。"

津津井则不以为意。

毕竟，被害者并不是个懒散的主妇，整洁的厨房就是证据。水槽和灶台不仅不脏，甚至连一滴水都没有。毛巾架上挂着的两条纯白洗碗巾，连边角都是仔细对齐了的。

"还真是爱干净啊。"

不知是不是在和自家的厨房做比较，津津井发出了感叹。

津津井的妻子是警官，他俩是职场婚姻。

"蠢货！饭都不做，厨房怎么可能脏。你家是双职工所以可能不知道，职业主妇这种人啊，个个都在家务上偷懒，满脑子尽想着玩。只要能瞒过老公的眼睛就行了，还真轻松啊。"

原井破口大骂。

"警部，您要是这么不愿意看见职业主妇玩，就让您夫人上班怎么样？"

津津井认真地反驳。

可恶，我又不是这个意思……

他们接着查看了洗手间和盥洗室。和厨房一样，这些地方也是连边边角角都擦得闪闪发亮。

厕纸边缘叠成三角形，加上一次性擦手纸和玫瑰形状的芳香剂，看起来仿若高级酒店。洗脸台上的花瓶里插着一枝黄玫瑰，浴室地砖缝隙里全无黑渍。

餐厨厅和盥洗室之间有一条短走廊，走廊尽头是通往二楼的阶梯。木梯擦得透亮，似乎踩上去就会打滑。

"这与其说是爱干净，不如说是洁癖啊。"

原井略微修改了自己对被害人的认知。

有些现象乍看与事件毫无关系，但也不能放松警惕。这就是原井的作风。

他不能向被害人提问，所以要动员自己的眼睛、耳朵和直觉，描绘被害人的肖像。如果抓不住被害人的形象，就不可能抓住凶手的形象。

里面的和室似乎是被害人的起居室兼寝室。一张矮床紧贴墙壁，由各色布料拼成方块花纹的床罩十分华丽，大概也是手工做的。

原井看呆了。

"是拼接工艺啊。"

津津井则展现出了让人意外的知识。

房间中央有一张大矮桌、一把无腿靠椅。桌上和榻榻米上都密密麻麻地摆着小型人偶，总数恐怕超过两百个。还有些没上色的头部放在箱子里。

此外，还有圆形工作台、擀泥杖、剪刀、抹刀、竹竿、钉子、锤子、手套、碎石子、画具、大小画笔等大概是造偶道具的东西，房间被它们塞得满满当当，仿佛是个专家工房。至于堆在房间角落的东西，大概是袋装黏土？

"这就是她老公刚才说的纸黏土人偶啊！真厉害！"

津津井再次感叹。

"确实。"

原井也有同感。

人偶高度不过十四五厘米，却拥有生动的表情、写实的姿态、柔和的色彩。原井虽对这个领域一无所知，却能明白作者很有本事。

"喂，警部，这男人是不是有点像广田先生？"

人种、姿态各异的男女老少栩栩如生，津津井指向其中一个坐在沙发上读报的初老男性人偶，如此说道。

"你这么一说，确实像啊。"

秃头也和广田一样。

"她应该很爱她老公吧？"

不经意就做得像老公，她果然是爱他的。

她应该是对众多人偶中的某两个特别有自信，因此把它们像人偶卖场的商品一样钉在木台上，作为佛龛旁茶具柜的装饰。看来，塞满茶具柜的也不是茶具，而是制作人偶的道具和材料。

一具人偶是个双手抱猫、用脸颊蹭弄小猫的浴衣女孩，另一具则是个双手前伸、仿佛立刻就会大踏步走起来的背带裤男孩。它们浓密的发丝剪成娃娃头，诱发着观者的思乡之情。人偶精致得可以用来卖，怪不得广田劝她开手工教室。

"瞬间动作和表情捕捉得真妙啊。"

津津井好像特别喜欢这两具人偶。他弯下一米九的大个子，目不转睛地来回打量它们。

除人偶之外，茶具柜上还摆着应是广田圣一双亲的一对夫妻的照片、蜡烛、烛台、佛珠、线香。佛龛上摆着黄色和白色的小菊花，以及供奉给死者的干果。看来，优子是个今世罕见的稀奇媳妇。今天是春分，她是不是也去扫墓了？

这个尺寸的人偶能够托进掌心，因为足够可爱，所以不会像只有脑袋排成排的文乐[1]人偶那么"惊悚"。

"不过，每晚独自在这么多人偶包围下睡觉，究竟是什么感觉啊。"

原井心中首次涌现出对被害人的怜悯之情。

富坂晴菜是个轮廓深邃的大个子女人，眼睛、鼻子、手脚都大，正可谓一副好男色的长相。她一头利落的短发，身穿炭灰色吸汗套装，虽未特意打扮，却自有一种靓丽感。难怪她老公会跟踪她。

她和姐姐优子完全不像，莫非是因为两人生母不同？不得不说，凶手将被害人误认为晴菜的可能性很低。

1　即"人形净琉璃"，是日本四种古典舞台艺术形式（歌舞伎、能戏、狂言、木偶戏）的一种，是日本独有的木偶戏，由三个人分工进行操作。——译者注

晴菜在中村的陪伴下来到一楼。她向原井等搜查官行了一礼，落座后，表情仍然很僵硬。

这虽然不是会做笔录的正式询问，但有其他人在场也不方便。他们让广田在此期间回避。广田可能不想去妻子的寝室，于是去了餐厅。

"现在开始，我会按顺序询问优子女士的遇害情况。第一个问题：你知道富坂弘毅今天会来吗？"

确认过大致的背景状况后，原井直入核心。

细微的事实关系可以之后慢慢问。他的语气如此粗暴，是因为他眼中的晴菜不是受害人，而是嫌疑人的妻子。

旁边的大河原满脸为难。

"完全不知道。"

晴菜使劲摇头，予以否认。

"如果知道他要来，我早就跑了。"

"他没发邮件跟你说过吗？"

"我到这里来的时候就把手机关了。毕竟我也跟公司说过情况了。"

"嗯——这样啊。那么，你老公来的时候，你和优子女士在做什么？"

"在餐厅边看电视边吃外卖比萨。今天是圣一姐夫每月一次来送生活费的日子，所以晚饭吃得很简单。不过，就在七点的 NHK 新闻播内容概要时，开着的玄关门那里传来了有人进来的声音。"

"这家家门一直都不上锁吗？"

平常只有一个女人独居，如今则是和跟踪狂受害人同居，这可真够大意的。

"我姐很小心，平时是一定会锁的。但今天圣一姐夫会来，所以她拿完比萨特地留了门。"

"原来如此。然后呢？"

"然后，我姐立刻站起来出了餐厅。她肯定以为是姐夫来了。虽然和姐夫分居了，她还是爱他爱得不得了。"

怪不得受害人打扮得那么漂亮。换作原井的妻子，绝不可能围裙都不围就穿白毛衣。

"但没想到，玄关传来她的尖叫和男人的喊声，闹哄哄地吵了起来。于是，我晕乎乎地跑出餐厅，直接冲上了二楼。"

"那你是没看见从玄关进来的男人了？"

"对，我没看见。"

"可你打 110 的时候，说是自己的老公杀了优子女士啊？看都没看见，你怎么知道是你老公？"

"这……"

晴菜语气含糊。

"其实，我不知道那是不是他。"

这发言可不得了。

"当时我只觉得，肯定是他找到我在哪儿，然后闯上门来了……但现在想想，并没有证据能证明那就是弘毅。"

"声音呢？"

"嗯，我确实听见了男人的叫喊，不过只有一声。要说像，倒也有点像他的声音，但又感觉有点不同。"

我就说吧。

原井偷瞥着邻座的大河原。

不管怎么说，晴菜都是富坂的老婆，两人还有孩子。也难怪她冷静想想后会改变主意，觉得不能让老公当杀人犯。与其依靠老婆的证言，还不如尽快逮捕凶手，获取指纹、DNA、头发等物证。

在此之前，原井还有几个想确认的问题。

"楼下的骚动持续了多久？"

"这个嘛，我当时觉得很久，但仔细想想，说不定只有一分钟左右。"

和地震一样，混乱之时，人会感觉时间有两三倍那么长。

"骚动平息后，你听见凶手离开的动静了吗？开关房门的声音，在二楼也能听见吗？"

"嗯……能的。"

"你二楼的房间是面朝公路的吧？凶手往哪个方向去了，你透过窗户看到了吗？"

这时，大河原开口了。

他好像只把晴菜当作遗属。也罢，毕竟各人有各人的作风。

"我说过啦，因为被看到会很麻烦，所以我没靠近窗户呀。"

晴菜转向大河原，声音陡然甜腻起来。

这家伙果然被看扁了。

"你老公都开门走了，你为什么不立刻报警？"

原井刚拿出些魄力，晴菜便又摇身一变，换上了泫然欲泣的神色。

"装手机的包在餐厅。而且，我又不知道他是不是真走了。我没想到我姐会被杀，只想着什么时候又会闹起来，吓都快吓死了。"

还算合理。

现在争论也没意义。

"你下楼之后呢？"

"我看了看餐厅，发现我姐不在，就跑到玄关，结果发现她倒在地上……"

"玄关大门是怎样的？开着还是关着？"

"关着的。"

"看见姐姐倒在地上，你做了什么？"

"我到她旁边一看，看见她脑袋凹进去了。我很着急……叫她推她她都没反应，脉搏也摸不到，我觉得必须报警，于是打了110。"

"你是不是动了地上的菜刀？"

原井进一步逼迫。

"对不起。"

晴菜真的哭了。

"你该不会是觉得老公带菜刀来很不妙，所以想把刀藏起来吧？"

"不是。"

晴菜拼命否定。

"除了菜刀，你还动过其他东西吗？摸过凶器花瓶吗？"

这次轮到津津井提问。

"没有，绝对没有。我是觉得菜刀很危险，不自觉就……"

晴菜低下头。

"最后一个问题。你和你老公分居，到底是因为什么？"

"原因很多，主要是因为他赌博。弹子机和赛马也就算了，但他还玩麻将……借了很多钱。"

"他打过你和孩子吗？"

"没有，他很疼孩子的。"

晴菜否定得很干脆。

"他也没威胁过你，说你不回去就杀了你吗？"

"没有。"

"既然如此，你何必要跑？明明没有人身危险，为什么要丢下孩子，跑到关系不好的异母姐姐家来？"

面对原井的一连串问题，晴菜终于生气了。

"刑警先生！我问问你，我是被告吗？我什么坏事都没做。我这么惨，凭什么还要被警察刁难？"

她反而发起了攻击。

不过，原井不为所动。

"谁叫你说话做事都那么奇怪。如果富坂是你说的那种男人，怎么会突然挥着利器闯上门来？啊？怎么会用花瓶砸大姨子的脑袋？其实他平时就是个暴力男，所以你才会逃走吧？"

晴菜沉默不语。

"不过，你老公毕竟是孩子们的父亲，你虽然不想被他打，但也不想他因为杀人而被捕。你大概是报警之后改主意了吧？如果胡乱撒谎包庇他，你就是他的共犯，跟他同罪。"

津津井干咳几声，像在问"这种话能说吗？"但原井没理他。

这只是闲聊，跑跑题也无所谓。不论上级对津津井这小子评价如何，原井始终走的是自己的路子。正因为这种做法得到认可，他才会有今天。

"事实就是事实，我有什么办法？"晴菜反驳道，"我姐的事也是事实。我们确实不是同一个妈生的，也确实很久没见过面，但我们毕竟是彼此唯一的姐妹，感情并不差。三个月前和弘毅分居时，我不知道该怎么办，于是找她商量了一下，她非常体贴关心我。她自己刚好也有烦恼，想找人聊聊。是她让我过来的。"

她好像渐渐打起了精神。

"行，我知道了。细节之后再慢慢问。我换个话题，你们两个女人，今天去扫墓了吗？"

"什么叫'你们两个女人'……刑警先生，我可是正在躲我老公这个跟踪狂哦？不过，姐姐今天下午去浅草扫广田家的墓。她每到公婆忌日都一定会去扫墓。说出来你们可能不信，但这还不是每年的忌辰，是每个月的。"

广田这个人，连给父母扫墓这件事都彻底丢给正在分居的妻子了啊。

这时……

"警部，有空吗？"

鉴定人员走进客厅，对原井说道。

就这样，对富坂晴菜的询问自动告终。

4

搜查队伍的期待落了空。次日，富坂弘毅依旧下落不明。

事件不巧发生在星期天，询问附近邻居之后，他们并未找到目击过弘毅的人。但有情报显示，犯罪前一天，也即三月二十日傍晚，有个年龄和打扮都很像弘毅的男人站在广田家门口。这很可能是弘毅在提前察看犯罪现场，但目击他的邻居说，男人把帽檐压得很低，看不清楚脸。

当然，警方也调查了现场周围在犯罪时间下午七点前后搭乘出租车的乘客，然而，弘毅从东急东横线逃走的可能性其实更高。不管目标是谁，他既然带了刀，就说明他有犯罪预谋，当然会避免搭乘容易留下行踪的出租车。

警视厅搜查一课和主管警署联合在西目黑署成立了搜查总部。原井听从搜查总部部长命令，是前线工作的实际指挥人。他之所以在这种情况下还能保持从容，完全是因为犯罪现场发现了大量弘毅的指纹。

弘毅有违反道路交通法及业务过失伤害罪，也即现在所说的驾车过失伤害罪的前科，因此可以对比指纹。广田家玄关大门、门把手、鞋柜上方及玄关地板部分残留的指纹，都毫无疑问是他本人的。

其中，凶器大理石花瓶上发现了许多弘毅的指纹。细长立方花瓶近中央位置有一组清晰的痕迹，应该是弘毅张开十指握住花瓶，用沾血侧面直击被害人后脑勺时留下的。

此外，由于优子会擦拭及移动花瓶，花瓶侧面和底部当然留有大量被害人的指纹。花瓶上没有晴菜的指纹，看来她确实没碰过它。

问题出在柳叶菜刀上。菜刀的牌子是"村木"，在关东一带广有销售，但在很少有人居家杀鱼的当今时代，它不同于主妇常用的三德刀[1]，不是每个超市都有卖的。

这把不锈钢菜刀刃长十八厘米，属家用尺寸，零售价七千至八千日元。从刀刃状态来看，还是没用过的新品。

搜查人员认为，弘毅最初是用这把柳叶菜刀袭击被害人的。

他大概是用布裹起它放在包里带来的。不过，他要么是看到鞋柜上的花瓶后改变了主意，要么是被害人抢走了他的菜刀。情况虽然不明确，但就结果而言，菜刀没有伤到任何人，就这么掉在了玄关三合土上。

麻烦的是，柳叶菜刀上完全没有弘毅的指纹，反而尽是受害人的指纹及发现尸体后捡起菜刀的晴菜的指纹。

"那个胡闹的女人，下次一定要好好问问她。"

也难怪原井会怒气冲冲地如此扬言。

1　明治维新时期日本政府开始大力倡导吃肉，日本人根据法式主厨刀改良出了牛刀，随后又在牛刀和本土菜切、薄刃的基础上，改良出了三德刀。三德即"切肉、切菜、切水果"三种用途。——译者注

那个女人，说的当然就是晴菜。

"她会不会为了包庇老公，报完警之后，在警车来之前把指纹擦掉了？"

津津井优哉游哉地接话。

"蠢货！这还用问吗？"

"可是警部，如果真是这样，就得把花瓶上的指纹也擦掉才有意义啊。"

"她迷迷糊糊地报完警，突然发现这个问题，没时间做那么多。而且就算同样是杀人，用了刀就不能开脱自己是偶然犯罪，性质完全不同。她让死去的优子握住菜刀留下指纹，又为了给上面自己的指纹找个借口，所以才把刀放在鞋柜上的。"

"话是这么说，我总觉得不能接受。"津津井坚持自己的思路，"既然如此，不如干脆把菜刀藏进厨房，就不用暴露现场有刀了。"

原井一瞬无言以对，但马上发起了反攻。

"你在紧急时候能判断得那么冷静吗？她如果真够冷静，报警的时候就该说谎。"

这就是善变的女人心。原井得出结论。

死亡推定时间已确定为下午七点零一分到零二分。

外卖比萨连锁店哆来咪比萨的记录显示，下午六点二十九分，广田家打电话要了一份大号普通饼皮的哆来咪特制比萨，六点五十八分，比萨送达。将相关事实、解剖结果和晴菜的证词相结合，能够把时间锁定在极其有限的范围内。

解剖结果显示，优子胃里大多是还没消化的比萨，体内没有发现任何毒药、安眠药、酒精，死因则是后脑勺一击所致的脑挫伤。

事到如今，搜查人员只要全力追捕弘毅即可。

原井打起了精神。

"真是的，我管他们是不是草食系，怎么每个人都又软弱又不上心。就不能再抓紧点儿吗？"

搜查总部成立后的第五天，当初的从容像幻觉一样消失了。

原井的牢骚充满焦躁，总是悠哉应和的津津井则充耳不闻。

询问结果显示，事件当天下午三点半到四点，东急东横线学艺大学附近的连锁咖啡店里，有一个疑似弘毅的男人。

给目击男人的女性兼职员工出示弘毅的照片后，她供称确实是这个男人。因为正是打工快下班的时候，她对时间也很确定，但她同时也肯定地说，男人没有带包或者纸袋。

男人身穿灰色西装，在这年代难得还戴着帽子，所以她印象很深。她说，男人离店时买了巧克力，是边吃边空着手离开的。

案发当天下午一点开始，弘毅在新宿的酒店参加某家出版社成立二十周年的纪念派对。这是已经确定的事实，而当时他穿的衣服和女员工所说的一致，可见后者证言的可信度很高。

那么，关键的柳叶菜刀藏在哪儿了？附近的超市和五金店都没有销售痕迹，学艺大学站站内的投币储物柜上也并未发现弘毅的指纹。

至于弘毅的去向，搜查同样不顺利。

搜查人员全体出动，把跟弘毅有关系的媒体出版人士和事件调停者同伴全问了个遍，然而，案发之后，没有任何人跟弘毅接触过。既然弘毅犯罪逃逸，这倒也理所当然。

在这种毫无有效信息的情况下，只有一个事实引起了搜查总部的注意。案发当晚九点二十四分，弘毅本人往家住荒川区南千住的亲哥哥手机上打了个电话。他操着走投无路的腔调，厚颜无耻地让哥哥马上借自己三十万日元。

电话拨打自弘毅的手机，拨打地点是包含南千住车站在内的区域。他哥哥还没接到警察的通知，根本不知道出了事。他已经好几次借钱给弟弟但都收不回来，于是果断拒绝了。

弘毅执着地说，三十万不行的话，那十万、五万也可以。但哥哥的态度很冷淡。

"他就是这样，先开出五十万、三十万的巨款，实际却想着能有两三万也不错。"

之前应该是这样，但这次不同。换个角度说，弘毅缺乏逃亡资金了。

"不过，我弟居然杀人了，我真有点不敢相信。是不是搞错了？"

也难怪他哥哥会吃惊。

弘毅双亲健在，住在茨城县常陆太田市。当地警察在这里把守，他本人应该也知道不能随便靠近。案发之后，他从未在他 JR 日暮里站附近的公寓里出现过。

"喂，津津井，你怎么看？如果弘毅没有远走高飞的钱，我们是不是该查查女人这条线？"

原井终于露出了心虚的神情。

说实话，他很担心弘毅是不是在哪儿上吊了。警察本就因怠慢导致了跟踪狂杀人，足够媒体大肆批判的，倘若再让凶手逃跑自杀，可就成了莫大的失态。

"如果有女人愿意让他躲，他根本不会跟踪他老婆吧？"

津津井沉思着。

"先不提这个。弘毅为什么会从现场逃跑？太奇妙了。好不容易解决了碍事的优子，他却没见着老婆就走了。这样的话，他带着菜刀闯进去有什么意义？"

"说起来，晴菜坚决不承认自己擦了菜刀的指纹啊。"

保险起见，晴菜当晚住进东京都的酒店，之后则返回横滨娘家，再次和母亲孩子一起生活。

当然，安全起见，搜查总部和当地主管警署也合作展开了戒严，但那边同样没有动静。

富坂弘毅出现在西目黑警署，是这第二天，也即案发六天后的三月二十七日，上午十点的事情。

他穿着作案时穿的西装裤和衬衫，外面披了件夹克衫，顶着满脸乱胡子，就这么独自徒步走到了西目黑警署接待处。

逃走之后，他辗转于东京都内各个胶囊旅馆和网咖，但因为手头资金不足，最后两晚是在公园和车站门口度过的。他觉得"突然变流浪汉"实在太惨，加上钱也眼看要见底，于是选择了放弃。

在他自报家门之前，没有一个警员发现嫌疑人来了。这虽然又是一桩耻辱，但总归是避免了最恶劣的情况。

搜查人员铆足干劲开始问话，不料立刻大失所望。

弘毅承认自己用花瓶打了优子后脑勺，也承认这是优子的死因，却坚决否认自己有杀意。不仅如此，他还说想用菜刀杀人的是优子，他的所作所为，只是在突然遇袭时保护人身安全的正当防卫。

"我真的没带菜刀。别说带了，我摸都没摸过什么柳叶菜刀。你们好好查一下指纹，有我的吗？我是空手去广田家的。毕竟我不知道老婆究竟在不在，就算在，我也只想跟她冷静地谈一谈。"

不管换谁来怎么讯问，他的供词都毫无变化。

既然如此，正面进攻是没用了。

"不过……"原井选择旁敲侧击，"我们知道你那天三点半在学艺大学站附近。案发是傍晚七点后，中间足足三个半小时，你在那里干什么？勘查现场？"

"别开玩笑了。勘什么查啊？"

"是吗？不好意思。你确实前一天就勘查完了啊，还用帽子遮着脸。不过，照样被附近的人看到了哦。"

"我前一天确实去广田家门口了，这是事实，但我不是去勘查，只是想看看我老婆到底在不在。"

"哼。那你为什么不赶紧按门铃？"

"我犹豫啊。当然会犹豫啊！所以，我那天一边在附近走来走去，一边若无其事地偷偷观察，想看看我老婆会不会在窗户边露脸……就在我这么做的时候，她姐，不对，一个可能是优子的女性外出回来了。大概是五点吧，但我还是没下定决心，于是在附近乱走。"

"决心？哦，什么决心？"

"当然是见老婆的决心了。"

"你之前不是到处追老婆吗？到这时候了还犹豫什么？"

"她一见我就会报警啊。如果是在她娘家，只要我不动粗，警察就不会抓我，但广田家是外人，警察来了会很麻烦的。"

"那你七点怎么又闯进去了？"

"什么闯……够了吧，警察先生。难道你指望吵着吵着我就会投降？"

弘毅大概几天没洗澡更过衣了。他扶着脏兮兮的脖子，挠痒挠个不停。

同样的问答重复好几次后，他已经从容起来了。

"别打岔！回答问题！"

"我说过多少遍了，我在门前路上走来走去监视广田家，刚好看见送比萨的来了。我在门后阴影里一偷看，发现是份大号比萨。于是我知道家里不止优子一个人，晴菜也在。"

"也说不定是她老公啊。"

"不会，优子和她老公在分居。"

"你知道得挺多啊？你们两口子和广田夫妇应该没什么来往吧。"

"这种事查查就知道了，我毕竟是干情报收集的。"

这次，弘毅扭了一圈脖子。

混蛋，故意摆谱给我看是吧。原井对敌人的仇恨之火熊熊燃烧。

"然后呢？"

"送比萨的走了，我不知道要不要按门铃，保险起见先推了推门，结果门马上开了。优子没上锁。"

"哼，再然后呢？"

"当然是进门了。"

"你没叫她们吗？"

"我说过了，没有。"

"完全是侵入民宅啊。"

"可能是吧，但我只想先抓住晴菜。当然，我不会动粗的。"

"你不觉得这话很奇怪吗？不动粗怎么会闹起来？"

"别让我反复说啊。她家玄关地板比三合土高很多，还镶了横框。我坐在上面想脱鞋，优子却不知不觉来到我身后，二话不说就拿菜刀砍我。幸好我躲得快，不然就被干掉了。"

不管问多少次，他都是一样的说明、一样的叹气。

抓住嫌疑人供述中的微小变化和矛盾予以突破，这是搜查的常用手段。但看现在这情况，他们完全无计可施。

"我想抢走菜刀，于是跟她纠缠起来，却很不顺利……没想到她动作那么灵活。这时，我发现玄关鞋柜上有个很大的花瓶。她又一次摆好姿势，对准我挥下菜刀，而我迷迷糊糊地拿起了花瓶。我只是想用花瓶当盾保护自己，结果很倒霉，花瓶直接打中了她脑袋。"

弘毅皱着眉，一副骇人回忆苏醒了的样子。

"花瓶是石头做的，这你看得出来吧？"

"嗯，啊。"

"那用它砸人脑袋会怎么样，你当然是知道的吧？"

听见原井的问题，弘毅再次浮夸地叹了口气。

"不知道，我又没砸她脑袋，只是刚好撞到了而已。"

"要真如你所说，花瓶应该打在对方脸上，砸开她的额头。怎么才会砸到后脑勺？肯定是在对方身后砸下去的吧？"

这次，弘毅露出了一脸要哭的表情。

"刑警先生，求你稍微听听我在说什么。她突然攻过来，我赶紧转身避开，朝向就变了啊。那只花瓶比看起来要重，我想停手的时候已经来不及了。"

很遗憾，供述没有矛盾。

"你就不觉得奇怪？你如果真的只是在脱鞋，广田优子有必要攻击你吗？没理由啊。"

"唉！简直胡来！"弘毅惨叫道，"我还想问呢，我见都没见过优子。说实话，我都不知道袭击我的是不是她，只觉得可能是。我是在电视上看到新闻才确定的。"

"那我问你，你为什么要跑？花瓶刚好撞到脑袋又不算杀人，你没必要逃吧？你干吗不叫你老婆来照顾她？"

"别胡说了。你觉得我老婆会信我？她那个人啊，我只是想冷静地聊几句，她都会叫警察。"

沉默一时蔓延。

逼问是逼问过了。如果弘毅所说属实，也难怪他会逃跑。毕竟他不但慌乱，还完全无法保证晴菜和警察会相信自己。他明明自首投案，却还是遭到了搜查官的连日讯问。这能证明他担心得没错。

"我说，你真打算主张正当防卫？等上法庭了也不谢罪，要说这都怪先动手的被害人？你用石头花瓶砸烂了女人的脑袋，还想说自己一点责任都没有？你觉得陪审员会接受吗？陪审员有年轻女性也有主妇，你不觉得这会让她们的心证变得很糟吗？"

"不觉得。到那时候，我会挨个向陪审员提问，问她们我该怎么办。有人突然从后面用刀袭击我，我难道必须赤手空拳地对抗？"

原井虽然拼命说服，但弘毅相当倔强，让他的努力统统付诸东流。

原井悄悄叹了口气。

5

有必要彻底重审这次事件的全貌。如今这种意见在搜查总部占了主流。

犯罪现场的柳叶菜刀上既然没有弘毅的指纹，弘毅的主张就有一定的说服力。此外，也有结论否定了晴菜擦掉指纹的可能性。

那么，优子为什么要用菜刀袭击弘毅？关键的柳叶菜刀又在哪里？

第一个疑问姑且按下不表，第二个结论已经有了权威假设。凶器大理石花瓶正好能放下柳叶菜刀。

　　这花瓶毕竟是观赏摆设，不可能养得活花，加上形状几乎是个四棱柱，用来放菜刀再合适不过。优子事先把刀具藏在玄关，是为了应对弘毅的袭击，还是因为独自生活很不安，想用来护身？

　　"跟小偷对抗，用刀是最不该的啊。"大河原频频叹气，"她会不会是太想保护妹妹了？对方什么都没做她就想砍人，真是太糟糕了。"

　　对大河原来说，这是发生在自己辖区内的恶性事件，难怪他会站在当地居民的立场上思考问题。

　　"喂，津津井，我觉得有必要跟川村阳咲问问情况。"

　　三月二十九日傍晚，原井说出了这句话。

　　"广田圣一的女人？好，我明天去。"

　　津津井正和西目黑警署的中村组队行动。

　　成立搜查总部后，警视厅来的警察常和熟悉当地情况的辖区警察组队。

　　津津井大概也觉得有必要这么做，立刻从座位上站了起来。

　　"不，我亲自去。你也跟着。"

　　原井这句话让他一脸震惊。

　　实际搜查负责人很少亲自询问非重要参考人。看来原井是真着急了。

　　"您是觉得，优子砍弘毅，其实是因为认错了人？"

　　不愧是津津井，反应真快。

　　"嗯。如果弘毅说的是真话，那会儿他正坐在玄关口脱鞋，优子砍他的时候就没看到他的脸。而且，他穿着西装戴着帽子，打扮刚好跟广田一样。虽然他戴帽子是为了'遮脸'，不是为了'遮秃头'。"

"广田那天打算来，优子确实有可能误以为那是她老公。"

"她老公让她认孩子入户，可能真把她惹火了。刚好晴菜到家里来，她就制订了杀害丈夫的计划，到时候说什么'我以为他肯定是弘毅。都闯到家里来了，我想我必须保护妹妹，一冲动就捅过去了'。"

"说起来，晴菜也是优子叫到家里来的啊。"

"但弘毅和她老公不同，年轻又灵活。她这是气数已尽啊。哎，不论如何，都得弘毅说的是实话才行。"

"不过，优子这种没收入的职业主妇真的会杀老公吗？如果维持现状，她就能每天玩耍过活。把生金蛋的鸡杀掉，麻烦的不是她自己吗？"

津津井丢出疑问。

"蠢货！那种女人的特点，就是只顾感情不顾后果。"原井用鼻子哼了一声，"一看主妇在自己家被杀，社会上立刻就会闹成一团，好像治安糟得不得了似的。但如果总认为女人是被害人、女人很弱，那就大错特错了。你听过'穷鼠噬狸'这个成语吗？"

"没听过。"

津津井回答。

次日三十日傍晚，在川村阳咲跟广田圣一和两个孩子生活的新宿区公寓里，他们向她询问了情况。

广田还在公司上班。这套两室两厅的公寓到公司只需步行十分钟，方便是方便，却十分陈旧朴素，不能和碑文谷的本家相提并论。

推开屋门，只见三轮车、童鞋及凉鞋密密麻麻地摆在一小片三合土上，玄关地板和墙壁沾有生活污迹，充当隔断的珠帘颇为寒酸。广田虽说是个老板，公司却是个只有十几个员工的小企业。他没有余力让情人也过上奢华的生活。

川村三十六岁，体重和身高都属中等，不算丑也不算美。她年轻时或许很可爱，现在却更像默默支撑社长的会计办事员而非情人，给人的印象很踏实。

她紧张地将两人请进客厅，给他们端上日本茶后，轻轻地坐在了沙发上。

她神色僵硬，完全没有情敌突然死亡后升级为社长夫人的激动，相反，她浑身都沉淀着长年不安、怀疑和焦躁带来的疲惫。

"不用管孩子吗？"

津津井问。

"没关系，我让我妈过来了。"

川村低着头回答。

原来如此。怪不得里面房间传来了孩子说话的声音和电视新闻的声音。

环视周遭，只见八叠左右的客厅到处乱堆着小孩玩具、书和DVD，人造革沙发也满是裂缝。

主屋虽不是什么豪宅，一尘不染的样子却过于刻板。而这里仿佛位于不同维度，是真真正正的生活空间。

原井感觉，自己能懂广田抛弃优子选择这个女人的心情。

"你打算什么时候和先生登记？"

原井问这个问题，当然是以广田再婚为前提的。

"太太七七还没过，说这个有点……"

川村保持着慎重的态度。

不管正当防卫成立与否，广田优子被杀案的凶手已经确定是富坂。川村完全不用担心被怀疑，但毕竟有警察找上门来，她可能是在本能地戒备。

"其实，虽然就像你知道的那样，广田优子被杀案是凶手富坂弘毅来自首的，但他并没有痛快承认自己有杀意，这样那样辩解了许多。我们需要把握事件背景，所以才来找你帮忙的。可以吗？"

原井的语气有着不容分说的气势。

"嗯，这当然……但我该说什么呢？"

川村抬起眼，不安地看着原井。

"回答我们的问题就行。那我开始了。你和先生是什么时候开始有关系的？当然，我是说男女关系。"

川村又垂下了眼帘。

"已经十七年了。我高中一毕业就进这家公司当了会计，我们大概是一年后开始的。"

"当时，你知道先生已经和优子女士结婚了吗？"

"知道。"

"那你一开始就知道这是出轨。"

"是的……"

"说起来，你们年龄差距很大啊？"

"我们公司非常有家庭气息。我刚进公司的时候，大部分员工都是干了很久的叔叔，只有我是年轻人，但他们都对我很好……我完全不懂会计，是社长直接教我的，他对我特别温柔。"

"嗯——那优子女士知道这件事吗？"

"某种程度上，应该是很早就知道了。"

"他们夫妻感情怎么样？你先生说还挺美满的。"

"我来评价有点……既然社长都说了，应该就是那样吧？"

看来，她如今仍旧觉得广田是社长，还不是丈夫。

"优子女士会到公司帮忙吗？"

"完全不会。以前倒是经常露面。"

"她去干什么？"

"检查公司备品和账本什么的。"

哦！她还懂簿记啊。

原井大感佩服，川村却翘起嘴角，露出了无声的嘲讽笑容。

"她没那方面的知识，应该只是想看看数字吧。"

"最近就不常去公司了吗？"

"是。"

"什么时候开始的？"

"五六年前。"

川村微微垂着眼。看来，这跟她怀孕生子有关。

"先生和优子女士分居的契机是什么？"

"是社长和太太商量后决定的……"

"不过，应该有什么直接推动的具体理由吧？"

原井追问道。

"应该是因为我生了儿子……第二个孩子。社长对男孩挺执着的。"

"他没说过生了男孩之后就好好离婚，让你和孩子正式入户吗？"

"没有。社长和太太都完全没想过离婚。不过，儿子是广田家的继承人，社长绝对是想放在自己身边抚养的。"

"大的那个是女儿吧？女儿就不行吗？"

津津井此时开口问道。

"他也很疼女儿，不过……"

川村脸上滑过一丝苦涩。

"他是个很传统的人，所以女孩不行。社长一直只想着给广田家留后。"

"广田家家世有那么好吗？"

原井纯粹是很吃惊。

"我觉得没什么了不起的。"

川村的语气有些敷衍。

不过，男孩诞生很可能和本案有关。原井感觉找到了有力线索。

"优子女士没孩子吧？先生是对此不满吗？"

"也不能说不满……"

川村语气含混起来。

她似乎在犹豫该不该说，但最终还是下定决心开了口。

"太太在治疗不孕，从二十几岁一直治到四十多岁，花了很多时间和钱，这个医生那个医院地看，听说谁评价好就全国跑，温泉疗法试过，民间疗法试过，烧香拜佛也试过，能试的都试了个遍……结果还是没怀上。

"我听说，有些人输卵管天生就是堵塞的。结婚第三年，他们两夫妻去检查，发现原因出在太太，连输卵管成形这种剖腹手术都做了。最后他们放弃了自然怀孕，开始尝试体外受精。"

话匣子一打开，她就滔滔不绝地说了起来。

"不过，体外受精的成功率并不高，最多也就百分之二三十，而且，年龄越大取卵越难，好不容易受精的受精卵也越难在子宫着床。

"男人也无所谓，采取精液又不难。但女人不同，每次取卵都要连着一个月每天注射什么促进排卵的卵巢刺激剂，最后还得从下面往肚子里扎针取卵。反复做反复失败的话，不但身体受不了，还有很多人精神先挨不住。"

川村有五岁和三岁的两个孩子，这不可能是她的经验之谈，但看这副把握十足的样子，她应该很精通这个问题。

"虽然如此，太太还是坚持到了四十多岁，在我生了男孩后才放弃。这时，社长让我把孩子交给太太，让太太抚养他成为广田家的长子……开什么玩笑，我拒绝了。他也知道我生老大之前堕了多少次胎？

三次啊。医生说，如果再堕胎，我就生不了孩子了。

"太太种花种草，织蕾丝做人偶，在她优雅地干这些的时候，我却在公司从早上九点忙到晚上八九点……同居之前，社长周末会到我这里来，所以我连休息日也没时间玩。这十几年来，我一次都没旅游过。

"公司这么小，太太其实也不算什么社长夫人。我拼命在数字上打马虎眼，每次税务调查都如履薄冰，而社长说什么放松点更容易治不孕不育，带她去夏威夷和台湾旅游……

"我连做完堕胎手术的第二天都不能休息。虽然社长说可以歇着，但我很清楚没人能替我做。后来，社长觉得如果太太再努力也怀不了，不如换个想法，干脆让我生……很任性吧？不过，我也多亏这样才有了女儿。"

"这算怎么回事？连你生不生孩子都是社长夫妇商量决定的？"

"社长受不了周围的人说怀不上是因为男人，所以特别想要孩子。太太也觉得与其再找个新的女人，还不如就让我生。对她来说，我是一张安全牌。她曾经说我像家人一样，但实际上，我就跟保姆差不多。"

川村身上仿佛寄居了两个女人的懊恼与哀怨，字字句句都带着诅咒般的气息。

"而你为了不交出儿子，争取让他们分居了是吗？"

这件事超出了原井的理解范围。

"但是，太太完全不想离婚。因为儿子在我这边，她知道自己没有胜算，刻意做出一副是丈夫恩人的样子，日日夜夜都在刷存在感。"

这话难以立刻相信，但也没法否定。

原井脑海中浮现出事件当天广田的模样。他扬言自家夫妻要比普通人美满，却并未表现出对妻子的哀悼……

"太太答应分居，开的条件是让社长每天打一次电话，每个月必须回一次家。她又没做什么坏事，社长怎么拒绝得了！"

"不过，真亏他能那么守约啊。"

原井很佩服。

"他很虚荣的，面子永远是第一位的。不管在外面做了什么，他都希望自己有个家庭圆满、夫妻和睦的形象。太太很了解他的性格，所以才让他上了钩。"

"对了，认领孩子的事怎么样？先生和优子女士是怎么谈的？"

"老大明年就该上小学了。拖了一天又一天，我再也等不下去了。明明是他们让我生的。认孩子本来就不用妻子答应，所以我告诉他，再不认就分手。没认的孩子是我一个人的，我晚上出去工作也好，干别的也罢，我一个人养，不让他见也不会接他电话。哎，他好像是跟太太说过的，太太却一直拖一直拖……想等我神经崩溃跟社长分手。"

沸腾的熔岩喷出火山口，确实只是时间问题。

原井一言不发，和津津井面面相觑。

这时，川村突然从沙发上站了起来。她好像想起了什么，匆匆离开了客厅。

片刻后，里面房间传来川村低声对母亲说话的声音，还有高声叱责孩子们的声音。她的语气完全不像面对原井时那么压抑，语速变得很快。

川村很快就回来了。她一脸凶神恶煞，把拿来的点心纸箱狠狠往茶几上一摔，震得两个客人喝空了的茶杯咔嗒作响。

"两位看看吧，这全是太太寄来的。"

掀开盖子一看，里面塞满了手写明信片。

"分居之后，她天天都写，一天都没落下。你们敢信吗？她每天让社长打电话还不满意，又搞这种名堂来惹事。为了让我看见，她还专门写的明信片。"

川村胡乱抓出几张明细片，塞到原井鼻子底下。

收件人和正文都是钢笔写的小字。看来优子还在练字。

明信片盖着去年十二月上旬的邮戳。

圣一：

今天一大早就开始下雨，我一会儿觉得你要是感冒了可不好，一会儿又觉得前几天空气很干燥，下下雨也不错，就这样乱七八糟想了很多。昨天跟你通完电话后，我收到了重子阿姨寄来的贺年梅干，是低盐型的。我给她寄了感谢信，把梅干快递到了你公司。你每天吃一颗，代替点心配茶吧。

优子

圣一：

我昨晚做了个神奇的梦，梦见我们在度蜜月！房间是北陆那家旅馆的房间，衣服也是那时的衣服，但我们却是现在的年龄……很奇怪吧？但是很高兴！我的梦向来奇妙的灵验，所以我傻傻地想，说不定又能和你一起旅行了。你不用当真哦。

优子

圣一：

今天是妈妈的忌日，我去永真寺看她，顺便跟寺里的人贺年，请求佛祖保你健康、保佑广田家平安无事。我和住持聊了一会儿，他说我最近突然变得很像妈妈……我自己都吓了一跳。今天白天很暖和，但早晚很冷，你还是要注意。

优子

"这确实过分啊。"原井重重地叹了口气，"你先生每天都会认真读这些吗？"

"不怎么看，但如果不知道写了什么，电话上不好说，所以我会把内容告诉他。"

川村表情扭曲。

"一开始我读完就会丢，但后来我发现，她纠缠到这个地步，我也必须留下证据……就这么存起来了。"

果然是想以后打离婚官司。

不过，太过深入也没意义。原井已经很清楚广田夫妇的复杂关系，没有更多问题要问川村了。

道谢之后，他站了起来。

在狭窄的玄关口，他和津津井心神不定地穿着鞋，打算最后再低头行一次礼。

就在此时，孩子们听到客人要走的动静，从屋里跑了出来。是一个五岁左右的娃娃头女孩，和一个三岁左右、同样留着娃娃头的男孩。他们都很像母亲，长得天真可爱。

"这是实亚和健人。"

原井身旁的津津井倒吸了一口凉气。

"看到那两个孩子的瞬间，我突然就想通了。"

津津井难得如此兴奋，原井则大受打击。

面前材料这么多，我怎么就没发现？我是瞎了吗？

听到"这是实亚和健人"这句话时，原井表情怪异，川村开始说明这两个名字怎么写，津津井则好像完全没听进去。

"有孩子们的照片吗？我们想借用一下。"

不顾呆滞的原井，他鼓足劲问道。

"照片？分开照的行吗？"

川村拿了几张快照来，津津井几乎是抢到了手里。

他瞪圆了眼检查着。

终于选出了两张。

"那我们暂时借一段时间。对了，我们还想紧急再调查一遍碑文

谷广田家的房子，你应该有钥匙吧？非常不好意思，但能不能麻烦你马上联系你先生，让他把钥匙借给我们？"

未经原井允许，他直接提出了要求。

结果，他们现在来到了广田家一楼的八叠和室。

"警部，你看见那两个孩子，真的什么想法都没有？优子住的八叠间的茶具柜上面，不是摆着女孩和男孩的纸黏土人偶吗？钉在木台上的……原型绝对是那两个孩子。因为和父亲不像，我之前完全没想过是广田和川村的孩子，但总觉得有点奇怪，挺不对劲的。两个人偶都是娃娃头，头发遮着不太明显，但就算是要固定在木台上，也不用拿钉子从人偶头部钉下去吧。"

虽然途中听津津井说明了情况，但在看见实物之前，原井始终半信半疑。

小孩人偶不都差不多吗？

然而，一旦再次站到茶具柜前面对作品，就连跟川村给的照片做比较的工夫都省了。优子手艺高超，两具人偶跟刚才见的两个孩子一模一样。

两具可爱人偶露出天真的微笑，却被粗大的五寸钉从天灵盖贯穿全身，固定在杉木木台上。

"这是丑时参拜吗？"

原井嘟囔。

接下来，他看了看茶具柜和矮桌上杂七杂八的东西。

"人偶、杉木模板、五寸钉、锤子、蜡烛、烛台、竹竿、灵石、佛珠、白手套……道具很齐啊。"

"咦！警部，难道你搞过丑时参拜吗？"

津津井瞪圆眼睛。

"蠢货！这是常识。你如果是个警察，就给我多学点知识。"

原井骂道。

"本来，丑时参拜是祈祷诅咒灵验的参拜仪式。半夜丑时悄悄前往神社，把做成咒杀对象模样的稻草人偶用五寸钉钉在神木上敲打。不过，现在跟以前不一样，晚上一点到三点路上还很亮，也还有行人。你试试顶着蜡烛一身白走在路上？会一片大乱的。

"还有，如果丑时参拜时被别人看到，据说诅咒就会反弹到自己身上。如果不小心撞见谁了，就必须当场杀掉目击者。这在当今时代怎么都不可能做得到。优子也不可能半夜一个人去神社，应该是自己在家里偷偷举行诅咒仪式。"

"这么说来，优子那身白衣服也是仪式服装？女人真可怕啊。"

原本只觉得这些纸黏土人偶很可爱，可如今用这种眼光再看，便觉得它们是带着妖气的不祥存在。

寒意窜过背脊。

"川村说优子一直在治疗不孕，最后却是情人交好运生了继承家业的男孩，老公让她认孩子入户。难怪她会发疯。"

"川村不是还说，治疗不孕时为了取卵，要从下面给肚子扎针吗？想想都觉得痛。"

"都这个时代了，至少会麻醉吧？"

原井嘴上这么说，其实却很怕这种话题。他一阵不适，感觉一只冰冷的手攥住了五脏六腑。

他其实见过很多比这更惨的尸体，但那些被刀具切割或被子弹射穿的人体实在太过凄惨，反而让他莫名地没有实感。

"说是取卵，但那毕竟不是鸡蛋啊。从什么地方把什么东西怎么取出来……男人是完全想象不到的。"

优子看似过着优雅的游乐生活，可内心的黑暗却似乎在子宫深处开了一个大洞。

"女人就想象得到吗？"

在陷入沉思的原井耳边，津津井缓缓说道。

6

优子有杀害丈夫的动机，但就算这是事实，也不代表她真的有杀意。

仅凭弘毅的供述，还不足以证明被害人向他动了刀。如果只有这些证据，难免有人指责警察尽信嫌疑人的辩解。不过，现在还不能将弘毅的主张付之一笑。

"能知道那把柳叶菜刀是哪来的就好了。"

原井更苦恼了。搜查时，杀人事件的受害人当然比加害人吃亏。他们就算能获得舆论同情，却不能在搜查和审判时说话。与能言善辩的加害人相比，他们就像婴儿一样，只能任人胡说。能保护他们的唯有警察。搜查不顺利、干劲不足、想逃往安全的方向时，原井总是用这种想法鼓舞自己。

不过，嫌疑人的话也不能无视。相反，越是想无视，就越有必要彻底验证。毕竟，但凡有点疑义就会因为"疑罪从无"而输掉官司。

听说优子可能谋杀亲夫之后，广田果然大动肝火地提出了抗议。

"刑警先生，你别开玩笑了。逼急了也不能真相信罪犯的借口啊，你们警察还清醒吗？"

"我们不是真的相信，只是在考虑各种可能性。"

原井手中有张照片，照片上是被钉子贯穿天灵盖的男童和女童纸黏土人偶。

"广田先生！您该面对现实了。死去的夫人是怎么看待孩子们的……现在是说场面话的时候吗？"

广田略一低头，但很快扬起脸予以反驳。

"她对孩子们的感情可能确实很复杂，但对我绝对不会！"

好大的自信。

明明让妻子的精神和肉体遭了那么多罪，这男人还如此坚信妻子爱着自己？

原井很无语，却也很佩服他。

"夫人一直在治疗不孕对吧？但她却没能怀上孩子。不孕治疗对女性的负担非常大，您难道想不到这会让夫人精神异常吗？"

见过川村阳咲之后，原井赶紧一通学习，被迫知道了有关不孕治疗的大量知识。这让他深切地体会到，自己夫妇俩不费吹灰之力就

有了两个孩子，实在是上天的恩宠。怪不得人们总说"孩子是天赐的宝物"。

优子之所以会做剖腹的输卵管成形手术，应该是因为连接卵巢和子宫的输卵管天生堵塞。剖腹手术对身心造成的负担都很大，姑且不论医学评价，对于患者本人而言，手术毕竟可以使用麻醉，相比之下，前一阶段的检查更加痛苦。这种检查叫输卵管造影检查，需要在子宫内注入造影剂，用 X 光确认卵子能不能通过输卵管，而注入造影剂是很痛的。

正常情况下，卵子一次只排一个，但为了提高体外受精的成功率，卵子越多越好。为此，患者需要使用排卵诱发剂，但这并不止是喝药那么简单。

排卵诱发剂不是普通注射，而是肌肉注射。它比前者痛感更强，还需要在一定期间内每天连续用药，自然会破坏激素等身体平衡。此外，这段时间还需要随时用超声波诊断卵巢膨胀状态，若想保持平常心生活，恐怕需要特别强大的精神力。不管怎么说，原井反正是做不到。

如果得知川村所说"取卵"的详细内容，胆小的男人会直接晕过去。

首先，要将比普通注射针更粗的针插到可以接触卵巢的深处，一边用超声波诊断装置确定位置，一边在卵巢上扎针，强行把卵泡液吸到体外。经过连日注射，卵巢长满了内含成熟卵、直径两毫米左右的卵泡，看起来就像一个巨大的蜂巢。这时，再用针扎进每个卵泡吸取卵泡液。卵泡液里有直径仅仅十分之一毫米的卵子。

这套流程是熟手医师一边看超声波画面一边手动完成的，因此格外惊人。卵巢左右各有一个，每次取卵要这样做两次。这当然会痛，有的人居然还不打麻药。

即便如此，能成功就是好事。倘若失败，也难怪会徒留绝望。

然而，哪怕原井指出不孕治疗的影响，广田仍然不为所动。他气质如此温厚，想不到竟会用如此强势的语气顶撞原井。

"您如果要说内人是杀人犯，那就麻烦给我看看证据。明明一个证据都没有，单凭凶手说是被害人先动手的，就能给凶手开脱吗？'疑罪从无'这话不是只为凶手服务的吧？我内人都被杀了，她的人权呢？"

原井不禁垂下了眼睛。

有必要再确切验证一遍优子在犯罪当天的行动。

原井又找晴菜问了一次话。

被问及优子是否可能搞混广田和弘毅时，晴菜重重地叹了口气。

"姐姐人不可貌相，胆子一直很大……"

她嘴里说着"难以置信"，表情里却有一丝否定丈夫杀人嫌疑的期待。

据晴菜所说，吃完午饭后，优子下午一点十五分出发去给广田家扫墓，回来的时候接近五点。

广田家家庙位于台东区浅草的永真寺。从碑文谷前往浅草，需要从东急东横线换乘东京地铁银座线，单程约一小时。如果只是扫墓的话，优子回家的时间有些晚，但晴菜说她去浅草一定会去浅草寺，拜

完观音后再逛逛商店街。

当天要实施谋杀计划，优子真会悠悠闲闲地散步吗？不过，她心里藏着这么大的决心，说不定是求观音菩萨保佑成功。

"津津井，还是有必要去永真寺看看啊。"

去年年底，优子在婆婆忌日那天去永真寺扫墓。她当时跟住持聊过天，这次很可能也说了什么。谈话中有没有对事件的暗示？她的样子跟平常有没有不同？总之有一问的价值。

在津津井的陪伴下，原井再次前往浅草。为了用自己的双脚走一遍和优子相同的路线，他没有开车。他虽然升职了，靠的却还是自己的眼睛和耳朵。在这个瞬间，他真切地感到自己是个天生的刑警。

从东京地铁浅草站出发，步行大约十二分钟就到了永真寺。这座寺庙小巧精致，广田家祖坟在其中显得格外气派，优子春分那天供奉的花和线香已经被收拾得干干净净。原井觉得，优子一定想和丈夫两人单独埋在这里。

七七未至，优子的骨灰应该还没入坟。如果证明优子确有杀意，圣一还会让她埋在广田家的墓里吗？

永真寺住持是个满脸皱纹的老人，大概快八十岁了。遗憾的是，因为扫墓季非常繁忙，他只和优子打了个招呼。但他断言，优子和平时没什么不一样。

"现在很少见那种人了，真是值得佩服啊。不仅丈夫，连已经过世的公婆也照顾得很好。丈夫可能工作太忙，这几年全是夫人在扫墓，但她从来不抱怨或发牢骚。那么好的人居然会不幸丧命，连我这个和尚都想问，世上是不是真没有神佛？"

住持语气超然，一派高僧气质。看来这趟是白跑了。

"怎么办？还要去浅草寺看看吗？"津津井怀疑地问道。

"当然。"

按照计划，原井决定走去浅草寺。

那个女人或许是杀人犯，这则是她犯罪几小时前的行踪，当然不能放过。

"顺便拜拜观音吧。"

原井信仰虽不深厚，却并非不信神佛。他自小就很信"开运""佛恩""除灾"这些词，抽签如果抽到"大吉"，还会露出自己都嫌丢人的傻笑。

从永真寺到浅草寺不用返回浅草站，而是要转到雷门对面。

两人慢吞吞走了三分钟左右。

"警部，那不是刀具专卖店吗？"津津井指着街对面说。

只见那里有块"刀具·工具平岛屋"的招牌。这是一家独户店铺，门面不大，却自有一派风格。哪怕这一带氛围都这样，它依然会让人感觉是家知名老店。

他们被吸引着穿过道路，走进店里。

"欢迎光临。"

一位上了年纪的稳重男性招呼道。

店里比想象中要大，不仅有菜刀和剪刀，还有很多厨房用品和工具。男性立刻发现原井和津津井是第一次来，而且并不是来买东西的。

他眼镜后闪烁起警戒的微光。

他们出示警徽表明身份后，男性说自己是店长平岛。他应该是这里的老板。他不愧是卖刀这种潜在凶器的人，并没有表现得很吃惊。

开门见山，原井一问有没有卖"村木"的柳叶菜刀，平岛就立刻拿了几把出来。

"就是这个。"

原井拿起其中最小的一把，点了点头。

刃长十八厘米，外观和犯罪现场那把一模一样。不过，"村木"家的菜刀销售范围很广，并不是只能在这里买到。

"这个女人来过吗？她应该在这一带的店里买过菜刀。"

津津井一边给他看优子的照片，一边如此问。

店长陷入了思考。

"最近没什么印象。她大概什么时候来的？"

"日子不能确定。三月二十一号春分那天的可能性很高，但再说宽泛点，几年前也有可能。"

店长面露苦笑。

"春分那天我一直在店里，但不记得见过她。几年这么长时间的话，店有时候是交给兼职看的……而且，这种菜刀是家用刺身刀，不是专业的，因为比较便宜，经常有主妇买。"

"那天卖了几把，你这里有记录吗？"

"毕竟是计数的商品，有倒是有。信用卡付的账能查，现金就查不到是谁买的了……"

"那能查查信用卡记录吗？"

"可以是可以，但我们店要买够一万日元才能刷信用卡。"

价签写着"7800 日元"。如果买了其他东西倒另说，但还是付现的可能性比较高。

"稍等一下，我问问店里的人。"

店长叫来了店面深处的员工。

这名男性五十多岁，同样很稳重，哪怕说是店长也不奇怪。津津井又出示了一次照片，但这位老员工也对优子没印象。

不过，就在原井看向手中的柳叶菜刀时，他突然"啊"地哑声一叫。

"几个月前，有女士打电话问过这种菜刀。"

原井的心跳骤然加快。

店员说，听声音，打电话的是个中年女性，她说她前几天买了把柳叶菜刀，结果好像把纸袋忘在收银台边上了。

"我说收银台边上没有，还问她是哪天买的。结果她说算了，立马就挂了电话。"

原井不禁和津津井面面相觑。

7

回到西目黑警署后，他们立刻跟 NTT 东日本公司查询通话记录，确认有通电话在二月二十六日下午三点二十八分从广田家的座机打给平岛屋的座机，持续了大约一分钟。对照平岛屋店员的证言，优子应

该是在二月二十六日前几天购买的菜刀。

每月二十三日是广田亡父的忌日。他们立刻打电话跟永真寺和平岛屋确认，得知优子二月二十三日确实去扫过墓，同一天，平岛屋也确实卖出了一把刃长十八厘米的"村木"柳叶菜刀。

至此，优子和柳叶菜刀之间的有力联系终于浮现。在晴菜逃到广田家的足足三周以前，优子就买了一把并不会用的刺身菜刀。这样一来，实在很难否定她对丈夫的杀意。搜查总部终于抓住了事件真相。

"说起来，捅了丈夫之后，优子打算怎么办啊？"

津津井一副不能理解的样子。

"哎，杀人这种事，就是要自暴自弃才干得出来啊。"

总而言之，原井大大松了一口气。

不管怎么说，搜查总部自行查明真相的意义至关重大。要是在法庭上让律师代劳了……想想就一身冷汗。

"不是大恶人也不是杀人狂，普通市民杀人时都这样。如果先计算得失顺序，那就下不了手了。"

"但我还是想不通。优子每天都给丈夫写明信片，绝对是真心爱他的啊。"

"就因为爱才想杀。如果是自己无论如何都想要孩子，那不管多痛苦的不孕治疗都能挺住。但想要的是她丈夫，所以她累积了压力，最后爆发了。说到底，爱恨就是一枚硬币的两面啊。"

然而，对于自己施加给两个女人的痛苦，广田却并无自觉。他以自私残酷，名为"温柔"的丝绵，绞紧了女人的脖颈。

"这样的话，优子为什么不用丑时参拜诅咒丈夫？"

津津井仍未释然。

原井眼前浮现出稳重老绅士人偶的模样。

"你傻吗？小孩人偶是娃娃头，所以能用头发遮住钉子。要是在那个光溜溜的秃头上钉上五寸钉，就等于宣传自己在搞丑时参拜。要是被上门来的丈夫看见了怎么办？"

贯穿孩童人偶头顶的五寸钉，贯穿女性肉体、直达卵巢的粗针，它们本该化为一把细长尖锐的利刃，刺穿男人的后背。

掐断津津井的话头后，原井抱起了双臂。

"对吧？我就说我没带刀，是优子拿菜刀砍我的。我都说了多少次了。"

搜查人员彻底落败，只能任由弘毅畅所欲言。

不过，弘毅并不会因此可喜地获得无罪释放。检方已经确定方针，将以防卫过当为由起诉他。

警察的工作是搜查犯罪，这自不待言。就算法律将他们置于检察官指挥之下，他们也不只是检方的部属。独立的搜查官会按照自己的判断行动，他们是搜查的专家，在这方面拥有更多的自负与自信。

然而，一旦搜查结束，事件就会脱离警察掌控。判断是否应该处罚嫌疑人，也即判断是否提起诉讼的权限专属于法律专家检察官，警察并没有插嘴的余地。

因此，就算听说弘毅被起诉，原井也没有什么特别的意见或感想。检察官有检察官的立场，自己这个当警察的说太多也没意义。

检察官的主张是"防卫过当"，简单地说，这是指"虽然有防卫的意图，防卫行为却超出了必要限度"。

不管对方是强盗还是拦路歹徒，莫名其妙突然遇袭时，谁都有保护自己的权利，因此，即便防卫行为导致对方死亡也不会被问罪，这就是"正当防卫"。然而，就算是对方先动手的，也不代表能随便采取手段任意妄为。

简单地说，假如有个醉汉赤手空拳地打你，你却用手枪瞄准他心脏射击，就很可能被判断为有"防卫意图"却"超出必要限度的防卫行为"。若对方因此死伤，你便会因防卫过当而遭到起诉。

上述事例清晰易懂，但正当防卫和防卫过当之间自然也存在灰色地带，其界限十分暧昧，只能综合加害人、被害人双方的年龄、职业、体力及凶器种类、周围情况等因素进行判断。

此次案件中，对方使用刀具，并且是杀伤力极高的柳叶菜刀从背后袭来，慌乱之中，用手边的花瓶实施反击似乎合情合理，然而，弘毅是三十多岁的男性，优子则是四十五岁的女性；弘毅是侵入民宅的跟踪狂，优子则是这家的主妇；弘毅毫发无伤地逃出现场，优子则被击碎后脑勺，几乎当场死亡。全是对弘毅不利的条件。

而且，弘毅主张花瓶撞到优子头部，是回避对方攻击时"刚好"发生的，否认了自己积极进行反击的事实。若真是如此，检察官当然想在法庭上厘清事实关系与法律关系。

再者，判断是否起诉时，检察官还有一个不能无视的重要因素：被害人遗属的感情。

这起案件也一样。广田似乎强硬地要求处罚弘毅。

"说什么内人先攻击的，这不是全凭凶手一张嘴吗？就算内人真拿了护身的刀，那也是因为她觉得自己或晴菜会被袭击。她不可能想杀我，也不可能把我看成富坂弘毅。她才是正当防卫吧？你知道我们夫妻的感情有多深吗？到她死的前一天为止，她每天都给我写明信片，这就是最好的证据。我一定会把这些明信片呈上法庭，让各位陪审员读一读。"

广田竟在检察官面前如此扬言。不过，他那么爱面子，会这样也不奇怪。

等弘毅审判结束之后，广田打算卖掉碑文谷的房子。毕竟发生过那种事，他实在是住不下去。至于优子这个女人和她制作的无数人偶，想必也会同时永远离开他的人生。

被起诉后，弘毅即将从西目黑警署移监到葛饰区小菅东京拘留所。在他离开之前，原井久违地造访了西目黑警署。搜查结束，搜查本部即将解散，这群人不知何时才能再次并肩工作。他今天打算和大河原单独好好喝一杯，就当作慰劳了。

他顺便去看了看弘毅。或许，他再也见不到这个男人了。

"你可真是倒霉啊。"

原井一搭话，弘毅便露出了半是安心、半是不安的复杂表情。

"你大概不能接受，但你确实杀了人，自然会被起诉。这场审判有陪审员参加，我完全猜不到判决会怎样，能缓刑就该喊万岁了。"

听了原井的话，弘毅坦诚地低头道谢。

"刑警先生，真的很感谢您。谢谢，但我还是对起诉不服气。如果我什么都没做就被那个女人杀了，那个检察官会怎么判我呢？"

"哎呀，别这么说。对了，你和你老婆后来怎么样？"

"托您的福，确定起诉之后，她到这儿来看过我一次，说都怪她逃跑，害我遭罪了。"

"那是好事啊！她是诚心诚意地在跟你道歉，毕竟你们还有孩子嘛。对了，她到底为什么那么讨厌你？真的只是因为赌博吗？"

"嗯，唉，说实话，我是工作时惹到不该惹的人了。挖政客丑闻的时候，我做得有点过……暴露了身份，必须花钱了事，筹钱时又借了一堆高利贷。我老婆本来就反对我做危险的工作，跟她说只会让她更生气。我瞒着她，她就胡思乱想，误会我借的钱是花在女人身上的。到这个地步，我说什么她都左耳进右耳出，所有事情都越来越糟……"

"这样啊。不过，这样不也不错嘛。你老婆的误会解开了，债务那边，你赶紧申请自我破产。只要你坐个两三年牢，那些可怕的家伙也会放弃吧？"

弘毅身子向后一仰。

"请您别说了，什么坐两三年牢啊？"

"你还年轻，前路还长，两三年眨眼就过去了。"

"这笑话可不好笑啊。求您了，跟我说这是假的吧。"

"不，是真的，虽说犯不着一开始就放弃，但你也得做好服刑的打算。我不太懂现在的审判，你自己跟律师好好商量，加油啊。"

想想死去的人，就该觉得单纯活着也是件幸事。有人因交通事故或打架意外杀人，确定坐牢时垂头丧气，而这就是原井送给他们的饯别之语。不过，他从未把它说出口。

从现在开始，事件舞台将会变成法庭。

到那时，原井就再没有登台的机会了。

楠原家杀人案

1

"好，宴会也热闹过了，差不多是时候散了。那么，院长！最后请您讲句话。"

平成二十一年[1]七月十八日，星期六，晚上八点。八王子市内中餐馆万水楼的宴会厅中，医疗法人社团启励会·堀之渊医院惯例的消暑会迎来了结束。

堀之渊医院只有三十三个床位，规模虽小，却是八王子市内拥有五十年历史的私立医院。在院长堀之渊纪笃及其长子，副院长堀之渊让医师的领导下，计有外聘医师、护士、物理治疗师、诊疗射线技师、办事员及兼职工共三十五人。说好也罢，说坏也罢，这家医院充满了中小规模家族企业的性质。

单手拿着话筒主持宴会的，乃是干事之一，办事员楠原雄哉。他皮肤微黑，肌肉结实，五官深邃如雕塑，是个三十五岁的单身汉。三十五岁了还只是个办事员，只因为他入职不足一年，仍是"需要观察"的对象。

楠原是著名私立大学的毕业生，却甘愿在换了无数次工作后担任

1 2009年。——译者注

小医院的办事员，这足以证明他要么是性格有问题，要么就是花钱大手大脚。从刚才开始，诊疗射线技师中藤茂就一直冷冷地望着台上的楠原。

楠原并不高，外表与学历却绝对诱人。现在有个护士特别迷恋他，但他好像有女朋友，并没有在医院闹出绯闻。性格方面，他则属于比较阴暗的那种人。

中藤和楠原一样，也是本届消暑会的干事。每年七月消暑会和十二月忘年会的干事是轮换的，惯例是从办事员及其他员工中各选一名担任。

本来，楠原的任务是跟事务长商量后安排会场和菜肴，中藤则专门负责余兴节目。然而，他这个一把年纪的大叔并不愿意认真思考这些，干脆把活儿全丢给为接近楠原而包揽助理工作的年轻护士。这么一来，工作其实是楠原在全权负责。

中藤和楠原起过一点冲突，吵的是抽奖奖品该买什么。

除了食品之外，堀之渊医院每年都会把患者跟客户送的中元节礼物拿来当消暑会的奖品。这基本是啤酒券、鞋子和毛巾之类的东西，但也有额度高达一两万日元的全国商场通用代金券，或是反映出院长对高尔夫爱好的高尔夫球礼包、名牌运动衫。因此，员工都很期待这场活动。

不过，因为签不能有空签，要让顾问税理士、合作单位等全体客人都抽的话，单靠中元节礼物便凑不够奖品，需要干事在预算范围内补齐。楠原坚持说，全部买三百日元一张的"暑假大彩票"就行。

"彩票倒也行，但除了别人送的东西就全是薄纸，这奖品也太没意思了吧？"

中藤提出异议，楠原却不予理睬。

"什么叫没意思？三百日元还能买什么？"

"我是不知道，但女孩子应该能买到很多东西吧？"

"那种没用的东西，拿到手里也只会扔掉。但彩票不一样，头奖加上前后奖[1]，加起来可是有三亿，三亿啊！反正最后都要变垃圾，这至少更有盼头吧？"

确实，便宜又出彩，男女老少都喜欢的东西很难找。去年，中藤在忘年会上抽到一只小熊布偶，但他家没有小孩，为怎么处理它而伤透了脑筋。

"不过，三亿哪那么容易中啊。"

"要是有人有意见，我就出三百买了他那张。这样行了吧？话又说回来，中藤医生，你不是说全交给我处理吗？"

中藤觉得这种事不值得争论，于是没有继续下去。不过，楠原的气势确实让他畏缩。

这种不给前辈面子的人，肯定也会不以为意地顶撞上司。他好像有点明白楠原为什么会不停地换工作了。

结果，抽奖获得了巨大成功。

今年中元节礼物的档次特别高，居然还有十万日元的代金券，让抽到的护士感动得泪流满面。至于"暑假大彩票"，居然也获得了男

---

1 与头奖相邻号码的彩票也能中奖，称为一等前后奖。——译者注

女老少的一致欢迎。

"大家好像聊三亿聊得正热闹，但很遗憾，每个人只有一张彩票，离中三亿还远得很呢。头奖加前后奖才有三亿，就算中了头奖也只有两亿，大家千万别误会。"

目标实现，楠原满脸得意，罕见地说了句俏皮话。

"你瞧，中藤医生，每个人都喜欢三亿日元。"

这哪用得着他说。

大家其实都不想要没用的东西。中藤坦率地承认了。

如此一番闹腾，再付好钱，收拾完会场，就到了撤退的时候。

"多出来的彩票能给我吗？"

这时，楠原问道。

"啊，行。"

中藤极其随意地回答。

与会人员包括请来的客人，实际到场人数并不确定，因此，菜肴和奖品多少都得多准备一些，这是这种派对的常识，也必然会导致一部分剩余。干事把这些东西拿去，连揩公家的油水都算不上。这次干事的工作全交了楠原，中藤本来就没打算跟他对半分。

不过，他是基于何种权限将多余的彩票交给楠原的？对于这个问题，很难作出令人满意的说明。

中藤遭遇这个难题，是在此后三周多的八月十二日。

这天早上八点多，中藤如常来到堀之渊医院上班。从夜间通道走进院内的瞬间，他停下脚步，竖起耳朵。

大厅那边传来了异样的骚动。

对外诊察九点开始，患者八点半才能入院，现在一楼大厅应该只有工作人员。是急诊吗？但这又不像接急诊的动静。

中藤往大厅一看，只见和自己同为诊疗射线技师的笹塚，护士井上、能见站在导医台前，正和三四个办事员聊得热火朝天。

"怎么了？"

他出声搭话。

"啊，中藤医生！"

笹塚转身向他跑来。

笹塚是个才二十六岁的男青年，人虽然不错，却坏在容易激动。

"中藤医生，你是消暑会的干事对吧？"

他兴高采烈地问。

"是啊，怎么了？"

中藤诧异地看着他。

"那会儿抽签的安慰奖不是三亿日元的'暑假大彩票'吗？就那个，当时有人中了头奖和前后奖了。"

他声音高亢，哑着嗓子飞快地说。

"真的？"

"真的，你看。"

他拽着中藤的手，把他拉到导医台前，朝他递出两张彩票。

"这是我的，43组142688。这是井上护士的，43组142689。

这是买的连号吧？你再看看这个。头奖是 43 组 142681，前后奖是
142680 跟 142682，和我的只差六个数。"

笹塚又递出一张 A4 打印纸，纸上印着"第 5×× 次暑假大彩票"
中奖号码。

中藤总算明白了这群人反常的原因。

"昨天开的奖，今天早报也登了。"

井上怕中藤不相信，于是递给他一张报纸。彩票开奖栏用魔术笔
画了个红圈。

"你看，没错吧？"

井上似乎激动得要哭了。她也很年轻，是个二十四岁的健康胖
姑娘。

"我当时也拿了彩票，但分组和编号都不挨边。彩票连号是尾数
0 到 9 相连，十张装一袋，不过，连号彩票的整体编号好像并不是连
着的。"

骨干办事员酒卷在柜台对面抛来了这句话。

他是个戴着高度近视镜的小个子男人，平常很温和，今天早上却
也很兴奋。

井上用力点点头，继续说道："我昨天查中奖号的时候也一点期
待都没有，结果发现就差几个号，当场急得不得了。给林田和北乡打
电话一问，他们说号根本不挨边，我就想，原来不是连号，是散的啊。
但我还是觉得太难得了，今天就带过来看看，没想到，和笹塚医生只
差一个数……"

"我也一样啊。对了，中藤医生，彩票一共买了几张？"

笹塚满眼兴奋。

"我也不知道。不过，这确实厉害啊。"

大家都注视着中藤的嘴角，而他吞了口唾沫，姑且抛出这样一句话。他早就把彩票的事忘得一干二净了。

彩票一张三百日元，楠原应该是买了九千日元的，一共三十张。不过，中藤对彩票全无兴趣，根本就没注意是不是连号票。谁能想到里面有头奖！

中藤还在云里雾里，而笹塚接下来的话让他骤然惊醒。

"其实，我当时是最后一个抽签的。大奖都抽完了，我知道自己肯定中不到好东西。我拿奖时偷偷瞟了一眼，发现楠原手里还有几张彩票。那几张彩票最后去哪儿了？"

中藤想起那天和楠原的对话。

"多出来的彩票能给我吗？"

楠原问得很随意。

"啊，行。"

中藤也没多想就答应了。

"应该在楠原那儿。我也不知道他后来怎么处理了。他还没来吗？"

留神一看，办事员中并没有楠原。

"没来，但那些票肯定中了，头奖和前后奖绝对在他那儿。"

笹塚的话引起一片哗然。中藤头晕脑胀，双手不禁撑住桌面。

他被笹塚汹涌的气势压倒，没能说出是自己把多余的彩票给了楠原。他为自己的懦弱感到恼怒。

"事务长呢？"

他终于下定决心开口。

"还没来。事务长早上一直都是踩着九点来。"

酒卷回答。

事务长系川是位年过六十的老员工，现在能和院长平起平坐说话的，除了护士长濑田就只有他。

中藤决定跟事务长商量商量。

"已经八点半了，以后再说吧。"

医护人员八点半要开早会，上午第一批患者也差不多要到了。

得救了。中藤一边这么想，一边催笹塚工作。

诊疗刚刚开始，爆炸新闻就轰遍了全院。

能见气喘吁吁地冲进射线室，来回看着中藤和笹塚的脸，大叫道："不好了，不好了！大新闻，楠原辞职了！"

幸好现在还没病人。她慌得像失火了似的。

能见是个很会照顾年轻人的老护士，性格却非常幼稚。她在消暑会上泪流满面地抽中了十万日元的代金券，应该是没拿到彩票，然而，刚才她还是跟后辈井上一起嚷嚷个不停。

"混蛋！居然跑了。"

笹塚嗖地站起，丢下没做完的工作就冲出了射线室。

应该是去找事务长确认了。

中藤胸口又是一紧。

"楠原给事务长发了封邮件，说他今天就离职不来了。"

见中藤没走，能见说明道。

辞职理由是"个人原因"，说是会另行呈上辞职信，一个字也没提到彩票。

"事务长怎么处理的？"

"马上就去跟院长报告了……不过，院长正在接待病人。怎么办？啊，我得走了，有新情况了再来。"

说完，能见慌慌张张地跑掉了。

五分钟后，笹塚回来了。他一脸严肃，和刚才截然不同。看来是发生了什么。

"现在是上班时间哦。"

中藤警告他。不过，现在刚开始诊疗，射线室还没病人。

"先别管这个了，中藤医生。多出来的彩票该怎么办？这才是大问题。消暑会的费用是从我们的共济费里出的吧？那三亿日元就该所有人平分。楠原居然自己拿钱跑了，开什么玩笑！这是抢钱啊！"

笹塚兴奋得收不住。想到今后可能发生的骚动，中藤心中笼罩着一股黯淡的情绪。

笹塚之所以这么激动，是因为他觉得自己对彩票有权利，然而，事情并没有这么简单。

堀之渊医院每个月会向所有员工征收一千日元的共济费，根据事务长裁量，攒起来的钱将随时用作员工的红白喜事及饯别，还有一部分会用于消暑会跟忘年会。笹塚所说"消暑会的费用是从我们的共济费里出的",就是这个意思。然而,以这次消暑会为例,仅万水楼的餐费就是人均六千日元,单靠共济费肯定不够,很大一部分都来自医院的福利厚生费和院长个人的补贴。

再者,共济费可能的确是全体员工的共同财产,但有必要连宴会的剩菜和抽奖剩下的奖品都全体平分吗?到昨天为止,笹塚完全没提过多余彩票的下落,可见他也认同干事能揩宴会残资的油水。

万幸,中藤还没来得及回答,今天的第一位患者就来到了射线室。为了接待病人,笹塚心不甘情不愿地来到了走廊上。

中藤又没能道出事实。他决定尽快向事务长坦白真相。

堀之渊医院的彩票骚动望不到头。

楠原始终没在堀之渊医院现身。他给事务长寄了一封信,除了辞职信之外,还让事务长把他留在医院的私人物品全部丢掉。

中藤对多余彩票的处分问题进行了说明,至少,事务长和院长对此表示了理解和接受。毕竟,干事不是一开始就占了这些东西,和历年奖品的总额相比,九千日元的三十张彩票也不算值钱。再者,把宴会剩下的东西分给干事和帮忙的员工,这本来就是一直以来的惯例。基于这些理由,事务长系川袒护着中藤。

中藤自己一张彩票都没拿,这无疑也发挥了有利作用。当然,他知道部分员工在批评自己的独断行为,但院长并没有责备他,让他感觉很安心。

　　他后来听系川说，由于部分员工有所要求，院方也咨询了律师意见。然而，最终得出的结论却是很难对楠原采取法律行为。毕竟另一位干事中藤同意他拿走彩票，身为最高责任人的事务长也事实上默许了他这种行为，很难否定多余彩票的所有权是正当转移给楠原的。

　　由于院长开会时苦口婆心地劝过大家，随着时间的流逝，大部分员工都恢复了冷静。

　　"虽然心里有疙瘩，唉，但也没办法啊。"

　　能见久违地在射线室露了一脸。她看起来已经彻底放弃了。

　　"不过，俗话说得好，不义之财留不住，对吧？很多中彩票的人都身败名裂了，楠原说不定也会呢。"

　　她已经转换了想法。

　　"没错。彩票这种东西，中个十万日元一下花完还好，三亿反而会招来不幸。"

　　中藤也提出看似合理的观点。

　　"别开玩笑了！""要求派"的急先锋笹塚大吼，"我去楠原的公寓找过他，想跟他聊聊再说。谁知道那个混蛋假装不在家。应门铃的是个女人，坚持说他一直在旅行。"

　　"喂，别乱来啊，你这会被当成威胁或敲诈的。"

　　中藤忠告他。

　　"我绝对接受不了，真到不得已的时候，我一个人也会继续。"

　　但他完全不听。

　　笹塚本来就是个死心眼儿，还比常人更贪财。

时间进入九月，笹塚终于把楠原告上了法庭。

他提出的请求，是"要求被告按员工人数平分三亿日元，并支付原告应得数额"。跟随笹塚的员工意外地少，只有四个，其中一个是护士井上。中藤这才知道他俩在谈恋爱。

担任原告方代理的，是为笹塚提供法律咨询的骨干律师。

"虽然很对不起中藤医生，但律师说，彩票是用员工的共济费买的，部分干部随便处理是违法的。我们当然有拿回自己那份的权利。"

笹塚最初威风凛凛，但局势似乎在逐渐改变。他忽然变得沉默寡言，想必是官司打得不顺利。

事到如今，他一听"彩票"就不高兴。中藤尽量避免和他说话。

十一月下旬的某天早上，院长叫中藤过去。

完成剩余工作后，他来到院长室所在的三楼，一眼就看到在院长面前正襟危坐的事务长系川和护士山根。

"大事不妙了。"

中藤刚坐进客用沙发，系川就递来一本摊开的周刊杂志。

暑假大彩票·贪财狂想曲！

为了三亿日元彩票，著名私立医院陷入极大混乱！

对决难分难解，终于闹上法庭！

巨大的粗体字扑面而来。

《丑闻周刊》，中藤只听过这本通俗周刊的名字，不知他们是怎

么知道这场彩票骚动的？

他立刻读了读正文，发现内容干瘪的报道没有提及任何事实关系，只顾一味煽动气氛。全文都是站在被告角度揶揄原告的论调，让人担心的是，上面还刊登了堀之渊医院的实名跟医院建筑外观的照片。

"不，问题是最后那部分。"

仿佛看透了中藤的想法，系川催促道。

中藤赶紧看向页末。

被告 K 先生的代理山崎永司律师发表了如下意见。

"这起事件不存在任何会让被告败诉的因素。毕竟，具备处分权限的宴会干事和医院事务长都通过明示、暗示承认了被告的行为。这八张彩票如今虽然价值三亿，让渡时的价格却仅仅是两千四百日元，被告拿走它们，就和拿走开会时剩下的盒饭一样。如果继续诉讼，我们当然会申请让这两位出庭作证。再者，院长个人也补贴了消暑会的费用，我们同样在考虑请院长出庭作证。

"去年十二月的忘年会上，堀之渊医院同样举办了抽奖活动，当时的奖品剩了很多。我们已经掌握事实，得知当时担任干事的女员工拿走了所有奖品，并且持有这位女员工承认事实的录音带。他们医院是有这种习惯的。"

看来，哪怕羡慕他人的幸运，也不能暴露贪财的本性啊。

山根终于明白自己为什么会被叫来了。

护士山根是上次忘年会的干事。她虽然已经二十六岁了，却还是见了小玩意儿和大头贴就迈不开腿，正因为如此，抽奖奖品尽是些小熊布偶、袋装糖果、迷你毛巾和手绢之类的东西。然而，因为去年流感肆虐，忘年会参会人员很少，奖品剩了很多。山根应该是偷偷把它们据为己有了。

"录音带是怎么回事？"中藤问。

"八月十一号，好像是'暑假大彩票'开奖那天，楠原打电话给我，问去年忘年会没发出去的那些小玩意儿怎么样了。我虽然不明白他为什么现在才问，但还是老实地告诉他，当时事务长跟我说'可以全部拿走'。"

山根的声音微不可闻。

她很迷恋楠原，迷得要主动当他消暑会的助手。她抽奖时抽到了好东西，肯定完全没把彩票放在心上。

"总之，这种诉讼有损医院声誉，必须马上终止。"

院长打断了她的话，声色俱厉地说。

平时冷静沉着的他会有这种表现，看来真是气上心头了。这也难怪。毕竟周刊不仅登了医院实名，还写着要让院长亲自当证人。

"遵命，我马上告诉他们。"

系川像螃蟹一样趴在地上。

"能快一秒是一秒。跟他们说，要是拖拉个不停，我也有我的主意！明白了吗？"

系川立刻蹦了起来。

中藤和山根也急不可待地跟着离开了。

几天后，医院里传遍了笹塚等五人对楠原撤诉的新闻。再过几天，又听说笹塚把辞呈扔到事务长面前，狠狠地丢下一句"给我记住！"

"笹塚那家伙，横竖都要辞，干吗不自己继续打官司啊？"

中藤思索着。

"另外三个人先不说，但他没想到井上会叛变，好像受了不小的打击。他虽然很霸道，却很小气。而且，他们的律师一开始虽然强势，打起官司就完全怂了，最后只知道说败诉时该怎么牵制对方。"

情报通能见这么告诉他。

笹塚是个很爱抱怨的人，中藤不怎么同情他。不义之财果然不会让人好过，他加深了自己的确信。或许是因为难以立足，两个月后，井上也辞职了。

动摇堀之渊医院的彩票骚动，就这样乏味地落下了帷幕。

2

"咦？这就是结婚申请书啊，还真就是一张纸嘛。"

木村麻贵有一眼没一眼地看着手中的结婚申请书。

政府给的纸就是和普通纸不一样。虽然比打印纸薄，却很有韧性很结实。印刷颜色也不是常见的黑色，而是红褐色，纸张上方八毫米宽的横条也是红褐色的。

"离婚申请书也差不多长这样，只不过是绿色的。用不同颜色，是为了避免不小心搞错。"

福分[1]解说道。

对折的A3纸左半部分左上角印着"结婚申请书"这几个粗体字，下面是"夫""妻"的填写栏，要分别填入两人的"姓名""住所""籍贯""父母姓名""和父母的亲缘关系"，再往下看是"婚后夫妻姓氏及新籍贯""开始同居日期""初次结婚或再婚""夫妻开始同居前各自主要工作及夫妻职业"，最后则是"申请人签名盖章"栏。

"证明人已经填好了啊？福分，他们是你熟人吗？"

申请书右半部分是"证明人"栏，上面用不同笔迹写着两个麻贵不认识的男性的名字,都用黑色圆珠笔填上了"出生年月日""住所""籍贯"，并签名盖了章。

"是啊。"

"可我见都没见过他们，真能让他们当证明人吗？"

"完全可以,毫无问题。只要满了二十岁，谁都能当结婚证明人，只要盖章'认可'就行了。"

"那不存在的人也行吗？"

"不行。如果政府检查籍贯和住所就完了。"

称呼他为"福分"的，世上只有麻贵一人。这个名字来自很久之前小火了一阵的关西相声组合"福分和笠子"，是因为他跟里面的"福分"很像。这个组合很快就从电视上消失了，如今很少有人知道。

1　福分，后文里侦探榊原听到这个名字时，从读音把它当成了"蝠鲼"这个鱼名，因此这里直接按读音取中文字，没有用"万太"这个译名。——译者注

福分喜欢操着一口奇怪的关西方言，但他和关西毫无关系，是个土生土长的关东人。他虽然有一份厨师工作，经历和生活态度却都和关西方言一样半罐子。

话说回来，麻贵也一样。他们俩在打工的快餐店相识，立刻就成了男女朋友。这是高中时代的事情。

"我只签个名，剩下的你来填哦，麻贵。"

福分从桌上的笔筒里抓出一支黑色圆珠笔，在"夫"的"申请人签名盖章"栏里签下"楠原雄哉"。他平时写字很潦草，现在却每个字都很工整。

"记得盖章哦。还有，你是盖'木村'的章，不是'楠原'的。"

"这我知道啦。不过，'新籍贯'该怎么写？"

"写现在的就行了。"

"'开始同居日期'呢？"

"我怎么知道！"

福分略微提高了音量。

"随便写写就行了，又没人调查是不是真的。"

不过，他马上就恢复了轻快的语气。

"说起来，为什么连'初次结婚或再婚'都得写啊？要是让对象知道自己离过一次婚，事儿不就闹大了吗？"

很明显，他在观察麻贵的情绪。

他很在意自己刚才情不自禁的吼叫。这也难怪，毕竟麻贵总能易如反掌地读懂福分的心情。至于福分，其实也并不想以这种形式和麻贵结婚。

透过蕾丝窗帘，麻贵偷偷看着阳台。

八王子圣路易宫，这栋新修的分售公寓距离 JR 八王子站只有六分钟步行距离。他们现在位于三楼的 308 号房，一套面积六十四平方米的两室两厅居室。这种优雅的住宅不久前还高高在上，他们连想都没想过。

公寓坐南朝北，餐客厅便利舒适，紧邻阳台。然而，一辆看来格格不入的聚乙烯工用运载车塞满了阳台空间。这是小区和工厂用来收集垃圾袋的那种普通手推车，容量八百升，可以装十八个四十五升的垃圾袋。车子带有滑轮，白布蓝盖，从外面路上也能看得清清楚楚。为免盖子被暴风雨吹走，上面绑了链条。

"向市政府提交结婚申请那天就是结婚日。户口本已经复印好了，早点去交吧。"

"嗯，我打算今天去。"

"快写吧。"

福分把圆珠笔塞到麻贵手中。

麻贵写了几笔就停下了。

"我还不知道这里的地址。"

福分拿出事前准备好的楠原雄哉的居民卡复印件，摊开放在麻贵手边，方便她能清楚地看见。

福分很温柔。麻贵刚认识他时就发现了。然而，男人如果太温柔，女人就会心烦意乱。她和福分交往了一年，然后换了别的男朋友，就这样跟他分手了。这是十四年前的事。

她在"申请人签名盖章"栏里写上"木村麻贵",从包里取出印鉴盖了章。这不是三文判[1]，而是银行的注册章。她顺便拿出雄哉的印鉴，在"楠原雄哉"的签名旁盖了个章。最后，她填上今天的日期"平成二十二年[2]三月十五日"，完成了结婚申请书的填写。

"别忘了带驾照哦! 应该要在窗口确认本人身份的。"

说起来，以前就是觉得他这样婆婆妈妈的很烦人啊。麻贵想起了十四年前的事。

八王子市政府的结婚申请手续很简单就结束了。

麻贵很担心自己单独去会不会被怀疑，但根本没人问她丈夫为什么没一起来。结婚申请并不一定要两个人一起来。麻贵本以为登记就是结婚的仪式，因此觉得很意外。

之所以要出示带有申请人面部照片的身份证明书，好像是因为曾经出现过当事人不知情的伪造结婚申请。福分也是因为这个原因才不来的。不过，就算出示了带照片的身份证明，不对比当事人和照片又有什么意义? 麻贵简直想笑。

这样一来，她就是名正言顺的"楠原麻贵"了，然而，她并没有什么感慨。对于今后在那间公寓里和福分共度的婚后生活，她的不安

---

1 可以在印章店、文具店和超市等各种地方买到的便宜印章，因为是批量生产的，很容易被伪造。——译者注

2 2010年。——译者注

更胜期待。

雄哉在八王子市租的公寓已经解约了。那套房子一室一厅,有浴缸、有淋浴、有整体厨房,隔音和空调设施都比麻贵的公寓好,最后他们基本是半同居状态。

福分说,既然她手边有雄哉的登记印章和印章登记卡,解除租约和买新房都不会有什么手续上的问题。且不说买新房,出租公寓管理公司的负责人应该认识雄哉,但福分还是处理妥当了。人不可貌相,他是个聪明的家伙。

雄哉是在麻贵打工的居酒屋认识她的。雄哉当时刚到堀之渊医院上班,每晚都在自家附近的这间居酒屋吃饭。

雄哉英俊得不像日本人,阴沉的气质却与相貌格格不入。这种反差迷倒了麻贵。轻佻开朗的男人适合当朋友,却很难成为恋爱对象。

麻贵跟一个男人在八王子同居了四年,于是在市内的点心老店梅莺堂当店员,分手后也没换工作。她年近三十,没有自信能找到比现在更好的单位,而更重要的是,她很喜欢八王子这个地方。现在回东京二十三区也没熟人,至于回埼玉县熊谷市的老家,她更是从来都没想过。

雄哉身为医院普通办事员却能住租金十五万日元的公寓,好像是因为父亲给他留了遗产。麻贵后来听说,雄哉的母亲已经去世,雄哉还是婴儿时,她就带着他离婚了。

要是没中彩票就好了。麻贵由衷地想。

就算没中彩票,那间一室一厅的公寓也已经让她够满意了。哪怕谈不上是爱，她却真的喜欢雄哉。她想和他结婚，为的绝不是那三亿日元。

然而，现实总是比想象中更严峻。三亿日元到手之后，雄哉变了，麻贵恐怕也变了。时间无法倒流，看过的三亿日元也不能无视。

大路往右转，很快就到了八王子圣路易宫。就算不想看，放在三楼北边阳台上的全新运载车也会闯入视野。

福分现在没有工作，是个包揽家务的主夫。当然，烹饪是他拿手好戏中的拿手好戏。炖菜和咖喱自不待言，连调味汁和蛋黄酱也全是自制，所有东西都很好吃。

福分喝不了酒，半杯啤酒就能醉。厨房里特制的大瓶"柚子酒""苹果酒"和"草莓酒"，应该都是为外号"千杯不醉"的麻贵准备的。

今晚，福分肯定准备了最高级的牛腰肉、香槟和葡萄酒。他们现在是有钱人了。

麻贵竭力想象着自己和福分的未来。

"喂，我说啊，你也该让我看看那辆车里面有什么了吧。我们都是夫妇了……"

从市政府回来之后，麻贵故意闹起了别扭。

毕竟，她第一次来这间公寓时，第一眼看到的不是盖着花朵图案床罩的双人床，不是大理石装修的浴室，也不是闪闪发亮的整体厨房，而是这辆在阳台上耀武扬威的巨大运载车。

交房之后，福分也总是不让麻贵进屋。

"要准备很多东西。你再等等！"

福分准备好了所有生活必需品，让麻贵可以空手入住。日用品和餐具都是麻贵喜欢的时髦品类。麻贵知道雄哉公寓里有哪些东西，所以这些基本都是福分新买的。

当然，要准备的不仅是新居，还有结婚申请需要的资料，以及居民登记之类麻烦的事务手续。然而，明明还有比这些重要得多的工作……难怪麻贵会觉得本末倒置。

难道，那辆车里装的就是……

别开玩笑了。麻贵浑身一颤。这种地方怎么住得下去。

不过，福分的回答并没有消除麻贵的疑虑。

"甭担心，那是用来种东西的土。"

确实，麻贵当时把所有事情都交给福分，还跟他约好自己什么都不问。

"麻贵什么都不用知道。懂了吗？"

福分打算一个人负全责，因为他觉得这才是爱情。麻贵虽然明白他的意思，但既然他们俩结了婚，既然自己成了这个家的主妇，她总得知道这家里有什么。

"我不都说了吗，是腐叶土，腐、叶、土！"

"你就会骗我！"

"没骗你，是真的。我想在阳台上种点东西，必须要腐叶土才行。腐叶土跟普通的土不一样，是有养分的。"

"种东西？谁来种啊？"

"不要你种，我来种。我想在阳台上放很多花盆，用来栽培香草。能做菜的。"

"别敷衍我。花盆用得了那么大一车土吗？"

"那我给你看看，马上掀开盖子让你看里面。不过只能看一次，行吗？"

福分打开玻璃门走进阳台，悠闲地来到运载车旁。

外面能看见整个阳台，而福分毫不顾忌周围。看他这样，麻贵稍微安心了一些。

运载车大概宽一百二十厘米、深八十厘米、高一百二十厘米，从表面贴纸上看，容量是八百升。福分慢吞吞地拆掉链条，缓缓打开蓝色盖子。

会出现什么呢？麻贵在福分背后战战兢兢地看着。然而，映入她眼帘的只是满车灰褐色的土块。

"瞧吧？"

福分得意地笑了。

"这就是腐叶土。腐叶土本来是落叶和小树枝自然堆积发酵形成的天然肥料，但我为了加快发酵速度，在这里面放了米糠。这才刚开始做，还要放很久才能变成真的土那种黑乎乎的样子。"

仔细一看，土里还残留着叶子一样的东西。土散发着一股微弱的气味，像森林里的青草，又像堆积腐烂的落叶，并不会让人很不舒服。

"这东西买着可贵了。"

既然如此，这应该确实是腐叶土。

不过，现在还不能放心。

"土这么深，你该不会埋在里面了吧？"

"傻瓜！谁会埋啊！把那种东西埋在这么窄的地方，过不了几天就会烂透臭死人的。再说了，干吗要专门把那种东西放在阳台上啊？没必要吧？"

说的也是。确实没必要做那种蠢事。

麻贵安心了。

"那你把那个埋在哪儿了？"

虽然约好不问，但她还是忍不住说出了口。

果然，福分狠狠瞪了她一眼。

"这问题我回答不了。咱们约好了的吧？"

福分意外地顽固。麻贵是知道这一点的。

不过，福分立刻露出了认真的表情。

"有件要紧的事，我现在先告诉你。腐叶土里供着重要的守护神，能在万一需要的时候保护你，所以要一直这么放着。明白了吗？走投无路的时候，这尊守护神一定会救你。"

福分慢吞吞地关上车盖，锁上链条。

"嗯，总之也得先让你看一次才行，不然就变成'潘多拉魔盒'了。"

"什么？什么是'潘多拉魔盒'？"

麻贵有时会听不懂福分在说什么。

"既然装着那么重要的东西，为什么要放在阳台上？"

麻贵追问。

"就是因为重要，所以才放在阳台上。"

福分又岔开了话题。

3

麻贵和福分意外重逢，是在去年十一月下旬。

自然，当时麻贵正和雄哉谈恋爱。在被上班族和学生挤得水泄不通的 JR 八王子站里，她和福分偶然擦肩，四目相对。

分手以来，他们已经十三年没见过了。麻贵自信自己和当时没太大不同，却很佩服自己能一眼认出理着平头、一身厨师打扮的福分。知道对方也住在八王子后，他们吓了一跳，交换邮箱地址之后就告别了。很快，福分发来了邮件。

说真的，虽然麻贵十三年前甩掉福分确有原因，但她并不讨厌他。无可否认的是，能遇到一个认识当年胡作非为的自己的人，她反而松了口气。

较之当初，麻贵现在成长了，但这只是因为她学会了伪装，并不代表她比以前聪明。如今她有雄哉这个恋人，完全没打算和福分重修旧好，然而，在远离故乡的土地迎来三十岁后，她不由得很想亲近能让她袒露自我的人。

麻贵主动请福分一起吃饭。

"吓我一跳，你居然当厨师了。"

她想起来，在他们打工认识的快餐店，福分总是在快乐地烹饪。

"你高中毕业之后读了烹饪学校？"

麻贵问。

"我高中辍学了。"

福分爽快地回答。

"我爸死了，这你知道吧？我妈和我姐都让我无论如何也要读完高中，但我想当厨师。既然早晚要做这行，毕不毕业都一样。"

麻贵无法相信他所说的话，因为她知道，福分其实是想上大学的。和她这个吊车尾不一样，福分读的是县内偏差值很高的县立高中，还喜欢读悬疑书籍。

"我一开始在东京的连锁寿司店上班，但那里全是自以为是的大叔，我干了三年就辞了。"

"然后就搬到八王子来了？"

"没，没。"

福分的冒牌关西口音至今仍然健在。

"我闲了一阵子，然后进了涉谷的意大利餐厅，结果老板特别讨厌，我干了一年多点也辞了。我觉得自己是不是不适合当厨师，做了一些木匠和快递之类的工作，一直到前年，在八王子开日料店的朋友问我，要不要去他店里上班。"

麻贵笑出了声。

这走一步算一步的样子，还真是跟她不相上下。

"先别说我了，你怎么在八王子？"

"我男朋友在这边。"

为免误解，麻贵一开始就亮明了立场。

"是吗。你瞧着很幸福啊。"

福分没戴结婚戒指，麻贵还以为他大概是奔着那种事来的，但他并没有很失望的样子。

麻贵倒是有点失落。在她的记忆中，福分对自己十分痴迷。难道他女朋友也在八王子？

她刚开始思考，福分就轻飘飘地开了口。

"我现在单身，没有女朋友。要帮忙随时邮件找我，杂活儿也好别的也好，我什么都能做。"

不过，两人并未因此经常碰面。麻贵多少也是会自制的。

麻贵想起福分的话，是在三个月后，平成二十二年[1]二月二十八日的星期天早上。

"我说麻贵，你真的不管怎样都想要钱？"

福分再次确认道。

"嗯，那可是三亿啊。有三亿的话，就能玩一辈子了。"

麻贵果断地回答。

在福分面前没必要装模作样。我没那么伟大，能对一辈子一次的机会视而不见。这全怪雄哉，谁叫他不肯跟我结婚。麻贵懊恼得想哭。

麻贵偷看了卧室一眼。仅仅两个小时前，那里倒着的物体还是楠原雄哉。现在是早上六点。

_____
1 2010年。——译者注

"好，既然决定了就别磨蹭，必须马上开始行动。"

福分嗖地站起来。

"先把卧室空调从制暖调成制冷，能多冷就多冷。"

他干脆利落地指挥起来。

"知道了。但是福分，你准备怎么处理那个？"

"这还用问，当然是埋了。租辆车运到奥多摩，总能找到合适的地方。不过，首先得慎重考察一下，绝不能着急乱动。如果这期间尸体开始腐烂就麻烦了，对吧？我倒是也会尽快弄点干冰来。"

福分一副极其理所当然的样子。

难道是因为日常就在处理金枪鱼和牛肉块？他看起来完全不紧张。

福分跟着麻贵走进卧室，认真环视室内。卧室大概六叠大，一张小型双人床靠墙而放。

雄哉是个爱整洁的男人。这房间明明刚发生过一场骚乱，看起来却井然有序。一席羽毛被铺满了整张床，这当然是麻贵干的。

福分慢悠悠地来到床前，"嗖"地掀开被子，露出了雄哉穿着睡衣横卧的整个身体。

麻贵不禁紧闭双眼。雄哉断气瞬间的脸在她眼睑下浮现。

那张脸又青又黑，扭曲膨胀得超乎想象，是一副拼命呼吸索取氧气的模样。表现极限的痛苦时，肉体就会变成那样吗？明明可能什么都没看到，凝聚着愤怒焦躁和怨念的眼球却丑恶地瞪出眼眶——

当时，麻贵无法直视雄哉。她连尸体也不敢碰，盖上被子就逃走了。

　　我可能是个坏女人，却绝对不是个大胆的女人。新闻里说的分尸杀人，凶手的脑子究竟是怎么长的？我绝对做不到。麻贵刷新了认知。

　　福分先是对着雄哉合了合掌，然后便像要吃掉他一样目不转睛地盯着看。他现在是什么心境？在福分前所未有的认真表情中，麻贵看不到这个问题的答案。

　　"你要怎么办？"

　　福分并未回答她的问题，而是沉默地把雄哉的身体搬向侧面，再像虾子一样折起来。雄哉双脚弯曲的姿势恰似胎儿。

　　"过一段时间，身体就会因为死后僵直变硬。"

　　他小声嘟囔。

　　是打算放进行李箱运走吧。麻贵明白了。

　　"这家伙现在没工作吧？他父母和兄弟姐妹在哪？"

　　"他妈妈已经死了，爸爸见都没见过。我没听他提过兄弟姐妹，亲戚可能有，但好像并没有来往。"

　　"朋友呢？有亲近的人吗？"

　　"我不知道。他人缘很差的。"

　　"这栋公寓的邻居呢？"

　　"完全没来往。"

　　"知道了。他手机在哪？"

　　麻贵指向放在床边的手机。

　　福分拿起雄哉的手机，兴致勃勃地摆弄了一会儿。

　　"确实没人缘啊，除你之外都没发邮件的对象，根本不算活着。

我借一下电脑。"

福分边说边走回客厅，利落地打开了雄哉的笔记本电脑。

他动作很熟练，让麻贵想到电视剧里的刑警和侦探。

"我应该做什么？"

"总之，先把他的存折和公寓合同这些重要文件和印章归到一起，现金卡和信用卡当然也要。你知道取款密码吗？"

"嗯。雄哉记在记事本上，我看到过。"

"正好。但你应该不知道网银密码吧？"

"不知道。必须知道才行吗？"

"没事儿，没事儿，会有办法的。"

福分目不转睛地盯着电脑屏幕，挥了挥右手。

"不过，那家伙明明中了三亿，却连个好点的地方都不搬，每天都在干什么呢？"

"我也让他搬个好点的公寓，但他说在日本引人注目不好，要离开日本去空气清新的澳大利亚定居。他说他以前出差去过，毕竟他身体不好。而且，其实他之前上班那家医院的人告了他，让他把彩票中来的三亿分给他们。"

"咦？是吗？那官司打得怎么样？"

"去年年底，对方主动撤诉了。周刊杂志登了很多官司的报道，人名虽然是匿名，医院却是实名，医院好像怕了。雄哉就这样赢了，他说律师费白付了，特别生气。他很小气的。"

"但你喜欢他吧？"

福分停止操作电脑，目光向麻贵投来。

麻贵不想对他撒谎。

"嗯，我是喜欢他，但我不知道他喜不喜欢我。就算没中三亿，他也不打算和我结婚。"

说着说着，麻贵湿了眼眶。

我不是伤心，只是不甘心。她给自己找着借口。

福分凝视着她，视线如同利箭。

现在想来，两人独处的时候，雄哉经常无视麻贵的存在，埋头玩游戏或摆弄电脑。哪怕麻贵跟他说话，他多数时候也只会敷衍着回答，"啊……""嗯……""随便……"

福分就绝不会这样。麻贵在身边时，他始终都只会注视麻贵一人。明明如此，为什么我就是不爱他呢？

麻贵在屋里找来了各种重要文件，福分认真地检查着它们。

"有健康保险吧？我有蛀牙，必须看牙医。印鉴登记卡也有……嗯，这样就行了，该有的东西都有。虽然驾照有照片用不了。"

福分看了遍文件，满意地点着头。

麻贵不知道他想干什么，但他应该是打算偷偷占有那三亿日元吧。

每当想起自己和雄哉的对话，麻贵心中就会涌起苦涩之情。他们曾经挥舞着彩票拥抱彼此，高兴得手舞足蹈，然而，当那些陶醉的日子逝去之后，等待着他们的就只有误解、困惑，以及无可救药的猜忌。

雄哉得到了意料外的巨款，却一直把自己关在家里，不仅没有吃香的喝辣的大买特买，反而连下手的意思都没有，存着钱一动不动。

官司当然有一部分影响,但麻贵觉得雄哉是变心了。

"我问你哦,澳大利亚有多少日本人啊?我到那边去做什么呢?"

麻贵试着套话。

"你连英语都不会说,去澳大利亚干什么?"

雄哉嗤之以鼻。

确实,他们并未登记结婚,也从没讨论过将来该怎么办。不过,他至今还没明确拒绝过麻贵。

雄哉想逃跑,既想逃离麻贵,也想逃离日本——如今他是名副其实的亿万富翁,对他而言,麻贵只不过是众多想分三亿日元一杯羹的人之一。

福分理好文件,放进自己包里。他面向麻贵,难得的一脸严肃。

"我说,你听好咯!从今天开始,我就是楠原雄哉。楠原雄哉健健康康地活着。不管听谁说了什么,你都要始终这样回答。麻贵,你像以前一样上班,像以前一样生活就行了。只不过是楠原雄哉悄悄变成了我,其他事情都和以前一样。懂了吗?这间公寓要退租,然后买套新房子。反正钱有的是,能买套好公寓。买了之后,我们就好好登记结婚,你要正式成为楠原麻贵。可以吗?"

麻贵无言以对。见她这样,福分立刻像责骂恶作剧小孩的父亲那样,摆出了可怕的表情。

"要把三亿日元据为己有,这是唯一的办法。首先,我们要成为夫妇。你忍上一年,或者至少半年。然后我会失踪。失踪七年的话,人就会变成法律上的死人,你就能光明正大地成为寡妇。失踪之前,我会留一封公证遗书，说剩下的财产都给妻子。这样一来，钱和公寓就都是你的了。"

"嗯——"

麻贵哼哼着。福分的话太离奇了，她无法产生实感。

"那以前的福分这个人怎么办？"

"辞职，暂时到处混混。反正我一直都这样，没人会担心的。"

"那继续待在八王子不好吧？我们远走高飞吧。"

"那家伙一直都住在八王子吧？你既然在八王子工作，就不能离开这里。这不只是现在的问题，还要考虑到将来宣告失踪的手续。警察和亲戚说不定会调查，偷偷行动要被怀疑的。"

"不过，要是遇到你的熟人怎么办？"

"尽管交给我，我以前在侦探事务所上过班，很擅长变装的。新公寓周围都是陌生人，比郊外独栋更方便。这种时候，就是该在敌人面前堂堂正正的才好。"

福分自信满满地宣告。

"好了，我要做很多准备，晚上可能会很晚，但绝对会回来的。你周日也要上班吧？跟平常一样工作，跟平常一样回来就好！懂了吗？明白吗？"

话音刚落，福分嗖地站了起来。

"福分，你什么时候回来？你要我一个人在这儿等你？不要，我害怕。"

麻贵抓住他。

"笨蛋！你忘记他对你做过什么了吗？既然你说什么都想要钱，就别在这害怕。有空的话，不如想想那家伙的人际关系，多整理一点情报。啊，还有，可能会有寄给楠原雄哉的大包裹。我刚买了行李箱和干冰。"

说完之后，福分悠然地走出了雄哉的公寓。

福分大显神威。

深夜回到公寓时，他戴着朴素的眼镜，发型从平头换成了上班族风格，简直像变了一个人。

福分纤细高挑，眼角下垂，有一张讨人喜欢的脸。虽然不管怎么变装都不可能像雄哉，但他确实来了个完美变身。看来他的确在侦探事务所打过工。

星期一，福分网购的东西送到了。

幸好，麻贵这天放假。行李箱宽五十四厘米、高八十一厘米、深三十一厘米、容量一百五十升，在出国旅行用的行李箱中也属于特大号。此外，在泡沫纸和纸箱双重包装下，总重十公斤的十块干冰也送到了。

福分把行李箱搬进卧室、放在地上，慢吞吞地从口袋里掏出一双手套戴上。他打开行李箱盖子，取出正中央的隔层，把对折后的床单铺在里面。

准备好这些之后，福分一把抱起床上的雄哉，轻轻放进行李箱里。这大概就是他说的死后僵直。哪怕被抱起来，雄哉的身体也没瘫软。

麻贵完全理解了福分昨天预先折好尸体的理由。仿佛事先量过尺寸一般，雄哉的身体正好收在箱子里。

结束之后，福分打开干冰箱子，用冰锥捣碎块状干冰，填进行李箱的缝隙。白烟缭绕，本就被空调凉透的卧室几乎变成冷冻库。

福分沉默地做着事，然而，就算让麻贵帮忙，她也没有触碰尸体的勇气。麻贵呆滞地望着福分的背影。

"麻贵，你应该能相信我吧？"

合严行李箱之后，福分带着认真的眼神问麻贵。

"嗯。"

她只能这么回答。

"之后的事我一个人做，都交给我，你什么都不知道，懂吗？"

"嗯。但你要把这个埋到哪儿？就装在行李箱里埋吗？"

"我都说交给我了。"

福分又露出了可怕的表情。

"今后就按昨天说的那样做。这间房子退租。搬进新公寓之前，你在自己家等着。"

"你妈妈不会担心吗？"

福分一直很孝顺母亲。虽然同为单亲家庭，但他和几乎不提母亲的雄哉大不一样。

"别担心我。还有，别忘了我是楠原雄哉。"

如他所说，福分跟银行、房屋中介和搬家公司进行交涉，在八王子圣路易宫买了新房。

他虽然什么都没讲，但那东西自然也处理好了。

麻贵有段时间不敢看电视新闻，但既然至今无事发生，一定一切都很顺利。

三月十二日星期五傍晚，麻贵首次踏入八王子圣路易宫的房子，被超出想象的豪华景象惊得瞠目结舌。

"先要跟左邻右舍打个招呼，说我们结婚了。别担心，全是陌生人。登记就十五号星期一去吧。"

看见麻贵这种反应，福分心情大好。

之后福分一直没找过麻贵，但奇妙的是，麻贵并不担心他会卷着三亿日元逃走。福分那个人，不可能放过和自己一起生活的机会。

与其无谓地担心，还不如试着做做看，说不定就成功了呢。麻贵开始这么想了。

4

"明天春分，是扫墓日呢。麻贵，你知道楠原家祖坟在哪儿吗？"

吃完晚饭后，福分一边收拾一边问。

现在是三月二十日晚上，他们登记结婚已经五天了。

麻贵打电话给熊谷的父母汇报了这件事。母亲问了她很多问题，她都说回老家再详谈。母亲好像早就对她这个朝三暮四的女儿死心了，哪怕听说她不办婚礼也不慌不忙。

"不知道。你知道吗？"

"嗯，西多磨平安陵园寄了张年度管理费的账单来。陵园在西多磨郡日出町，从 JR 五日市线武藏五日市站下车就能到。"

"你要去扫墓？"

"不，我还在犹豫。"

难得福分会含糊其词。

梅莺堂全年无休，麻贵每个月不定期放八天假，时间不随日历。明天她上晚班，要工作到晚上八点，而且，她本来也在极力避免和福分一起外出。

所以，这件事无论如何都和她无关。但是，福分既然冒充了楠原雄哉，大概是觉得不去扫墓不合适。

"不去也行吧？"

福分是个挺守旧的人，但麻贵已经十几年没扫过墓了。

不过，雄哉又如何？他几乎完全不提母亲，也没给麻贵看过照片。他可能是个薄情的儿子，但总好过恋母癖。他那种让麻贵着迷的黑暗阴郁气质，绝不是在母亲溺爱下长大的人会有的东西。

结果，福分到最后也没说去不去扫墓。

次日二十一日傍晚，当麻贵已经彻底忘记扫墓这回事时，她的手机在口袋里响了起来。电话来自雄哉的手机，时间是晚上七点四十九分。

虽说此时临近关店，已经没什么客人了，但毕竟还是工作时间。福分居然会打电话来，看来是有什么特别的大事。

"怎么了？"

顾虑到其他店员，麻贵压低了声音。

"喂，请问是楠原麻贵女士吗？"

一个陌生中年女性的声音传入耳中。

"是。"

"您是楠原雄哉先生的夫人吗？"

对方的口吻专业而冷静，却从深处渗出了紧张感。

"是，我是。"

心脏"怦"地发出异样的响动，脉搏同时迅速上升。麻贵意识到自己这些变化，不由转身背朝同事。

"我是立川脑神经医院的护士梅田。您先生扫墓时在墓地摔倒撞到了头，被救护车送到我们医院了。"

麻贵从没想过会出这种事。

"喂，您还好吗？"

麻贵哑口无言，对方好像在担心她。

"啊，嗯，没事。那，万……他怎么样了？"

连"我老公"这个词都不能立刻说出来。麻贵对这样的自己感到气恼。

"到医院的时候还有意识，但问诊时陷入昏睡状态，现在丧失了意识，非常严重，需要立刻动手术。我们正在做准备，但手术需要家人同意，希望您能尽快赶来。您大概多久能到？从立川站打车的话，五分钟就能到我们这儿。"

"诶，我现在在八王子，怎么都得半小时……"

"那就之后再签同意书，我们先准备手术。您知道地点了吧？"

"那个……我老公没事吧？"

察觉对方好像要挂电话，麻贵赶紧问。

"这我也不清楚。您过来之后，医生会说明的。"

"但你说丧失意识……不是脑震荡吧？"

"这个……"

对方的语气很沉重。

"对了，你们怎么知道我是雄哉的妻子？"

福分用的是雄哉的手机，里面应该看不出来麻贵是雄哉的妻子。

"他一开始还有意识，把自己的名字、地址、摔倒的经过都说清楚了，还让我们用这个手机联系太太。"

原来如此。

"总之请您尽快过来。啊，还有，他自己带着健康保险证，您什么都不用带。"

护士可能着急了，最后这句话说得很快。

"知道了，我马上去。"

麻贵生来头一次膝盖打战。

把手机收回口袋时，她发现自己的手在微微发抖。

麻贵抵达立川脑神经医院时，福分正在接受手术。这时已经快八点半了，但可能因为这里是急救医院，虽然没有外来患者，正面的大门却还开着。

她进了门，在导医台报上名字。

"啊，太太！等您好久了。"

不一会儿，刚才打电话的护士就出现了。这名修女般的女性戴着厚底圆框眼镜和上书"梅田"的胸牌，不自觉地绷着脸。

匆匆打过招呼后，她们迅速穿过玄关大厅走向电梯。乘进医院特有的深长电梯后，护士按下了二楼的按钮。看来手术室在二楼。电梯关门、响应操作和上升的速度，全都慢得像在故意让人着急。

"他怎么样？"

听见麻贵的问题，五十岁左右的老护士梅田沉重地板起了脸。

"是脑挫伤，脑内出血很多，必须尽快做手术降低脑压，否则会很危险。"

"不过，没有生命危险吧？"

麻贵颤声问道。

"不好说，毕竟还在治疗。"

不知是本性正直还是职业使然，梅田支吾道。

"两位还有别的家人吗？如果想叫谁来，最好尽快。"

麻贵沉默地摇了摇头。

话说回来，怎么摔一跤就把头撞得这么严重！难以置信。

"能让我见见他吗？一小会儿就好。"

听见麻贵的请求，轮到梅田摇了摇头。

"手术已经开始了。而且，他进手术室前已经昏迷了。"

难道其实已经死了？麻贵脑中萌生出恐怖的疑念，而护士仿佛看破了这一点，握住了她的手。

"太太，振作点！出结果之前不能想太多，未来还长，不能气馁。那边可以坐，你休息休息，我去叫医生。麻烦你签一下文件。"

梅田把手术室斜前方一间大约两叠的小房间指给她看，屋里拥挤地摆着长椅和小桌。

看样子，这是打算在手术前做好形式工作。

"简单地说，就是让我们在'死了也不会有意见'的文件上签名。"

麻贵想起来，奶奶住院做胃部手术时，爸爸曾经说过这种话。

但这都无所谓了。她想知道福分怎么样。

她叫住急着要离开的护士。

"请等等！我老公是救护车送过来的吧？他自己打的119[1]吗？"

"不是，是陵园清洁工看见他倒在坟前后打的。他说只是摔倒撞在石头上了，没什么关系，不过以防万一，清洁工还是打了急救电话。

"到这里之后，他还一直说没事要回家，医生正在说服他，他就突然出现了意识障碍，进入昏睡状态了。"

"他是几点撞到头的？"

"他本人说是七点左右。这时间扫墓有点晚了，但今天毕竟是春分嘛。"

"撞到的是脑袋哪里？"

"后脑勺上方，就这附近。"

梅田用右手摸了摸自己的头。

"其实出了很多血，不过，您先生是戴假发的对吧？"

---

1 日本的急救电话是119。——译者注

梅田不禁笑出了声，但很快就发现自己不够谨慎。

"对不起。不过，因为伤口被假发遮住，才没能及时发现情况有多严重。"

"撞到后脑勺，也就是往后摔的？"

"应该是这样。"

哪怕有路灯，晚上七点也相当黑了。福分为什么要这么晚去陵园？麻贵对此虽然有所疑问，但接到事故通知以来，她一直有件很在意的事。她把它问了出来。

"这种事故需要告诉警察吗？"

她发现自己音调尖锐，幸好，梅田似乎并未怀疑。

"不用，毕竟这不是交通事故，也没有加害人。如果事故后立刻去世，就会定义为异常死亡，由诊断医师向警察报告。不管怎么说，都不用家人专门汇报。"

麻贵不禁叹了口气。

结果，福分再也没有恢复意识。

他做完手术后仍昏睡不醒，十三天后停止了呼吸。当时是四月三日凌晨四点十三分，麻贵正在八王子圣路易宫的家中睡觉。

不管何时看向病房，昏睡中的福分都在医疗器械的包围下淡然镌刻生命的分分秒秒。他自己仿佛也变成了器械，仔细瞧瞧，便能看见他平时诙谐的面容苍白孤寂，无比严肃。

即便如此，活着就好。然而，不知何时，福分连这微弱的生息都

停下了。

"跟您说说开颅减压术吧。好比您先生这样，外伤造成的脑挫伤有时会导致大量脑出血，必须尽快降低颅内压，也就是切开一大块头盖骨，把肿起来的大脑放到头盖骨外。这台手术本身是没错的，但您先生脑内血肿变大，甚至出现了脑疝症状，我们实在束手无策。这是现代医学的极限，不，是我们能力不足，才导致了这么遗憾的结果。"

才早上五点，主治医师已经穿着白大褂出现了。麻贵心生敬佩，却无法理解他那不知是推卸还是谢罪的关键说明。

她唯一能理解的，就是福分已经死了。

"你忍上一年，或者至少半年。然后我会失踪。"

她想起福分曾经说过的话。

然而，他居然是以这种方式失踪的。她不想这样，他们结婚还不到一周啊。

"你就能光明正大地成为寡妇。"

"钱和公寓就都是你的了。"

福分的声音在脑海中回荡。

"福分，别这样。"

麻贵独自留在病房，扑向了福分的遗骸。

"那个——"

身后传来了拘谨的声音。

麻贵回头一看，只见一个二十四五岁的年轻护士不知何时进了病房。这名护士虽然胖乎乎的，圆圆的眼睛却很讨人喜欢。麻贵之前没见过她。

"该移到太平间了。"

福分的病房离护士站很近,是电梯旁边的单人房。医院没有要求缴纳单独费用,所以这应该是不能进大病房的重症患者专用的特别病房。

生命之火一旦熄灭,患者瞬间就变成了单纯的物体。层层围绕住福分的器具、器械和管道立刻被拆除,如今,这具物体也将被赶离病床。

"好的。"

麻贵点点头。

"真的和福分一模一样。"

护士认真地盯着死人的脸,天真无邪地说。

职业使然,她应该很习惯临终的场面。

不过,麻贵还是吓了一跳。

"你知道福分?很久以前红过一下,但很快就没消息了啊。"

她不禁大声说。

"我小学时在电视上看见的。相声组合'福分和笠子',很好玩对吧?"

答完这句话,护士立刻恢复了认真的表情。

"您是他太太吧……家里没有其他人了吗?"

麻贵瞬间被拉回眼前的现实。

住院以来,除了妻子没有一个访客,难怪会被人怀疑。

"嗯,大家都住得很远。"

麻贵喉头一哽，但还是蒙混过关了。

必须小心。这种时候，她多么希望福分在身边啊。

麻贵发现，自己不知何时已泪流满面。顾虑着护士的目光，她赶紧从单肩包里摸出了纸巾。

有生以来，这还是她第一次为他人的死而流泪。

没有守夜，也没有告别仪式。在地下的太平间里，立刻有人给麻贵介绍了和医院合作的殡仪馆。或许是因为最近这种人变多了，哪怕听说麻贵希望独自给丈夫送终，名叫小谷野的年轻负责人也并未表示怀疑。

麻贵这还是第一次知道，殡仪馆不仅要安排葬礼，还要代办政府方面的手续。死在医院，这不但意味着断气前要接受周到的看护，还意味着停止呼吸到埋葬遗骨的过程都要踏上社会的轨道。此刻埋在某地深处的雄哉，到底是没能踏上这条轨道。

火葬死者需要市政府颁发的火葬许可书，而为了领取火葬许可书，首先必须进行死亡申告。听着小谷野的说明，麻贵深深感到自己此前的生活完全与世间常识无缘。

小谷野对这位结婚不到二十天就丧夫的年轻妻子倍加同情。不过，就算并非这种情况，年轻男人多少都会对麻贵表示关心，看来小谷野也不例外。

火葬于四月五日举行。当天，小谷野一大早就在殡仪馆跟麻贵会合，从火化炉前的告别仪式开始，他一直陪伴着心不在焉的麻贵，直到火葬结束、拿到骨灰。

福分放在骨灰盒里，轻得难以置信，小得不可思议。虽然小谷野说可以直接这样下葬，但麻贵并不想把福分的骨灰放进楠原家的祖坟。福分肯定不愿意，先进去的雄哉妈妈想必也会生气。

"有的遗属不想直接下葬，会这样在家里放很多年。的确，既然您先生是意外过世的，哪怕这只是骨灰，您当然也会舍不得。这种事情，自己舒服就是最好的。"

小谷野认为她是不愿离开骨灰，立刻补了这么一句。

小谷野话中的关怀超出了工作需求，果不其然，火葬流程全部结束后，他邀请麻贵共进午餐。麻贵并不讨厌他这种类型，但姑且不说平时如何，现在她实在不想跟殡仪馆的人吃饭。

她回到八王子圣路易宫时，时间已过正午。

严格地说，她身上的黑色裤装西服并非丧服。骨灰盒放在木箱里，用富有光泽的白色布袋盖住，再用大小不引人注目的纸袋装起来，搭上一条围巾。楠原雄哉在名义上和事实上都死了，她再也不用偷偷摸摸了。她虽然明白这个道理，却无法判断自己应该怎么办。

摔伤事故以来，她一直没去梅莺堂上班，福分死亡时更是直接辞了职。此时此刻，只有这里才是她的容身之所。

彩票奖金不用缴税。雄哉打算离开日本，并没有乱花钱，在他死时，三亿日元几乎原封不动地存在 M 银行的综合账户里。福分提了一亿买八王子圣路易宫的房子，买房剩的钱都换成现金放在手边。提款手续是和买房手续一起在八王子站前的 M 银行支行办的，银行里

没有员工见过雄哉。

福分买了个家用保险柜放在盥洗脱衣间角落。他用纸箱把它套住，又在上面放了个洗衣筐。

"要是来个专业小偷，这种保险柜轻轻松松就能打开。不过，火灾时它至少能护住钱。这样摆起来，就看不出下面有保险柜了吧？"

福分拍打着定价七百日元的黄色塑料洗衣筐，得意地笑了笑。

"三亿日元如果一次全取出来，银行那边也会问东问西。总之先取一亿，剩下的慢慢想怎么办。"

明明说了这种话，他却丢下麻贵自己走了。

"笨蛋！"麻贵嘟囔着，"别去扫墓不就好了。"

总不会是遭天谴了吧。

福分受伤之后，麻贵每天从 ATM 机取五十万日元。ATM 机每天的取款限额是五十万，取完两亿需要四百天。这种事应该持续到什么时候？还是应该住手？她不知道。

福分说过，他失踪前会用公证遗书留好遗言，把钱和公寓都变成麻贵的东西。那么，如果没有遗言的话，这些东西是不是就不能归她所有了？

"笨蛋！"

麻贵又一次嘟囔道。

视线前方是装满腐叶土的运载车。福分明明说过要在阳台上种东西的。

午饭时间已经过了，但麻贵毫无食欲。不过，如果什么都不吃的话，身体肯定支撑不住。

她把骨灰盒拿进卧室，安放在边桌上。她虽并未打算一直这样放着，但居然并没有想象中那种恶心的感觉。世界上那么多人，麻贵现在最希望福分在自己身边。

她脱下紧巴巴的西服，换上平时穿的毛衣套装，慢吞吞地走进厨房，从冰箱里拿出盒装牛奶，倒进马克杯，放在微波炉里加热。她本来还想烤几片面包，又觉得肯定吃不下去。

她把热牛奶放上餐桌，正想坐下，门铃突然响了。

小谷野的面孔骤然掠过脑海。他明显对麻贵有兴趣，但不管怎么说，也不至于葬礼当天就到她家来吧？

不过，监视器画面里是个麻贵完全不认识的男人。

男人五十岁左右，头发黑白交杂，身穿朴素的黑色西装，背着黑色单肩包。他乍看一副不靠谱的模样，锐利的眼神和结实的身材却明显不同于推销员。

警察？为什么？

"您哪位？"

麻贵索性敷衍以对。

她不想暴露内心的不安。

男人的声音低沉却清晰，他回答道：

"我想跟你打听打听下落不明的棚田强志。"

麻贵眼前一黑。

5

男人出示的名片上写着"私家侦探榊原聪"，下面有邮箱和手机号，但并没有地址。

麻贵本打算无视监视器画面里的男人，但立刻转念一想，觉得他既然在打探福分的下落，那就算不是警察也不会善罢甘休，被拒绝后可能会四处跟邻居打听造成麻烦，如果真到警察那儿去了，更不只是闹出麻烦就能了事的。

"好吧。"

麻贵打开公寓大门，又开了房门等男人上三楼。对方自称私家侦探榊原聪，语气意外地稳重。

"你不是警察啊。"

麻贵不禁暴露了心声。

"嗯，所以你别担心，我只是打听点事情。"

榊原看向麻贵。他的视线如此直接，暗示着这并非他初次见她。

他眼神锐利，表情却有些乐在其中。麻贵并未因为他是私家侦探就信任他，但他看来至少不像勒索犯或强盗。

受邀进入客厅后，榊原坐进沙发，视线直直地转向阳台。他想必很在意狭窄阳台上那格格不入的运载车。这也难怪，毕竟麻贵当初也一样。

不过，她不想让他问些多余的问题。

她赶紧坐到他对面，这时，榊原终于开口了。

"我调查过了，知道你和棚田强志在这里同居。我还知道他出于某种原因自称楠原雄哉，两天前因为脑挫伤在立川脑神经医院去世。

"其实，我是接到了强志姐姐吉井惠美女士的委托，要把下落不明的他找出来。我需要向委托人汇报事态情况，当然，我自己对这件事也很有兴趣。如何，你能配合吗？"

说话这么开门见山的人，麻贵这辈子还是第一次遇到。

麻贵和福分虽然是很久以前谈的恋爱，但他们的关系得到了双方家人公认，她也经常去他家玩。福分和妈妈、姐姐三个人住在一起，姐姐小惠当时是白领，把读高中的麻贵当妹妹一样疼爱。

话虽如此，这个榊原侦探是怎么发现福分顶替了楠原雄哉的？福分的行动应该很谨慎，小惠姐既然会雇私家侦探，就说明她自己什么也不知道。还有，这个男人对楠原雄哉了解多少？

麻贵脸颊发热。对方或许是在套话，她不能随意回答，不过，也不可能蒙混过关。

榊原似乎看出了她的动摇，于是用一种抚慰般的缓慢语气继续说道。

"其实，上个月二十二日，强志的母亲棚田幸子女士患了脑梗死。她被救护车送到医院，一度甚至出现生命危险。现在情况虽然安定下来，但就算存活也会有语言障碍或半身瘫痪之类的后遗症，目前还必须住院，不能掉以轻心。惠美小姐虽然成家了，但她就住在娘家附近，照顾老人家没有问题。只不过，她实在和家里的独生子强志联系不上，

走投无路，所以才让我搜索他的下落。

"据惠美女士所言，强志很孝顺母亲，高中辍学到东京以后，他虽然没有固定的工作和住所，一直飘来飘去，却从没跟熊谷的母亲断过联系，邮件和电话都会马上回，每年还会回老家露一两次脸。

"二月底的时候，强志给幸子女士打了个电话，说他要出去旅行一段时间。他这两三年在八王子的日料店上班，存些钱就会出去几周甚至几个月，说是修行，其实就是到处晃。反正一直都这样，幸子女士和惠美女士就都没在意，毕竟在现在这个时代，不管去了世界上哪个地方，有事打个电话就马上能找到人。

"但这次不一样。惠美女士想找强志，但他手机关机，电话留言跟邮件也不回。惠美女士觉得很奇怪，专门从熊谷跑到八王子来看看，结果强志店里的人和公寓管理人都不知道他去了哪儿，以前的朋友也说他这一个多月音信全无。这很可能是生病或出事了。不过，强志确实说过要去旅行的。惠美女士觉得请警察搜索也没用，于是直接找到私家侦探也就是我，委托我寻找强志。

"你应该也认识惠美女士吧？她担心得晚上觉都睡不好。为了她也好，为了强志也罢，强志到底出了什么事，你能把你知道的情况都告诉我吗？"

榊原打住话头，面对面凝视着麻贵。他的视线毫无迷茫，似乎看透了一切。

不能输在这里！麻贵拼命让自己强势起来。福分为我那么努力，我怎么能随便坦白？我必须装到最后……

然而，仿佛看透了麻贵心中所想，榊原缓缓地看向了阳台。

他低声继续道："那辆车里放了什么？"

"干吗啊你！嘴上说着是惠美姐找你来的，其实是警察吧？"

麻贵猛然起身，榊原的语气却依旧冷静。

"我不是警察，我没骗你。"

"既然不是警察，为什么问那种奇怪的问题？这是我自己家的阳台，我想放什么就放什么吧？"

"话是这么说。"榊原点点头，"但如果真不在意，你最好别在我每次看阳台的时候都一惊一乍的。这只会让我觉得你在隐藏什么不好的东西。"

榊原眼中没有敌意，反而隐约有一丝对这种事态的兴趣。

"还是说，你也不知道里面是什么？在这种豪华公寓的阳台上放那种煞风景的东西，好好的高级感全没了。应该不是你的主意吧？"

这就是私家侦探吗？榊原的态度和警察不同，不会威慑他人。麻贵彻底放松了肩头的力气。

"是腐叶土，种东西用的土。"

受榊原影响，麻贵的语气也不由得轻快起来。

"腐叶土……原来如此。不过，你不像那种喜欢种花种菜的人啊。"

"不是我，是福分，不对，是强志想在阳台上种香草。他是个厨师嘛。"

"哦，你是这样叫强志的？不过，为什么是'蝠鳐'啊？"

听见这个发音，榊原一定是想到了"蝠鳐"这种鱼。那种鱼又叫

127

"魔鬼鱼"，扁平巨大，宛若战斗机，确实完全不像强志。

"反正你不知道'福分'，我解释也没用。"

"是吗，那算了。"

榊原略做沉思，表情忽然严肃起来。

"你亲眼看过里面的腐叶土吗？"

他盯着麻贵的脸。

"当然看过！我没骗你。你要看看吗？"

麻贵真生气了。车里是货真价实的腐叶土。只要亲眼确认，榊原应该就会接受。

然而，那之后她再也没看过车里，里面的东西还跟以前一样吗？不可否定，她心中确有一抹不安。不，不是一抹，实际上，她的心被一片如同在海中游泳的黑色蝠鲼般的不安巨影所覆盖。

"啊，请务必让我看看。"

榊原迅速站起，立刻自说自话地打开铝框玻璃门，拖鞋都没换就来到阳台上。他瞥了战战兢兢跟来的麻贵一眼，立刻开始拆卸运载车盖子的链条。

从某种意义而言，这是麻贵求之不得的发展。她实在没有独自打开盖子的勇气，等现在再看一次腐叶土之后，她就打算严严实实地关起盖子，永远把它封印起来。

"腐叶土里供着重要的守护神，能在万一的时候保护你。"

她想起了福分的话。福分说的"守护神"是什么？

麻贵非常不安，榊原则毫不犹豫。他随手掀起盖子，轻轻点点头，只用眼睛做起检查。看他的态度，他应该对里面的腐叶土丝毫没有怀疑。麻贵十分安心，安心得几乎要笑起来。

她越过榊原的后背望去，只见车里还是和当时一样堆满土块。颜色虽然黑了些，气味却并无变化，还是散发着铺满腐烂枯叶的山路般潮湿的气息。

"原来如此。"

榊原并未露出失望的神色。他盖上盖子，漠然地再次锁上链条。

"哎呀，谢谢，真有意思。那我们继续吧。"

榊原露出了第一抹亲切的笑容。

"我说你啊，问别人话之前先说说自己吧？你是怎么找到这儿来的？"

麻贵咬了一口刚烤好的黄油面包。

客厅里洋溢着面包烤煳后香喷喷的气味，以及新鲜摩卡咖啡的馥郁香气。榊原喝的是黑咖啡，麻贵则又热了一遍刚才没喝成的牛奶，做了杯咖啡欧蕾。融化的黄油溢出嘴角，但麻贵并未在意，又咬了一口面包。她本就是个会因小事而感到幸福的女人。

确定车里的东西还和那时一样后，一直压在肩头的重担突然烟消云散。麻贵觉得肚子很饿。

看来，榊原的确和警察无关。失去福分后，麻贵没有任何同伴，见谁就想让谁当靠山。既然这个男人是小惠姐找来的私家侦探，那他应该至少不会对福分不利。麻贵决定认真听他说说。

"你说得对，那我先开始吧。"

榊原愉快地看着吃面包的麻贵。

"肚子饿了。我要烤点面包，你吃吗？"

刚才麻贵这么问时，榊原笑着摇了摇头。其实很想吃吧？麻贵已经从容得能够思考这种问题了。

"惠美女士委托寻找强志的下落后，我首先调查了居民卡。这是找人的基础。然而，强志的居住信息还在八王子的公寓里。这虽然不能说明他还在八王子，但至少能确定他本人没有彻底转移居住地。附近的邮局也没有收到他的转移申请。

"接下来，我去强志工作的日料店问了问，还是没有关于他行踪的线索。据说他工作认真，性格开朗，但不怎么说私事，也没有固定的恋人。他这次辞职，是突然提出来的。

"他公寓那边的人说，他是个很好的房客。他本人认真地办好了退租手续，三月五日在管理人面前正式退了房，没有留东西也没有欠租金。从这个事实来看，很明显，他没有卷入突发事故或事件。

"我还问了公寓房客，他们说强志没有走得很近的邻居，但倒垃圾或别的时候碰到，都会很有礼貌地跟他们打招呼。看来他在公寓里和在职场上一样，都不怎么展示私生活。退房时他挨家挨户打过招呼，说自己辞职了，要去游学一阵子。

"至于搬家的行李，他是个潇洒的单身汉，本来就没有什么要紧的东西。床具和电器要么送人要么丢掉，走的时候好像只背了个包、拎了个出国旅行用的全新行李箱。他是这样直接去机场或者车站了，还是去熟人家暂住了？这倒是完全没人听说过。

"不过，这些情况连门外汉也查得到，而我呢，还从强志的同事那里得到了重要线索。"

榊原语气平淡，而麻贵仅仅是听到"出国旅行用的全新行李箱"，心跳就忽地翻了倍。

假如福分是用那只行李箱搬的家，那东西当然就是在三月五日之前处理的。他是不是把它埋在了哪座山里，然后把用来做腐叶土的烂木头装在箱子里带回来了？

所幸，榊原似乎并未察觉到麻贵的变化。他喝光杯中剩余的咖啡，继续说起话来：

"首先是信用卡。强志的厨师同事记得他信用卡的种类。强志不能碰酒精对吧？但他热心工作，虽然不喝酒，却常和朋友们去好评餐厅吃饭，研究店里菜品的味道和服务。费用当然是 AA 的，但如果去的店比较高级，他们就会先刷卡，之后再慢慢算账。

"发卡机构一般不会泄露个人信息，但惠美女士是强志的亲姐姐，他们的母亲又的确身患重病。提交证明文件进行申请后，我得到了强志这三个月的消费明细。从明细来看，他最后使用信用卡的时间是二月二十八日，买了四件东西。你应该也知道吧？"

麻贵不觉点了点头。

二月二十八日，就是那难忘的一天。

"你是个老实人。"

榊原的表情柔和起来。

"那你知道他买了什么吗？猜猜看吧。"

"不知道。是什么？"麻贵思索着问。

"我问了问店里，说是男士假发、平光眼镜、西装和鞋子。这些东西明显是用来变装的。另外，如果他要去旅行，机票和电车车票就是必需的，然而，他却完全没有买过票的迹象。这样一来，只能认为他在八王子冒充成了别人，对吧？旅行用不着假发和平光眼镜。正因为很可能遇见熟人，所以才需要变装。"

"这样啊。"

麻贵接受了他的说法。侦探可真聪明啊。

"那么，怎样才能找到他呢？这种情况下，与其盲目寻找他的行踪，还不如猜猜他会去哪儿。冒充别人不等于真成了别人，兴趣嗜好很难改变，健康状态也是原本的样子。

"幸运的是，刚刚提到的那位厨师同事，他记得强志正在餐馆附近的牙科医院治蛀牙。强志虽然不喝酒，却很喜欢甜食。或许正因如此，他经常抱怨牙疼。"

"啊！"

听到此处，麻贵发出了奇怪的叫声。

"我有蛀牙，必须看牙医。"

福分确实说过这话。

榊原轻轻一笑。

"我去那家牙科医院看了看，发现他果然有治蛀牙的记录。不过，他最后一次看病是二月二十六日星期五，之后就不见人了。治疗没结束，三月一日星期一还约了复诊，他在这种情况下突然消失，说明他并不是早有计划。他可能是由于一些突发状况，突然需要冒充成别人。而出事的时间，自然就是二月二十六日到二十八日之间。

"那么，还没治好的蛀牙该怎么办？当然，蛀牙不会死人，牙痛也是能忍的，但正所谓'牙痛不是病，痛起来要人命'，痛得不好嚼东西，其实是很痛苦的。"

"你难道是从牙医那儿查到的？"

麻贵大声说。

"正是如此。"

榊原用力地点了点头。

"他冒充成了别人，可能是用别人的名字继续看牙的。电视新闻上也经常看到吧？因为牙医会保存患者的病历，发现变成骨架的尸体后，可以对比齿型来确定死者的身份。要确定某个人，牙齿和指纹一样有用。我在牙科医院拿到了强志牙齿的 X 光片，把八王子市的牙科医院查了个遍。惠美女士这时可起了大作用啊。有些医院一开始不愿意，但听说她是在找下落不明的弟弟，最后还是帮忙了。"

这样啊……

"福分用了雄哉的健康保险证啊。"

"没错。"

"他也真够傻的。用自己的保险证不就好了。"

麻贵咬牙切齿。

"不，话可不能这么说。"榊原的口吻像是在教导她，"强志既

然在冒充楠原雄哉，用自己的保险证反而可能被发现，当然得用他的。不过，就算用别人的名字去看牙医，还是得有意避开之前的医院。正因为想到了这一点，我没费多少工夫就掌握了事实，发现强志确实冒充了楠原雄哉这个人。

"然而，真正的调查才刚刚开始。问题有三个：第一，楠原雄哉是谁？第二，强志为什么要冒充他？第三，真正的楠原雄哉呢？"

沉默降临。

6

我该说什么？又该怎么说？一瞬间，一种冲动支配了麻贵，让她想对这个名叫榊原的侦探道出一切。

不过，榊原毕竟是个相识才一小时的陌生人，她还不至于随口就说出人生最大的秘密。就算她活得随波逐流，至少还没那么轻率。她决定保持沉默。

"我立刻开始调查楠原雄哉。"见麻贵沉默不语，榊原又开了口，"我首先查了居民卡。我刚才也说过，这是找人的第一步。我在调查后发现，三月五日，楠原雄哉的地址从以前的出租公寓转移到了八王子圣路易宫这栋新公寓，而这一天也正是强志退租的日子。

"同时，我还查了八王子圣路易宫308号房的完整登记记录证明，也就是所谓的登记簿副本，发现三月五日还以楠原雄哉的名义进行了保全登记。这套公寓的价格怎么看都不低于四千万日元，上面却没有任何抵押。而一般来说，买房的人都会贷款，记录里会同时记载买卖合同和银行抵押权。这说明什么？说明楠原雄哉——不，是冒用楠原雄哉之名的棚田强志，用现有资产全额购买了这套公寓。"

榊原直视着麻贵。

麻贵难以忍受他刺人的视线，于是移开了目光。

"难道楠原雄哉是个有钱人？可他之前住的却是一室一厅、租金十五万日元的出租公寓。至于职业，自从大学毕业后就职于贸易公司，他在哪儿都干得不长久。租下公寓时，他正在八王子市的不动产小公司工作，但最后也离开了那里，去堀之渊医院当了办事员。房屋中介说他没欠过房租，但还是很难想象这种人能全款买下至少四千万日元的不动产。而且，不知道为什么，一到三月他就退了租，急匆匆地离开了。

"这些情况已经够有趣了，而在调查他的工作单位时，我还掌握了更有趣的事实。首先，他一开始工作的贸易公司对他评价并不好，这倒不是因为他能力有问题，而是性格有问题。不看气氛，顶撞上司，总而言之，他就是个不适合做上班族的人。最大的问题是金钱纠纷。乱报酒会均摊费用和多报出差旅费还算小事，盗用公款可就不得了了。听说，公司最后发现有将近两百万日元的款项去向不明。虽然没打官司，但公司还是炒了他。既然发生过这种事，他当然去不了什么好的新单位，他自己又没干劲，评价就越来越差，陷入了恶性循环。他好像一直在换工作。

"在他最后工作的堀之渊医院，也有传闻说他在金钱方面不干净。

听公寓邻居说，你跟真正的楠原雄哉谈恋爱已经一年多了。怎么样？你有什么头绪吗？"

"算有吧。"

麻贵坦白道。

雄哉管钱管得很紧，说明白点，也就是小气。公寓租金由他付，去超市买食材和杂货则是麻贵负责，而在不知不觉间，他俩一起在外面的小店吃饭时，付钱和买餐券也成了麻贵的任务。偶尔去一次大餐厅，雄哉也总是磨磨蹭蹭地等麻贵掏钱。

即便如此，麻贵也并未感到不满。因为她喜欢雄哉的长相，还喜欢他住的公寓。

"不过，我认识雄哉也才一年多一点，不太清楚他之前公司的事。"

"这样啊。不过，你应该很清楚他为什么离开堀之渊医院吧？"

榊原再次凝视着麻贵。

"是啊。"

麻贵仍旧很坦诚。

她本来想否定，嘴却不由自主地动了。她本就是个不善于撒谎的人。

不过，榊原似乎已经查到了这方面的真相。他用力点点头，说道："没错，是因为中了三亿日元的'暑假大彩票'。难怪他再也不想流血流汗地工作。"

他悠悠地继续说：

"堀之渊医院的诊疗射线技师中藤说，彩票狂想曲把医院搅得一团糟。他还跟我讲了事情经过。听说闹上了法庭，周刊杂志也报道了啊。"

"《丑闻周刊》。"

麻贵嘀咕。

"没错，是本塞满了不明真假的小道消息和抄袭文章的小杂志。这位射线技师和原告的医院职工、被告的楠原雄哉都保持了一定距离，是个很冷静的人。他跟我讲了些很有意思的事。我顺便给他看了强志的照片，他说他从没见过他。

"购房资金的谜题解开了，自然就该考虑下一个谜题。在八王子圣路易宫开始新生活的楠原雄哉其实不是真的楠原雄哉，而是失踪的棚田强志。这究竟意味着什么？还有一个关键性事实：在出租公寓跟真的楠原雄哉同居的女人，为什么又在八王子圣路易宫和冒牌货一起生活？从户籍副本来看，这个女人三月十五日跟楠原雄哉结婚了。这是购买八王子圣路易宫公寓的十天后。女人旧姓木村。我又调查了一番，发现她和强志都是埼玉县熊谷市的人。"

"别人的户籍副本能随便看吗？"

麻贵插嘴问道。

她总是容易在意无关主题的细节。

"其实是不能的，但我有办法。"

"耍诈啊！怎么做到的？"

"商业机密。"榊原果断地避开话题，继续展开说明，"我问了问惠美女士，得知木村麻贵正是强志的前女友。她非常吃惊，说以为弟弟早就和麻贵分手了。到这个阶段，我终于看清了故事走向。但出乎意料的是，事件并没有轻易得到解决。其实，我三月三十日就查到了这一步，并且立刻赶到了八王子圣路易宫，但遗憾的是，强志已经不在这里了。"

"福分摔到头了。"

"好像是啊。"

"他去扫楠原家的墓……我都叫他不要去了。"

泪水不由自主地涌出。

然而，榊原并不在意。

"强志虽然不在，但我很快发现，木村麻贵——应该说是楠原麻贵就住在这里。她的行动非常可疑，每天下午两点都会一脸忧郁地外出。我跟着她一看，原来她是去医院。

"于是，我知道冒充楠原雄哉的强志受了濒危的重伤，正昏迷着在立川脑神经医院住院。当然，我去见过昏睡状态的他。很遗憾，寻人以这种形式结束了，但这也没办法。我还拍了照片……"

"福分住的是护士站旁边的个人病房吧。你都不是他家人，居然进得去？"

麻贵又插嘴道。

"这也是商业秘密。"

"那，小惠姐在福分死前见到他了吗？"

"没有。"

榊原算是个面无表情的人，而在这一瞬间，他似乎露出了苦恼的神色。

“自然，我不知道强志行动的动机和目的。据他本人所说，他撞到头也是因为自己摔倒。在那个阶段，我不能否定是你推倒他的可能性。”

“怎么会？！我什么都没做！”

麻贵大叫道。而榊原挥了挥手，劝她冷静。

“不好意思，现在我知道不是了……总之，如果没搞清楚事实关系，就不能跟委托人提出完整的报告。”

“笨蛋！她弟弟都要死了，你还有时间管这些？”

榊原紧盯着麻贵的眼睛。

“哪怕她弟弟冒充了突然下落不明的亿万富翁？”

麻贵无言以对，榊原则莫名地移开了视线。

“我从居民卡找到了你以前住的公寓。那栋木造公寓的居民大多是老年人，所以你什么都会跟他们说。他们好像都很喜欢你。我在那儿有两个收获：第一，你在老牌点心店梅莺堂上班；第二，你在楠原雄哉得到三亿日元之前就很迷恋他。

“我还去了梅莺堂。那家店会让客人在店里吃抹茶和点心对吧？我也试了试。莺饼很好吃啊，真对得起梅莺堂这个名字。不过，我在梅莺堂的收获当然不止这个，还确认了强志出事时你在八王子市的店里上班，你确实有不在场的证据。我还知道出事后你立刻跟店里请了假，并且在‘丈夫’死亡时辞职了。你以前的同事都说，‘丈夫’的意外让你受了很大的打击。

　　"毫无疑问，你真心为强志，也就是你口中的福分的死感到悲伤。其实，今天早上火化的时候，我一直在现场观察你的表现。你的眼泪是发自真心的。如果是演技，你没必要在殡仪馆那个帅哥员工离开时也装得茫然若失。"

　　麻贵终于发现了——榊原穿这身黑西装，原来是为了混进殡仪馆的人群中啊。

　　榊原再次看向她。他的眼神并不冷酷，却有着不容欺骗的严肃。

　　麻贵不由绷紧身体。榊原的声音在她耳边响起。

　　"那就回到刚才的问题吧。你能坦白告诉我吗？楠原雄哉出了什么事？"

　　"我没杀人！"

　　麻贵的叫声近乎悲鸣，榊原却干脆地点了点头。

　　"我知道。"

　　"你知道什么？"

　　他说得太轻松，反而让麻贵越发不安。

　　相反，榊原始终很冷静。

　　"别看我这样，还是有点看人的眼光的。不管怎么看，你都不是那种会为了钱随便下杀手的人。"

　　"你觉得是福分干的？不是的！"

　　麻贵尖叫着。

　　"可能吧。不过，要确定他不是杀人犯，我得多了解些情况才行。

所以，我需要你的帮助。"

榊原的声音很稳重，如同黄昏时风平浪静的海面。

说实话，麻贵的决心早就动摇了。三亿日元、婚姻和新公寓都在到手的瞬间从手中滑落。而更重要的是，福分消失了。

我果然做不到。够了。不管会犯什么罪，都说给榊原听吧。

"好吧。"

麻贵站起来，向卧室走去。

回到客厅时，她抱着一只盖有亮泽白布的木箱。

"你把这个给小惠姐吧。"

这就行了。该和福分说再见了。

"好，那我就收下了。"

榊原严肃地接过遗骨，用眼神催促麻贵发言。

"雄哉是哮喘死的，二月二十八日早上……发作没一会儿就死了。我知道他从小就有哮喘，但我们在一起之后，他还没这么严重地发过病。他床边一直放着治病用的吸入器，一咳嗽就会吸。他自己也不怎么在意，没去医院看过。

"不过，福分跟我说过，用太多吸入药很危险，严重的时候，药有可能会起不了作用。可能就是因为这个，雄哉坐在床上咳着咳着就突然不能呼吸了……我不知道该怎么办，眼看着他痛苦挣扎，然后就死掉了。我没撒谎。叫救护车肯定也来不及的，就是那么突然。"

每次回忆起那幅光景，麻贵都会胸闷气短。

不过，她或许还是该叫救护车。如果做了人工呼吸或心脏起搏，雄哉或许能活过来……但不管如何，她毕竟没做。

"然后你怎么做的？"

榊原的语气依旧很平静。

"我很慌，给福分发了封邮件，跟他说雄哉死了，让他快点来……因为他之前告诉我，说要帮忙的话随时叫他。"

"你跟他是从高中一直谈到现在的？"

"不是。我甩的他，后来一直没联系。去年十一月在八王子车站偶然遇到之后，我们也只吃过一次饭。"

"你没叫救护车，而是叫了强志，是想让他处理雄哉的尸体吗？"

"最开始，我只是想把雄哉的死亡日期往后拖一点。因为我刚好知道雄哉现金卡的密码，如果他再多活个三四天，我就能从账户里取点钱出来。"

"这样啊。但之后你打算怎么办？"

"福分也是这么说的。别说三四天了，就算一两天，医生一看就会露馅。"

榊原用力地点点头。

"的确。死亡时间是没法作假的。"

"而且，ATM机一天只能取五十万。所以福分想了个办法。他说，死亡时间再怎么瞒也有极限，与其搞这种小动作，还不如假装雄哉根本就没死，这样一来，三亿日元就全是我的了。于是我就说，反正雄哉已经死了，我想要钱，拜托他……福分做那种事不是为了自己，跟我结婚之后，他还打算过半年就自己消失。"

"那么，尸体是怎么处理的？"

"福分找地方埋了。他搬家时不是有个出国旅行用的行李箱吗？那其实是买来用来搬雄哉的。"

榊原一声长叹。

看他的表情，真不知他对麻贵所说的真相有何看法。

"喂，我会被警察逮捕吗？我绝对会被当成杀人犯吧？"

榊原认真地思考着。

不久后，他抬起脸，慢慢说道："无论事情大小，你能把从始至今的经过都告诉我吗？我听完后才能有答案。"

麻贵点点头。

她在打工的居酒屋认识了雄哉，雄哉中了三亿日元的"暑假大彩票"，她与福分再会，雄哉猝死。之后，还发生了很多很多事。

听完她漫长的讲述后，榊原仍然保持沉默。

"你想报警吗？"

不安之下，麻贵战战兢兢地问。

榊原并未回答，而是再次直视麻贵。

然后，他提出了一个难以置信的问题。

"你知道蝮蛇酒怎么做吗？"

"蝮蛇酒？你是要讲笑话吗？"

麻贵佯装讶异，心中却莫名地一惊，声音也变得尖锐起来。

然而，榊原毫无笑意，而是用堪称冷酷的口吻开始讲话。

"我非常认真。这种时候，我是不会开玩笑的。你应该也知道，蝮蛇是一种毒蛇，咬人可以致死，但可能正因如此，它滋养强身的功效也很好。一种使用方法是剥皮干燥后当中药；另一种方法则是用烧酒泡成药酒来喝，这就是蝮蛇酒。"

榊原的话到此中断，麻贵却无从应和。

这么一说，她想起自己以前经过中药店时曾经瞟到过蝮蛇酒，然后慌慌张张地移开了视线。玻璃瓶里装满了酒，酒里则盘着条不沉不浮一动不动的蛇。从蟑螂到地震，麻贵有许多讨厌的东西，而其中最讨厌的就是蛇。那条蛇如同泡在福尔马林里的胎儿，时至今日还在她脑海中挥之不去。

"蝮蛇酒的做法其实很简单。把活蛇放进瓶子里，装满烧酒再盖上盖子。基本就只是这样。当然，蝮蛇会窒息而死。连蛇带酒在阴暗处放上几年，透明的酒自然会变黄，臭味也会消失。不过，酒精度数太低的话，蛇就会腐烂。虽说不是一定要用烧酒，但酒的度数必须要在三十五度以上。白酒应该都行。

"按照同样的手法，青梅和冰糖放在白酒里一起腌，就能做成梅酒。梅酒里的梅子也不会腐烂。虽然会有点皱巴巴的，但吃起来很美味。总而言之，不管是蝮蛇还是青梅，泡在高度蒸馏酒里都能长期保持原形。

"照这个原理，如果想把人类尸体原样保存几年，泡在白酒里应该就行了吧？木乃伊做起来又费事又要设备，而这就非常简单了。反正不是用来喝的，不用酒，用酒精也行。不过，酒精挥发度很高，搞不好可能会烧起来。装在车里放在阳台上是不恰当的。"

麻贵发出一声短促的尖叫。

"怎么可能！"

她全身冰冷，动弹不得。

"那里面是腐叶土！你刚才不也看见了吗？"

榊原眼中浮现出一丝怜悯。

"那里面恐怕还装着辆小一号的车，小一号的车才是人类蝮蛇酒的容器。填在两辆车之间的腐叶土不仅是用来伪装的，还是用来隔热的。他虽然选了朝北的阳台，但夏天升温还是会很麻烦。

"强志不喝酒，他做了那么多柚子酒、苹果酒之类的果酒，一方面当然是为了让你高兴，另一方面，应该也是因为白酒买太多了吧？不论如何，跟行李箱和干冰一样，运载车和白酒应该也是网购的。查一查就清楚了。"

"不过，尸体被人发现就完蛋了啊。为什么不赶紧埋掉？"

福分这个笨蛋！居然在关键环节偷懒了。

麻贵嘟囔着。

"是为了不让你成为杀人犯。"

榊原平稳的嗓音和她的声音交叠在一起。

"你想想看。如果强志埋了尸体，之后又被发现是冒名顶替楠原雄哉，事情会变成什么样？警察首先就会怀疑你们，认定你们俩是谋杀楠原雄哉的共犯。毕竟有那么多状况证据啊。到时候，埋掉的尸体要么是找不到，要么就是找到了却已经变成一堆白骨，那事情又会变成什么样？就算想证明雄哉不是被杀，而是哮喘发作自然死亡的，也没有任何可以证明的手段。当然，就算没有下杀手，冒充死者夺取财产也是犯罪。你们的行为一旦暴露，获罪在所难免。但那也没法跟杀人罪比，是不是？

"能证明你不是杀人犯的，只有雄哉的尸体。虽然明知有风险，但为了能在万一关头保护你，他还是下定决心保留了证据。"

榊原的声音听起来非常遥远。

"腐叶土里供着重要的守护神，能在万一的时候保护你。"

福分的声音在脑海中回响。

他原来是这个意思……

"难怪他没跟你说实话。你毕竟没有跟尸体一起生活的胆量啊。"

确实如此。

"不过，福分做这种事，最后又打算怎么办？"

"应该是打算等你的嫌疑完全消失后处理掉。他肯定想不到，自己还没等到那一天就死了。"

榊原打住话头，认真地看着麻贵。

"盯着人家的脸干吗？"

麻贵的表情里有了几分从容。

刚才虽然饱受冲击，但她多少打起了精神。听说蝮蛇酒的时候，她险些晕过去。

然而，榊原又说了句难以置信的话。

"强志的死不是意外。我认为，他是被杀的。"

146

7

一瞬间，麻贵感觉自己失去了意识。她听见了榊原的话，却不明白个中含义。

这人究竟在说什么？

"什么意思？"

榊原的表情毫无变化，视线也仍旧正对麻贵。

"我问你话呢，你什么意思？"

榊原沉默地打开单肩包，取出一个透明文件夹递到麻贵眼前。文件夹里是一张印着短文的 A4 复印纸，纸上有些细小的皱褶，看来曾经被折叠后放在口袋里。只见上面写着：

有要事商谈。

明晚七点到楠原家祖坟来。

没有落款。

"这是什么？"

麻贵读完也没懂。

"是强志在墓地摔倒时拿着的东西。"

榊原终于开了口。

麻贵这才意识到，他可能是在观察自己的反应。

"所以福分才犹豫着要不要去扫墓啊。"

不过，榊原怎么会有这封信？

"知道强志摔到头受重伤后，我立刻去了西多摩平安陵园。亲眼确认现场很重要。他是在 2D 区的楠原家祖坟前跌倒的。因为是墓地，周围当然都是石头，而他又戴着变装的假发，所以地上没有沾到血液，不知道他撞到头的具体位置。

"至于发现强志跌倒并叫了救护车的清洁工，我也当面跟他问了情况。他说他在墓地里走动时听见 2 区方向有男人大叫，所以过去看了看。强志一开始仰面躺在墓之间的路上，见他一动不动的，清洁工还以为他死了。

"清洁工叫醒了强志，但他一直说自己只是不小心跌倒才在石头上撞到头的，休息一下就没事，不用叫救护车。

"不过，就算撞到头导致颅内出血，自己也可能不会立刻觉得异样。强志这种说法不算不自然，奇妙的是他之后的表现。清洁工坚持打了 119 之后，强志躺在地上就开始掏夹克口袋，然后摸出一个叠成一小块的信封，问清洁工：'能不能帮我扔进垃圾桶？'

"于是，清洁工收下了信封。强志被救护车送走之后，他随意打开信封，看见了这张纸。读完之后，他觉得内容有点危险。其实，在来现场的途中，他遇到了一个从 2 区赶往出口的男人。当时他没留心，后来却觉得那个男人可能跟这件事有关，谨慎起见，就把信封和纸条留下了。

"也就是说，强志到西多摩平安陵园并不是为了扫墓，而是为了赴约。从晚上七点这个时间来看，清洁工遇到的男人很可能就是叫强志出来的人。很遗憾，清洁工并没有看清男人的长相和着装。不过，他应该是二三十岁，穿着黑色的雨衣。

"'邀请函'会暴露这件事并非'意外'而是'案件'，强志应该是在担心这个。不管是杀人还是伤害致死，只要有案件性质，医院的报告就会惊动警察。警察一旦出动，自己冒充楠原雄哉的事就会暴露，不仅他，连你也会陷入绝境，三亿日元自然也会落空。这是他无论如何也想避免的结果，就算牺牲自己的性命，他也想保护你。他就是这么爱你。"

榊原的声音模糊而遥远，就像打瞌睡时听到的电视新闻。

麻贵甚至没发现自己在哭。

就在这种朦胧如梦的状态下，她对榊原说道："福分这个人啊，跟我说话的时候，总是会用奇奇怪怪的关西话，跟其他人说话却很普通。因为他很害羞。如果不模仿相声，都没法跟我说出真心话。"

榊原没有回答。

过了多久？三十秒，还是三分钟……

"是谁干的？"

麻贵小声问道。

"找出这个人，正是我的职责所在。"

榊原低沉的声音包裹了麻贵。

"可你没有线索啊？这张纸也是打印的，没法知道是谁写的吧？"

麻贵不断顶撞，榊原则从包里取出了另一个透明文件夹。里面装

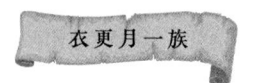

的似乎是刚才说的信封，上面没有写收件信息，但还是有一些细微的折痕。

"重要的不是信封，而是这根头发。"

仔细一看，信封旁边有个带拉锁的文具袋，袋子里装着根头发。这根黑发笔直粗硬，长度只有十厘米左右。应该是男人的头发吧？

"这是在信封里找到的，应该是凶手装完纸条封口时掉进去的，很可能就是凶手的头发。"

麻贵不禁凝视着榊原的眼睛。

"有件事要先跟你说清楚。我是惠美女士委托的侦探，既然调查强志的行踪发现他被杀了，我的使命就是找到凶手。你们做的事虽然违法，但告发你们并非我的本意。话虽如此，等查明杀害强志的凶手之后，我不打算继续对社会和警察隐瞒真相。我就是这种性格，见不得杀人犯逍遥自在地活着。"

榊原继续说。

"不过，现在报警并不明智。强志遇害事件目前只是单纯的跌倒事故，警察甚至不知道这件事的存在。至于我们，也不清楚警察能拿出几分干劲来进行调查。说实话，我对他们没什么指望。谁知道他们能对这封'邀请函'的重要性有多少认识？如果他们不理解强志对你的专情，也就不能理解他的行动。

"所以，我打算先独自探明真相。只要仔细研究这起事件的关联情况，一定能找到突破口。不过，找到并揭发杀害强志的凶手，同时也意味着揭发你们的罪行。你有什么打算？"

"我无所谓。"

麻贵已经停止了哭泣。

她正面回视榊原，口中蹦出了字句。

"我不要钱，也不想继续住在这种地方。所以，请你抓住杀死福分的凶手！"

"行，但你具体打算怎么做？现在就去警局自首吗？现在自首的话，你还有可能获得减刑。"

话虽如此，麻贵却下不了决心。

"这我也不愿意。会被拘留对吧？"

榊原没有说话。

打破漫长寂静的还是麻贵。

"知道了，我自首，但不是现在。你抓到杀福分的凶手之后，我就去找警察。我总觉得你很像警察，你会帮我跟他们解释清楚的吧？"

"好，就这么办。"

榊原的声音意外地温和。

就相信这位私家侦探吧。麻贵下定了决心。

"不过，究竟是谁杀了福分？你有线索吗？"

"还没有。"榊原摇了摇头，"最大的问题在于，凶手知不知道楠原雄哉其实是强志？也就是说，凶手的目标是楠原雄哉还是强志？这是我们目前不能确定的。如果强志本人是目标，勒索的可能性就很高。对方很可能是把强志叫到墓地，要求他从三亿日元里拿点封口费出来，结果两人起了争执。相反，如果目标是楠原雄哉，凶手就不知道强志冒充了楠原雄哉，不知道楠原雄哉已经死了。如果是这样，凶手一看来陵园的人，就该知道那不是雄哉本人。那么，凶手为什么还要动手？虽说有可能是因为晚上七点现场很黑，但这仍然让人不解。"

"你真的很像个警察。"

听了麻贵的话，榊原轻轻点了点头。

"我确实干过警察……不过这都无所谓。倒是你，还是小心点为好。既然不清楚凶手的目的，你也有可能遇到危险。"

麻贵又"呀"地尖叫了一声。

"真是够了！我该怎么办？"

这种事态已经超出了麻贵的想象力极限。

榊原稳重地握住了麻贵的手。仅此而已，麻贵就萌生出一股安心。这一定是因为榊原是犯罪搜查的专家。

"总之，先回熊谷的老家吧，那边比较让人放心。有事就跟我联系，我也会随时告诉你消息的。能不能把邮箱和手机号告诉我？"

麻贵点点头。

榊原离开后，麻贵茫然地环视四周。

不知不觉间，夕阳已经西下。

几个小时前，她想都没想过世界会有如此剧烈的变化。不管雄哉死的时候还是福分死的时候，她虽然很受打击，但毕竟还是她自己，而现在，她却害怕以自己的身份活着。

要尽快离开这里。听榊原的话，先回熊谷的老家，然后找回以前的自己。至于那之后的事，就之后再说。

得先给妈妈打个电话……麻贵拿出手机。今年过年回去住了两天一夜之后，她就再也没见过家人，只打电话汇报了结婚的事。

她正这么想着，掌心里的手机就振动了起来。难道是妈妈？不会吧。来电显示是"公用电话"。一种莫名的不安涌向麻贵。

还是接一下比较好。

"喂？"

麻贵接了电话。结果，撞进她耳中的是一个大概二三十岁的陌生男人的声音。

"楠原麻贵小姐是吗？"

这声音似乎带着笑，让她很是不快。

"如果不想让警察知道真正的楠原雄哉出了什么事，就分我一半。"

"一半？什么一半？"

麻贵声音嘶哑。

她感觉全身都浇遍了冷水。

"一半就是一半。之后会告诉你怎么给我，你别想跑。"

挂断电话后，麻贵动弹不得。

这个男人知道楠原雄哉其实是福分。就是他叫福分出去，把福分杀掉的。难道，他正在某个地方监视这幢公寓？想到这里，麻贵瑟瑟发抖。

总之先喝杯水，然后尽快逃离这里。麻贵好不容易站起身，茶几上的名片映入她的眼帘。

对了，榊原！

她抖着手，再次拿起了手机。

鹰尾家杀人案

1

那件事眨眼间就发生了。

该说是一时冲动吗……不，不是。

那不是偶然的产物，而是狂怒的喷涌。那个瞬间，一直压制在体内的岩浆爆发了。

鹰尾耕介追悔莫及。

那个瞬间就是一切。要是没出那种事，他现在也不会面临危险。怀着对组织和警察的畏惧，他始终一心一意地完成讨厌的工作，最后却落得这般下场。

既然如此，当时是不是该自首？不，耕介并不这么认为。他将亲生父母双双杀害，还能有什么未来？就算侥幸免除死刑，余生也和死亡无异。

是他们该死。三年了，事到如今，耕介仍然如此坚信。想来想去，他都觉得那件事该怪父母。是他们逼他的。

当时，父亲和母亲正在楼上打架。

鹰尾家是栋木造的独楼，玄关正对通往二楼的阶梯，中间隔着一片木地板。父母俩纠缠不休，狂热地争夺攻击主导权，完全没意识到梯子就在脚边，自己可能会一个倒栽葱摔下去。

不，不对。耕介想。

他们虽貌似兴奋忘我，其实却有留意楼梯的位置。这正如同一个狂躁症发病的女人，她虽然大声嚷嚷"我要去死""我杀了你"，看起来像个疯子，但等病情平稳，却连个擦伤都不会有。

耕介断定，他们没有意识到的，乃是两个事实：第一，他们对彼此的谩骂，在儿子心中酿成了难以抑制的憎恶；第二，这样的儿子，就站在他们旁边。

一直以来，他们都不关心耕介的想法和感受。但凡有一点关心，他们也不会这样任意妄为。

耕介狠狠推了他们一把。事到如今，那富有弹力的厚重肉感仍然留在他手中。他右手抓住父亲的胳膊，左手攥住母亲的肩膀，用力推动的刹那，他们惊愕的表情化为他的快感，如长枪般贯穿了他的脊椎。耕介想起这些事情，觉得它们好像就发生在昨天。

父母都专注于封锁对方的攻击，因而无从防御来自侧面的突袭。他们揪着彼此，头下脚上地跌落。

悲鸣尖锐，响声震天，堪比武士们在池田屋骚动中滚落楼梯时的迫力。耕介探头一望，只见两人交叠着身体横在楼梯下，折断的脖子则宣示着悲剧结尾。

我杀了我爸妈。耕介掌握了事实，却不觉得现实就是现实。

今晚要一个人吃饭了。他迷糊地想。虽然麻烦，但他一直都在给父亲做饭，并且至少要配两个菜。这是他的日常。

正在这时——

"你可真能干啊。"

一缕低沉的声音飘进耳中。

不知何时，楼下来了个四十岁左右的魁梧男人。他抬头看向耕介，严肃的面孔微含笑意。

这人就是唐木泽。

耕介的母亲奈津子是个美女。在耕介两岁那年夏天，她和他父亲耕平离婚，并且把他留在了夫家。

耕介没有当时的记忆，很久之后才知道她是个美人。记事的时候，母亲已经完全离开了他的视野。

父亲离婚后，也不是没有代替母亲的女性。耕介四到六岁的时候，有个前陪酒小姐和耕平同居；他小学二年级的时候，又有个奔着再婚来的良家女性和耕平交往，但她们都没有成为他的继母。现在想来，她们都不是坏人，然而，耕介的叛逆并非没有理由。

且不论只会买现成饭菜的陪酒小姐，耕介记得另一个女人对吃穿都很唠叨。换个角度想，这也正说明她很努力。

这名女性自己也离过婚，好像是婚姻中介介绍来的。她会出席PTA聚会和教学参观，但最终还是没能成为一家人。不知道原因是不是耕介。

耕平可能是长了教训，之后再没往家里带过女人，改由通勤保姆照顾耕介。每周三到四天，这些保姆轮流上门，扫扫地、洗洗衣服、做做饭，干完活儿就离开。

虽说都是保姆，但每个人还是不一样，调味和叠衣服都各有各的习惯，至于她们的共同点，则是都不会端着当妈的架子。这对双方来说都轻松得多。父亲从不提前妻，祖母却从不隐瞒，直说耕介就是他妈不要的孩子。母亲跟别的男人跑了，这事他也是从祖母口中知道的。

"不就长得好看点吗，嚣张什么啊。"

祖母的唠叨总是以此作结。她想让耕介厌恶母亲，结果却适得其反。

连祖母都说"长得好看"，母亲一定是个大美女。不管对象是电视上的女演员、艺人还是普通人，祖母恐怕都没夸过别人的长相。

"你长得像耕平，对那个女人来说，你是个失败品。"

耕介并不觉得父亲耕平有多丑，但还是很伤心。

自己是因为像父亲才被抛弃的。保姆们貌恭实轻的话里隐藏着怜悯和嘲笑，祖母则用辛辣的言辞将对媳妇的愤怒抛给孙子。夹在这些话语之间，耕介长大了。

家里一张奈津子的照片都没有。耕介虽然完全不知道母亲长什么样，幼时记忆深处却有一幅残存的场景。

那心中的原初景象太过朦胧，他深深地眷恋于它，以致不敢将它说出口——

那时耕介还很小，他坐在餐桌前的高椅上，摇摇晃晃地摆动着双腿。桌上铺着黄白相间的格纹桌布，眼前是一只有握把的儿童杯，杯里好像是麦茶。

有位女性俯视着耕介，递给他一个酱油饭团。饭团很小，形状像橄榄球，散发着刚出锅的米饭和焖熟酱油的香气，每一粒黏乎乎的米都裹满了辣酱油的滋味。

吃完后舔掉指尖的饭粒，酱油饭令人怀念的气味和触感却依然残留。温暖的大手拿起湿润的擦桌布，用力擦拭耕介的手指……

不知为何，女性的脸一片朦胧，整体面貌也暧昧模糊，但耕介确信，这个女人就是妈妈奈津子。联结妈妈和自己的脐带，那唯一的生命线就在此处。包裹这幅回忆场景的温暖，是只有母亲才能营造的温情。

不过，耕介过了十多年才下定决心拜访母亲。这一方面是考虑到父亲的感受，另一方面，他自己的成长也是必要的。

那是耕介高二暑假的时候。他读了谷崎润一郎写的《少将滋干之母》这本小说，萌生了去见母亲的想法。

耕介自小就很爱读书。只有在空想的世界里，他才能自由自在地振翅高飞。这也是他养成内向性格的原因之一。放到现在，耕介就是人们不好意思挂在嘴边说的"文学少年"。

耕介并没有特别钟爱谷崎的作品，只是偶然知道谷崎这部古典名作是儿时遭母亲抛弃的男子的"恋母记"，这才急不可耐地买来看看。

这部小说洋溢着文豪风范，讲的是距今甚远的王朝时代的故事。作品文字艰深，对于高中生来说很难适应，耕介却还是一口气读完了。要说为什么，只因为他倾倒于贯穿作品全篇的、男人们对一名美女的深切倾慕与执念。

大纳言藤原国经十分溺爱年轻的妻子，却被当时的权臣横刀夺爱。

这位男人并不像父亲耕平，但那位绝世美人，也就是少将滋干的母亲，不就正是自己的妈妈奈津子吗？至于终生恋慕母亲的"被抛弃的儿子"滋干，他的身影也和思念母亲的耕介完全重合。故事读到最后，看到滋干终于和母亲相见的场景时，耕介不禁流出了眼泪。

不过，对于和母亲实际见面这件事，耕介的态度绝不乐观。母亲曾经弃自己而去，谁都不能保证她现在会接受自己。结果，耕介的不安变成了现实。

他知道奈津子在银座开画廊。画廊名叫"紫云英"，是奈津子当过画家的母亲开的。

耕介家住川崎，他搭乘 JR 京滨东北线前往有乐町，出站时已经快傍晚了。银座离家虽然不远，他却只来过两三次，迷了很久的路才找到"紫云英"。虽说地处银座，这家画廊却只不过开在京桥附近小巷里一幢大厦的一楼。

画廊只有五十平方米左右，然而，透过落地窗看去，只见这片空间被吊灯映照得富丽堂皇，散发出与父子俩在川崎的房子截然不同的光彩。

他应该就此回头的。

少将滋干的母亲是最高权力人的妻子，还是身份与他天差地别的弟弟的母亲。滋干明明就在母亲身边，但在她失去权势与美貌、年老避世之前，他完全没想过去见她。

他的判断是正确的。

一切结束之时，耕介心中只留下了苦涩。

紫云英画廊进门就是个小前台，一名大概二十三四岁的年轻女性正无所事事地站在那里。

三面墙上挂着镶在华丽画框里的大小油画，大厅近中央位置则摆着一张椭圆形的桌子。一对男女坐在沙发里，正一边翻阅一本厚画集，一边专注地谈话。

旧 T 恤和牛仔裤。眼前这个少年的打扮格格不入，前台小姐却还是不失礼貌地抛来了询问的眼神。

"我、我叫鹰尾耕介……"

耕介不知道如何称呼母亲，姑且先报上了自己的名字。

为了让正在谈话的女性也能听见，他本想大声说话，喉头却一阵哽塞。话到最后，声音还颤抖起来。

如他所料，前台小姐露出了诧异的表情。就在这时，桌前的女性突然起身望了过来。虽然面露惊愕与困惑，她的容貌却仍然端正如雕塑，美得让耕介怀疑自己的眼睛。

"绝世美女"究竟是怎样的女人？当然，高中生耕介并没有具体的概念。然而，就算有人说面前这位女性就是大名鼎鼎的克利欧佩特拉[1]，他也只能沉默着点点头。她就是这么漂亮。

奈津子应该已经年满四十，丰满的身材的确也可以用肥胖来形容。然而，她的相貌自有一股威严，足以和妖艳的性感魅力一起镇住耕介。

奈津子大步流星地来到耕介身旁，飞快地从包里掏出钱夹。

1　一般指克利奥帕特拉七世（约前70年12月或前69年1月–约前30年8月12日），通称为埃及艳后。是古埃及的托勒密王朝最后一任女法老。——译者注

"我现在要陪客人。你去旁边店里喝点东西。"

她在耕介耳边说完这句话，不等他回答就塞给他一张千元钞票。

浓烈的香水香气刺激着鼻腔。时隔十几年摸到母亲的手，想不到它居然如此冰凉。

"紫云英"隔壁是一家川崎也有的连锁咖啡店，现在时间不上不下，店里并不拥挤。迷路兜圈子让耕介很渴，他买了一杯大杯冰茶，坐在店铺深处的双人座旁，突然想起了从梦想变成现实的母亲的脸。

她那么漂亮，难怪不满意老爸。这就是他初次见她的强烈印象。

耕介也不知等了多久，但最终在他面前现身的，并不是妈妈奈津子。

"那个……"

抬眼一看，只见刚才那位前台小姐满脸歉意地站在面前。

"对不起。社长今天日程排满了，挤不出时间。"

奈津子好像让员工叫自己"社长"。这事明明不该怪前台小姐，她却还是深深鞠了一躬。

"不，没关系……"

面对意外的发展，耕介不知如何是好。

"这是社长让我给你的。"

她递给耕介一只白信封。

是信吗？信封上印着画廊"紫云英"的名字、地址和LOGO。

刚才那男人一定是位贵客。自己没有提前预约，能在店里遇到母亲已经很幸运了。

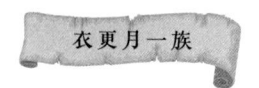

耕介收下了信封。

"那我就告辞了。"

前台小姐行了一礼，快步离去。

奈津子可能是个很严格的社长。不知她有没有察觉耕介是社长的儿子，总之是没有表现出好奇心。

应该问问她叫什么的，耕介想。但已经来不及了。

他颤抖着打开信封，里面居然是两张万元钞票。连张留言条都没有。

后来想想，他当时就该发现的……

五天后，耕介再次来到"紫云英"。

妈妈既然会给我零花钱，应该就不讨厌我吧？耕介的态度日渐乐观。母亲既然是社长，当然不能冷落贵客。突然跑到她工作的地方还想她马上陪自己，是他这种想法不对。这就是他烦恼思考后的结论。

说不定她傍晚很忙。于是，耕介这天在上午十一点来到了有乐町。

夕阳下的银座快乐繁华，白昼却被忧郁的倦怠气息所支配。阴沉的天空似乎随时可能落雨，盛夏的市中心热得仿佛要把人煮熟。这种环境可能让客人畏而远之。耕介透过落地窗一看，"紫云英"里并没有来客。

耕介推开玻璃门，只见前台站着一位上了年纪的稳重女性。那天的前台小姐可能是兼职吧。

奈津子坐在沙发里，正在查看桌上摊开的一些文件。

"欢迎。"

耕介今天长了心眼，穿着高中校服里的翻领衬衫和灰色长裤。

多亏这副打扮，前台女性没有怀疑他。

然而，奈津子不知何时看见了耕介。她的声音立刻飘了过来。

"中道，你现在把这份合同拿给鸟饲老师好吗？然后吃了午饭再回来。我还要再待一会儿。"

她有一副浑厚的女中音，娇艳而富有张力，感觉足以成为歌剧歌手。

叫中道的女性大概明白情况不一般，便匆匆忙忙地离开了。她一走，奈津子就慢慢站起来，首次让耕介看见了自己的正脸。

奈津子今天穿着条布料薄透的灰色连衣裙，颜色虽然质朴，却更凸显出她傲人的美貌。两人在画廊中央的桌旁相对而坐，耕介忽然胆怯得抬不起头来。

"你怎么想到来找我的？"

面对突如其来的问题，耕介不知如何回答。

因为想见你……他没自信说出心里话。

"家里是谁照顾你？"

奈津子继续问。

看来，她知道耕平没有再婚。她的语气像面试官一样冷静。

"是保姆……"

耕介的声音微不可闻。

"这样啊。不过，耕平还是照样每晚都到处玩吧？我离开家的时候，你还没满三岁对吧？你记得我吗？"

她突然切入核心话题，把耕介吓了一跳。

果然，母亲内心也很在意分开的儿子？此时此刻，正是耕介说出那幅这些年从未忘记、一直藏在心中的风景的时候。

"记得。你在家里餐桌旁给我做酱油饭团，这件事我一直记得。"

耕介不知该如何称呼面前的丽人。他没有叫她"妈妈"的勇气，不过，叫"你"似乎也不太妥当……

然而，奈津子的反应出乎意料。

听到儿子心中的秘密，她用鼻子哼笑了一声。

"酱油饭那种寒酸玩意儿，我才不会做呢。那种小家子气的事，肯定是婆婆或美津江干的。"

冷淡的声音在寂静的画廊里飘荡。

耕平的老家在四国德岛。当时，耕平的父亲，也就是耕介的祖父还健在。祖父因脑梗死而落下了半身不遂的后遗症，祖母应该没在耕平川崎的房子里长住过。美津江是耕平的妹妹，现在结婚了住在美国，但那时还是单身。耕平离婚之后，她来家里帮过忙吗？

"鹰尾家的人都很小气。"

耕介没说话。奈津子大概是当他承认了，皱起了形状姣好的眉毛。

"你也记好了。钱这种东西是旧的不去新的不来，囤着不花，人只会越来越穷。所以耕平才富不起来。你看看我，花得虽然多，但花多少就一定能赚多少。"

她似乎做梦也没想过，自己的话会彻底破坏儿子心中的风景。

奈津子"呵"地一笑。

"你是瞒着耕平过来的？"

见耕介点了点头，她脸上浮现出一丝安心。

"他肯定说了我很多坏话吧？说我又浪费又不要孩子，是个过分的女人。"

耕介摇了摇头，但奈津子并没看他，而是透过落地窗看向路面，一边用右手抚摸着浓密的头发。

"我不会辩解，你要恨我就恨吧。不过，耕平没资格怪我。他那个人，以为娶个好女人帮自己洗内裤就是男人的勋章。这我可受不了。我才不会帮男人自我满足。"

听她的语气，眼前这酷似丈夫的儿子似乎唤醒了她十四年前的愤懑。

事到如今，耕介终于发现母亲全无跟自己道歉的打算。

仔细想想，奈津子一次都没叫过他的名字。此时此刻，奈津子视线前方既不是阔别十四年的儿子，也不是白日阴云下的银座小路，而是自己那沐浴在灿若阳光的吊灯光芒下、映在一尘不染的落地窗里的美丽侧脸。

这个女人不仅不会用酱油饭做饭团，恐怕还从未给年幼的儿子做过任何温热的饭团。居然把虚假的景象在心中藏了十几年，自己真是个笨蛋……耕介胸中突然涌现出后悔之情。

就不该来见她的。心中的蛋本应在准备充足时孵化，如今却被残酷地踩碎，原本的模样荡然无存，还立刻散发出腐臭。

"所以你就跟他离婚了？"

自己应该不会再见这个女人了。于是，耕介索性问出最想知道答案的问题。他知道母亲跟别的男人跑了，但祖母并没有告诉他母亲为何这样做。

"算是吧，但也不止这个。你很快就会懂的。不过，耕平确实很爱我。他小气成那样，给我的衣服、首饰和化妆品却都不会买便宜货，还让我去美容院。他就是那种人，觉得只要保养保养，女人都能变漂亮。"

"你为什么不要我？"

下一个问题脱口而出，仿佛是被母亲这番话逼到嘴边的。

一瞬间，奈津子面露困惑。

"说真的，耕平根本不在乎孩子，只关心我在不在他身边。"

耕介意识到，母亲根本没有回答问题。

"对了，你在哪读高中？"

耕介上的是川崎市的公立高中。奈津子会知道那所学校吗？他没有自信。

不出所料，她听到校名也没什么反应，还轻蔑地摇了摇头。

"那个人果然不会教育孩子。你还是自己决定自己的未来吧。你爸靠不住，他只考虑自己。"

奈津子起身走向店面深处。回来时，她拿着一只和之前那只一样的信封。

"给，零花钱。你来就是为这个吧？"

耕介没多想就伸出了手。他感到浑身过电。

他僵着没动，奈津子又给了他一重打击。

"不过，这是最后一次了。一旦养成了依赖别人的习惯，人就会变成废物。"

这之后，自己说了什么，做了什么，耕介已不记得了。

不过，哪怕激动得失去控制，他也没用包里的工具刀捅母亲。

回神时，耕介眼前只剩一幅浓墨重彩的油画。油彩被挖得乱七八糟，画中裸女被切得四分五裂，隆起的白皙腹部深深烙印进他眼底。

2

曾有一时，父亲鹰尾耕平是个生意面很广的不动产商人。

说是不动产商人，但他的工作并不是在橱窗上糊满租房信息，而是找到有瑕疵或有纠纷的不动产便宜买下，整理好权利关系，整修或装修后再高价转手。

如果发现了有潜力的不动产，从南到北，他甚至会飞到北海道和冲绳。

泡沫经济时期，全日本都疯狂投资不动产，他自然也靠开发和倒卖土地大发了一笔横财，而在泡沫经济崩溃后，他一个小商人竟也能撑过不动产萧条时期，可见他还是有些本事的。当然，正因为生意规模小，他受的创伤并不深。

他虽然用株式会社鹰尾不动产的名字开了公司，其实还是个个体户。除了多年积攒的人脉之外，他只能依靠自己的直觉、经验和运气。

昭和四十七年[1]跟奈津子结婚时，公司有十一个员工，而这其实是耕平的顶峰，他之后一直在慢慢走下坡路。

近十年尤为严重，员工只有两个，其中一个还是耕平的情人。她是个五十多岁的寡妇，跟亡夫有两个孩子，负责会计和各种杂务。

很奇妙，耕介并不讨厌这个女人。见过奈津子之后，他多少对父亲产生了一些同情。

耕平一直是个不管孩子的父亲。他忙着工作和玩耍，没时间理会儿子。耕介之所以没跟他起过大冲突，只因为他毫不在乎儿子，绝不会闯进他的生活领域，不会引发多余的摩擦。至少，耕平不是个会高高在上教训孩子的人。

金钱方面，耕平也没有奈津子说的那么小气。他虽然没让耕介过上奢华的生活，却也默默地把没有固定工作的儿子抚养到了三十五岁。所以，耕介没上大学，完全不是经济上的原因。

见过母亲奈津子后，耕介陷入了忧郁状态。

母亲抛弃自己一定有理由，是因为自己和她抛弃的男人一模一样。当时母亲眼中的神色，难道不是跟满足和爱情相去甚远的失望与怜悯吗？这个事实对自己的打击居然这么大，耕介越发厌恶自己。

耕平也被儿子的异变吓了一跳。他可能跟校方谈过，还让一直不上学的耕介去心理诊所看病。

然而，出现在耕介眼前的医师，是个面色青黑、阴沉肥胖的中年男人，他根本不觉得这个不健康的医生能救助自己，于是只字不提跟

---

1 1972年。——译者注

母亲见面的事，支支吾吾地用模棱两可的话回答问题，也不知得到了怎样的诊断结果。虽然治疗并未奏效，但他毕竟没被逼成个药罐子，这至少是幸事。

不过，这却造成了意外的副作用。老师不再管他上不上学，朋友们也在不知不觉间离开了他。医生说要让他随心所欲，不能责骂也不能鼓励，而耕平谨遵医嘱，把放任主义贯彻得比以前更彻底。一年后，祖母去世了。她虽然很啰唆，却是唯一一个关心耕介的人。耕介再也不需要勉强自律，于是决定选择最轻松的道路。然而，那也正是最辛苦的一条路。

在校方的关怀下，耕介念完了高中，但他并没有参加高考，而是当了个名为自由职业者的啃老族。有那份心情的时候，他会在便利店和餐馆打工赚点零花钱，除此之外，可以说漫画、小说、CD 和录像就是他生活的一切。不知不觉间，他写了很多分不清是小说还是散文的文章。他虽然想过当作家，却没有具体的概念。

对现实的逃避孕育了空想，空想又成为现实生活。淹没在孤独青春的泥泞中，耕介就这样生活着。

突然之间，毁灭的前奏响了起来。

"耕介，我有点事要跟你说……方便的话，我们现在一起吃午饭怎么样？"

平成十九年[1]四月中旬，某天上午十一点，鹰尾不动产的根木恭

1　2007年。——译者注

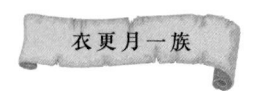

子给耕介打了个电话。耕介刚起床，连早饭都还没吃。

耕介已经三十五岁了，还是个没有固定工作的单身汉。虽然打工一个月能赚十万日元左右，但买买书、CD 和 DVD 就全没了。他的生活费全靠父亲。

"怎么样? 你要不要也试试不动产工作? 保你每月有三十万。"

耕平是在耕介满二十五岁那年提出这个建议的。

耕平好像认为，男人最多只能游手好闲到二十五岁。年收入加上奖金有五百万，对高中毕业的啃老族来说，这条件好得非比寻常。耕介很清楚这一点，却完全没兴趣。

想什么时候起就什么时候起，想什么时候睡就什么时候睡，在自己房间里想怎么过就怎么过，这就是最理想的生活。肚子饿了就做饭，心情好了就洗衣打扫。耕介成年后没继续请保姆，他觉得自己也算给家里经济做了点贡献。

恭子是个不会多管闲事的女人，虽然偶尔会到家里来，却不曾干涉耕平和耕介的生活。她和耕平已经交往十多年了。刚开始那会儿，耕平还是经常在外面玩，但这些年可能是因为上了年纪，他夜里出去玩的次数明显少了。他如果是和恭子再婚，耕介完全没有意见，但不知为何，他好像没这个打算。

耕介再也得不到奈津子那种美女了。那是在他人生最光辉瞬间绽放过的、不会结果的鲜花——

其实，耕介以前偷看过耕平藏起来的侦探报告。那不是工作方面的信用调查，否则就会放在公司。调查内容是离婚后奈津子的生活情况。

在耕平心中，奈津子不是过去的女人。耕介意识到，耕平之所以曾经考虑再婚，为的并不是他自己，而是年幼的儿子。

"不等他回来吗？"

耕平昨天去四国出差了。恭子趁耕平不在找耕介说话，事情肯定不简单。她的声音空前严肃，让耕介颇为不安。

鹰尾不动产位于一栋五层楼房的一楼，从 JR 川崎站步行四五分钟就能到。恭子指定的是车站附近的日料店。这家店有点贵，店内席位排得很宽松，客人也不多。

"不好意思，突然叫你出来。"

恭子低头说道。

"没事，没关系。"

在五十多岁的女人当中，恭子还算不错，不过，她应该从年轻时起就跟"华美""艳丽"搭不上边。每次看到她，耕介都会一边评价老爸这个固定对象真够正经，一边深深感叹他的标准下降了不少。

谈正事之前，耕介先狼吞虎咽地吃了份烤牛肉套餐。午饭吃这个不太够，但面对僵着脸默默吃杂烩便当的恭子，他这话实在说不出口。

"你说找我有事，什么事啊？"

耕介开口道。

"你应该也发现了吧？"

恭子放下拿筷子的手，目不转睛地凝视着耕介。

"发现什么？"

耕介很疑惑。

说实话，他什么都没发现。耕平和平时一样，更何况，他们本来也不怎么说话。前天晚上，他和很晚才回来的耕平在厨房碰上了，但鹰尾家的气氛十年如一日，那时也没什么变化。

难道耕平有新女人了？这个念头在耕介脑海中出现，但又转瞬即逝。事到如今，恭子不可能为了说这些叫耕介出来。毕竟，他没有劝告父亲别玩女人的力量，也没有那么做的道理。

"耕介，你真的什么都不知道？"

"嗯，不知道。究竟怎么了？"

不论如何，他想象得到这不会是什么好事。难道是耕平的健康出了问题？

然而，恭子的回答却完全出乎他的意料。

"鹰尾不动产快破产了。"

"破产？怎么回事？"

耕介不禁大叫。

"你们之前不是还说，现在虽然不景气，但工作还挺顺利的吗？"

"是过年时说的吧？"

恭子叹了口气。

元旦那天早上，恭子给耕平和耕介带了年菜，还给他们煮了年糕汤。

"那时候还行。但不久我们就发现，我们被四国的地产商骗了……"

香川县有一处游乐园要闭园转用，耕平打算趁机捞一笔大的。耕介还以为，耕平昨天去四国也是忙这件事——可能确实是忙这件事，但他不知道公司快倒了。

"也就是说，公司损失大得要垮了？"

"不，如果只是被骗，鹰尾不动产还不至于垮掉。"恭子再次重重地叹了口气，"做这种生意，不景气的时候干什么都没用，但如果安安静静待着，说不定又会遇到什么转机，一下子赚一大笔。所以，这次本来也该暂时等等的。但是，为了弥补损失，他做了期货交易。"

"期货交易？那很危险吧！你怎么会让他这么做？"

耕介虽然不谙世事，却也知道商品期货交易的风险很高。期货交易的投机性很强，运气好就会大赚一笔，运气不好就会大亏。

"我也觉得不该下手……但一直有个推销期货交易的人在跟社长套近乎。社长以前只是应付应付他，这次却因此毁掉了填补四国损失的机会。"

在耕介面前，恭子把耕平叫作"社长"。耕平就喜欢她这种识分寸的样子，但这种态度也有缺点：她无力制止耕平乱来。

"然后呢？一共亏了多少？"

"这个嘛……"

恭子含糊其词。

话都说到这份上了，还有什么好犹豫的。

然而，她接下来的话还是让耕介大吃一惊。

"期货损失只有一亿。不过，因为手头资金不够付清算保证金，他其实还借了高利贷。"

"高利贷？难道是黑社会的？"

"是啊。正经机构怎么会放贷投机资金？结果，社长为了还利息又借了一次，最后本息加起来接近两亿。就在我们说话这会儿，欠的钱还跟滚雪球一样涨个不停呢。"

那全部加起来就是三亿？太糟了。

"而且，还有四国那边的亏损对吧？"

"当然。那也差不多有一亿。"

"那欠款一共是四亿？"

对耕介来说，一亿跟四亿没什么区别，但对鹰尾不动产来说，区别想必很大。

恭子却摇了摇头。

"还有从银行借的钱，大概有三亿。不过，这笔钱是平时的运转资金，借的时候也有担保，正常处理就行。最大的问题在于，如果后天的票据结算不了，银行就会第二次拒付。"

耕介从没听说过这件事。

"第二次，就是说已经有一次了？"

恭子用力地点了点头。

"嗯，早就有一次了。哎，其实也就上个月啦。"

耕介啃着老却没发现父亲的危机，她肯定对他这个无忧无虑的儿子感到无语。

"如果有第二次会怎样？"

他战战兢兢地问。

"会破产。"这次，恭子露骨地表现出了嫌恶，"如果六个月内出现两次拒付，公司就会遭到停止和银行交易的处分。不能和银行交易的话，公司就开不下去吧？社长说他后天之前会想办法，但都是没用的。"

一阵凝重的沉默。

"我知道公司很危险了。但是根木阿姨，这我也没办法啊。"

听恭子说了这么多，耕介把握了事态，却涌现出别的疑问。恭子为什么要在耕平出门时叫他过来？她应该知道自己无能为力。

他的疑问很快得到了解答。

恭子露出严肃的表情，从包里取出一只信封。

"我想今天从公司辞职。"

她把信封递给耕介。信封上写着"辞职信"。

"你跟我说也没用啊，直接跟我爸说吧。"

耕介没伸手，但恭子似乎早有预料，规规矩矩地把信封朝着他放在了桌上。

"等社长回来就太晚了。我还有三个月的工资没拿到，照现在这情况，离职津贴肯定也没指望。"

她的语气很认真，看来是心意已决。

"可是，你不是在管财务吗？"

钱应该是交给恭子处理的……耕介想。

"就算我在管，公司没钱也没用啊。"恭子自嘲地笑了笑，"反正都要倒闭，垂死挣扎也没用。我们不该再救公司，该把损失压到最小。但是，社长却不明白这个道理。那就这样吧，耕介，我还有很多事要办。谢谢你们至今对我的照顾。我自己的东西，我今天会收拾好的。"

耕介哑口无言。恭子冲他行了一礼，抓着账单站起身。

第二天，耕介听说根木恭子带走了公司保险箱里的全部现金。她留了封信，说耕介已经批准自己辞职，这些钱就当作拖欠的工资和部分离职津贴。

保险箱里好像是耕平凑来结算票据的关键资金。耕平魂不守舍，耕介却想，既然横竖都要倒闭，恭子手里能留点钱也好。

如果恭子和父亲不是这种不上不下的关系，而是正式结了婚，她会怎么做？耕介模模糊糊地思考着，当事人耕平却没工夫沉浸在感伤里。耕介不知道的是，另一个员工上个月也辞职了。他们就像逃离沉船的老鼠，只有他这个当儿子的一无所知。

不过，哪怕再怎么不愿意，耕介也认清了事态，知道鹰尾不动产将会因为银行拒付而破产。地下钱庄展开了他们鼎鼎有名的"讨债"活动。耕介听说过"讨债"有多吓人，但在亲身经历之前，他从没想过竟会可怕到这个地步。

事到如今，耕平还在到处想办法筹钱，遭罪的自然是待在家里的耕介。一群没脑子野兽般的男人在门前和电话里对他狂吠。说实话，狮子和狼都比他们有涵养。他们的语言能力之低，让人在听清内容之前就想捂住耳朵。虽然不管怎样都是威胁，但就不能说得优雅、含蓄点吗？

他们没闯进家里也没打人，这倒是值得夸奖，但他们并非是在遵守最低礼仪，而是为了防止债务人报警。如果面对面地犯了法，他们可就没法找借口了。而反过来说，只要没被抓现行，那他们做什么都行。早上起床的时候，耕介要么会看见家门上糊满了油漆，要么会在院子里发现猫的尸体。

不知幸或不幸，总之家里没丢东西，耕介也就没慌。不管那些人再怎么惹事，他都不是鹰尾不动产的老板或员工，而且几乎没有支付能力。地下钱庄也真是白费工夫。

一开始，耕介不明白他们为什么冲着自己来。

"这样的话，我们就去找你公司谈咯？是 M 物产对吧？"

然而，听到电话那头男人放肆的笑声时，他终于明白敌人有所误会。

这个男人好像是耕平的贷款负责人。不同于只会大吼大叫的无能小角色，他的声音不怒自威。耕平现在就像条被拧干的毛巾，再怎么绞也挤不出一滴水。男人可能认为，还是威胁在一流企业上班的儿子更管用。

混蛋老爸，臭要面子！什么 M 物产啊。地下钱庄的威胁虽然让耕介不快，被父亲蔑视的屈辱却远在这之上。

当晚，耕介久违地见到耕平，向他宣泄了自己的愤懑。

"摆出一副善解人意的嘴脸，背后却在吹臭牛皮。啃老族儿子就那么丢你的脸吗？怎么回事？喂，说话啊！"

他的语气空前地激动，似乎把耕平吓了一跳。

毕竟在此之前，父子俩贯彻的都是彻底互不干涉的路线。

"我不知道你听说了什么，但你不用管那种人说的话。"

一开始，耕平并不想跟他对质。

"我什么时候大学毕业的？你倒是说说啊！我什么时候进的 M 物产？"

然而，在耕介的逼问之下，他不知为何移开了视线。

果然……他果然不想让别人知道儿子是个没用的无业游民。

"你一直让我随心所欲，其实不是为我好，只是因为不关心我。"一旦说出口，感情便源源不断地爆发了，"你不是自己想留下我，是因为我妈不要我，没办法才养我的。还都是交给别人养的。你带我出过门吗？你陪我玩过吗？还有，你知道我妈为什么不要我吗？因为我长得跟你一模一样，因为她不想一看到儿子就想起小气的老公。怎么样，我说错了吗？要是错了，你倒是说啊！"

耕平没有回答。

没有回答，却打了耕介一耳光。伴随着响亮的声音，耕介的脸颊烫如起火。在他的记忆中，这是父亲第一次责打自己，而他的心反而冷了。

老爸会生气，是因为我提起了我妈，是因为我让他想起，他被老婆残忍地抛弃了。

"就一张嘴会说。你这把年纪了还能玩，你以为都是靠谁？"

耕平嘴唇颤抖。

"我就知道你会这么说。"耕介反击道,"我承认你养了我,但随便一个养狗的人都能这么养,你有什么好自豪的?狗被照顾得都比我好。"

他又挨了一记耳光。

声音比刚才更大,一阵灼热的冲击窜过脸颊,似乎皮肤都裂开了。这已经不只是痛了。耕介终于清醒过来。

或许是因为没勇气挥拳打儿子,耕平看了一会儿自己红肿的手,终于像找回自我般放下了它。

"到此为止。"他无力地劝道,"不用我说,你很快也会知道保证每天有吃有睡有多辛苦。你在这屋里最多只能住半年了。之后怎么办,你自己想办法,我已经没余力照顾你了。"

耕介回过神来,发现耕平脸上写满了疲惫。

曾经,他一边为了赚钱东奔西走,一边跟好几个女人保持关系,熬过了无数次残酷的斗争,而此刻,他那份精悍已经荡然无存。耕介的怒气迅速萎靡。哪怕这个男人爱自己还不如爱一条狗,但他确实抚养了自己。

"那些人会拿走这套房子?"

黑社会非法占据债务人家里和事务所的房子。耕介听说过这种事。

"不,是银行要拍卖。这套房子是抵押物。"

耕平可能已经彻底死心了,语气意外的平静。

"要破产吗?"

"我是这么打算的，但要先准备好破产的钱。"

"为什么？"

耕介很震惊。

"不就是没钱才要破产吗？"

"破产程序要委托给律师，没人会免费帮我们的。"

"这也太惨了吧。"

耕平微微一笑。

"律师也是一门生意，不是慈善事业。这我会想办法，跟你没关系，你担心自己就行了。"

3

　　奈津子在鹰尾家现身，是平成十九年[1]五月十日的事。

　　自从高二那年夏天以来，耕介已经十九年没见过她了。奈津子年近六十，却依然拥有当年震撼十六岁耕介的端正美貌。不过，她那诱人的姿态已然消失不见。这只是因为上了年纪，还是另有原因？耕介无从捉摸。

　　她好像事先和耕平联系过。鹰尾家二楼是餐客厅和厨房。刚到下午五点，奈津子就按响了门铃。她一句话也没跟前来应门的耕平说，"吱吱呀呀"地踩着楼梯上了二楼。

　　事先，没人跟耕介说过任何事。他待在玄关旁自己的房间里，听

___
1　2007年。——译者注

见楼上传来奈津子肆无忌惮的大喊，这才知道她来了。

四月末，耕平关闭了川崎站前的事务所，改在家里客厅办公。他每天都在对付轮番出现的债权人，还经常怒气冲冲地闹成一片，但耕介根本不想知道他们在吵什么。

他还完全没想过房子拍卖之后该何去何从。实在走投无路就当流浪汉吧。他并没有真下定决心面对最坏的局面，然而，回首三十五年的人生，他既没有固定工作，也没有女人或朋友。这种只跟书和电脑为伴的宅男，对未来怎么可能有展望。

"什么丸之内总业啊，我可不知道有这种公司。他们凭什么临时抵押我的房子？"

"我怎么可能给鹰尾不动产做担保！你以为我们离婚多少年了？"

"肯定是你擅自用我名字了。老实交代！我哪里说错了吗？"

是他无法忘怀的母亲奈津子的声音。

但他听不到耕平回话的声音。

"三十年前的合同？胡说八道！"

"那么久以前的合同，怎么可能现在还有效，肯定早就过期了。"

耕介忍不住走出自己的房间。

他故意粗暴地走上楼梯，走进和餐客厅相对的厨房，哐地坐上圆椅，让地板发出巨响。

餐客厅和厨房隔着餐边柜相连，在客厅沙发上相对而坐的父母当然能看见耕介。然而，他们并未发现他的存在，而是沉浸在对话中，

眼里只有彼此。

耕平正在继续说明：

"综合流动担保[1]合同这东西啊，只要成立了，只要交易还在继续，那不管过二十年还是三十年，始终都是有效的。

"不管是找银行还是别的金融机构，只要想融资，首先都得在《持续交易合约》上盖章。那上面尽是些对债权人有好处的条款，债务人根本没办法，只能约定今后一直按这些条件交易。而且，这种合约还是《综合流动担保合同》。社长就不用说了，有时候，甚至会要求没头衔的普通管理层、家人和亲戚做出个人担保。就算担保已经很充分了，他们也一定会要求连带保证人签名，如果拒绝的话，就拿不到融资。

"所以啊，只要作为保证人签了名，那不管是不当管理层了，还是和社长离婚了，既然盖了保证人的章，就得一直负保证责任。"

平时面对顾客时，耕平总是口若悬河，而此时此刻，他的声音却空前的低沉缓慢。

"我不是一直在说吗？我就不记得在什么丸之内总业的文件上签过名。"

与之相对，奈津子依然怒气冲冲。

"我不是跟你解释了吗？当初的合同方不是丸之内总业，是市原金融。当时，为了方便给你发工资，你的名字不是也在鹰尾不动产的管理层里吗？你该不会忘了吧？"

1　原文为"包括根保证"，指对特定持续交易关系中产生的不特定复数债务进行持续担保且不限制金额的担保方式。——译者注

"哼！那又怎么样？"

"你可能不记得了，当时钏路有一桩很好的生意，但我们银行的额度已经用光了，只能借本地高利贷。借钱的时候，你也作为连带保证人在和市原金融签的《持续交易合约》上签了名。合约上说，'对于债务人现在及将来向贵社负担的所有债务，保证人与债务人连带负保证债务'。"

"我才不记得有这种事。"

耕平含糊其词，奈津子因此更加愤怒。

"你总不会想说，那时候欠的钱还没还完吧？"

奈津子的声音更尖锐了。

"早就还完了。不过，我们跟市原金融之间的持续交易合同还在，后来遇见好的地产，我经常会贷款来用。利息虽然高，但既然银行不肯借钱，那我也没办法。你也在做生意，这点道理还是懂的吧？"

"不懂。我跟你不一样，做生意是会考虑将来的。"

话中带刺。

耕平一瞬红了脸，但立刻又想起了自己的立场。

"其实，今年一月，四国的地产给我造成了意外损失。为了填补空缺，我只能从市原借一笔急钱。"

他压低声音继续说。

"可是，那之后没多久，市原金融就和地下钱庄合并，还把名字改成了丸之内总业。市原虽然是放高利贷的，但并不会做太危险的事。丸之内总业却是黑社会的金融机构。我后来才知道，市原金融两三年

前就已经经营不善，合并只是个名头，其实是被占了。虽然合并了还换了名字，新公司却会完全继承契约关系。很遗憾，你的流动担保依然有效。"

"不过……"耕平稳重的语气似乎让默默聆听的奈津子冷静了一些，她思索着开了口，"我记得我在报纸上看到过，法律已经废止流动担保制度了吧？"

"啊，确实。"耕平点点头，"不过，废止的是综合流动担保。至于规定期限和金额的普通流动担保，跟以前没什么区别。"

耕平声色柔和，很不像平时的他。

看着此刻安稳相处的他们，耕介似乎能想象他们做夫妻时的气氛。

"可能是有人指出无期限担保太过荒唐了吧。法律改了，综合流动担保废止了，好像是前年改的。不只你，我也是公司的保证人，也觉得这是好事。可我仔细一查，却发现这里面有个重大的漏洞。改完的法律只适用于未来，今后签的综合流动担保合同虽然无效，过去的却管不着。既存的综合流动担保不会因此失效。"

两人面面相觑，一声长叹。

"行，情况我了解了。"奈津子朗声说，"法院突然来了封文件，说丸之内总业要临时扣押我的房子，把我急坏了。对了，我再问一句，临时扣押什么时候能解除？"

奈津子端正了坐姿。

这应该是在振作精神，以免陷入耕平的步调。

原夫妻之间的虚假和平支离破碎，就是在这之后。

"这个嘛，如果能解除的话，我也想马上解除啊。"耕平回答，"可是，这事没办法啊。"

耕平话音未落，奈津子就插进话来：

"什么？这怎么回事？"

"没什么这回事那回事的。鹰尾不动产倒闭了，事务所上个月关了，我早晚也得被赶出这间房子。什么都没了。"

对话停了一瞬。

"银行拒付了？"

"嗯。"

"要破产？"

"嗯。"

"那我的房子呢？画廊呢？"

奈津子的声音逐渐激动起来。

"是我对不起你。再这样下去，你家房子以后也会被拍卖。不过，画廊不会。店面是租的，里面大部分画也不是买来的，是别人委托的，对吧？就算想扣押也没东西可扣。"

耕平似乎只是想冷静谈话。

然而，这种措辞不太妙吧？结果，事实正如耕介害怕的那样。

"别玩我了！"奈津子的尖叫响彻四壁，"我的生意全靠信用，谁会相信被扣押过东西的画商啊！"

耕平沉默无语。

他可能是说不出笨拙的安慰，但这样似乎也不行。奈津子加倍愤怒。

"你一直都这样，情况不妙就不吭声！你根本就不在乎我吧？说实话！是不是？"

她愤慨至极，苍白的脸僵硬痉挛，美得让人汗毛倒竖。

果然，耕平极其失态地慌乱起来。

"不是！不是的！我不想连累你，但我没办法啊！如果我死了就能帮你，那我愿意去死！"

事到如今，耕平眼中的焦虑显而易见。

时至今日，耕平对前妻的思慕仍未断绝。耕介看出来了，奈津子本人却毫无感伤之情。

"那你就去死吧。"

她果断地说。

"可我就算死了，你也一分钱也拿不到。现在买人身保险也来不及啊。"

"谁说要买人身保险了？"

"你不是这个意思？"

"不是。"

"那你要我怎么办？去丸之内总业自爆搞恐怖袭击吗？"

此情此景，没人会开玩笑。耕介不知奈津子什么时候会暴怒，心惊胆战地听着两人的对话，然而，奈津子居然笑了起来。

"别说傻话了。"

她恢复严肃，盯着前夫的脸。

"卖器官就行了，很简单的。"

她淡淡地说。

"'紫云英'有客人是买卖器官的，只要找他，不管肾脏肝脏都能帮我们找买家。你如果真的想死，这根本不算什么吧？"

"你……"

耕平不禁站了起来。

"我怎么了？少摆老公的架子！"

奈津子怒吼道。

"怎么样？卖不卖器官？回答我！"

奈津子缓缓站起，抓住了耕平。

"你他妈的！"

与此同时，耕平的双手也压制住了她的双手。

耕介不禁站起身，但两人兴奋无比，闹得无暇关注厨房。他们在原地斗了一会儿，随即踩着"嗒嗒"的脚步声，一边疯狂扭打一边离开客厅，来到了楼梯上方。

楼梯上只有约两张榻榻米的空间。耕介奔出厨房，迎面接住两人狂乱的呼吸，却仍旧身处局外。耕平和奈津子连看都不看他一眼。

他根本无法挤进他们的世界。

他们谁都不会提及儿子的存在。发现这一点时，耕介的情绪失控了。

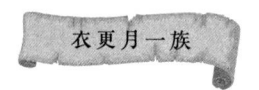

"这票干得挺大嘛。"

听见男人的声音，耕介返回了现实。

他没见过男人的脸，却听过他的声音。这是丸之内总业的贷款负责人。

是奈津子进来后没锁门，还是耕平被地下钱庄收走了自家钥匙？

"居然帮我们处理了两个债务人。你就是那个 K 大学毕业的秀才？"男人的笑声浑浊而阴沉，"别在那儿傻站着，下来吧。"

冲僵在楼上的耕介说完这句话之后，他蹲下来检查两个摔死的人。

"原来长这样啊。老是有点老，但确实比那个办事员老太婆强不少。"

两具身体一动不动、互相重叠，一个的躯干在楼梯上，一个有一截腿在楼梯上，而脑袋都在楼下地板上不自然地扭曲。

耕介仿佛被一股力量所牵引，摇摇晃晃地下了楼。但他不想跨过双亲的身体，在距地面五级阶梯处站住了。

"他俩都彻底升天了。颈椎断了。"男人的声音响了起来，"你打算怎么办？我只是个刚好在场的目击者，我要说什么证言，完全取决于你。是他们自己摔下来的，还是儿子把老爸老妈推下来的？你觉得哪个好？"

他的语气仿佛揶揄。

耕介沉默不语。他的脑子完全不转，不知道该如何反应。意外情况不断出现，他大脑好像短路了。

男人笑嘻嘻地站起来，然而，面对心不在焉的耕介，他渐渐动了火。

"别愣着，回话！"

他突然发出破锣似的吼叫，同时投来残忍的眼神。

和只知道怒吼的讨债人大不相同。这样忽紧忽松才是威胁的诀窍啊。耕介迷糊地想。

"喂，怎样啊？"

"啊！嗯？是问我怎么选是吗？"

耕介自己都觉得这回答很蠢。

"蠢货！赶紧叫救护车！"

男人大概是不耐烦了，终于怒吼起来。

魄力之大，电视剧里看见的黑社会根本比不了。

"好、好的。"

耕介从口袋里掏出手机。

他手抖得操作不好。他知道男人在咋舌，这让他手抖得更厉害。

"急救还是火灾？"

119 的负责人很冷静。

"你好，其实，那个——我爸妈从楼梯上摔下来了。"

"是。他们吵起来了，在楼上打架，该说是受伤了吗……说不定是死了。"

"啊，地址是吗？啊，好的。"

连日以来，耕介总是慌慌张张地跟脑袋混乱的人打交道，渐渐觉得世人都是笨蛋。面对死了两个人却依旧冷静得可恨的负责人，他语无伦次地说明着必要情况。

没说是自己推下去的……不过，谁都不会说吧？耕介一边给自己找借口，一边意识到自己离毁灭又近了一步。

我彻底和恶魔梅菲斯特联手了。今后这一辈子，我应该逃不出这个男人掌心了吧？

耕介打完电话后，男人轻轻挑起唇角，淡黄牙齿的缝隙间溢满了对眼前懦夫的轻蔑。

"定下方针了啊。对了，你小子叫什么名字？"

这么快就降级为"小子"了。

"鹰尾……耕介。"

"行。之后会让你好好谢我的，这儿就交给我吧。按我说的做。"

耕介僵硬地上下晃动着脑袋。

他其实想说些什么，喉头却哽塞得出不了声。

男人满意地点点头，语调突然温和起来。

"我是丸之内总业的唐木泽。记好了啊！"

4

耕介从唐木泽那里得到的工作，是打电话进行汇款诈骗。

虽然叫汇款诈骗，却并非那种主要针对老年人、装成儿孙骗他们打钱的"是我是我诈骗"，而是以在任何地方都借不到钱的多重债务人及资金周转不开的小微经营者为目标，打着融资的幌子骗取手续费和保证金的"金融诈骗"。

丸之内总业本来是干地下金融的，手上因此有一份多重债务人的名单，他们利用这些信息，靠"金融诈骗"大发横财。虽然都是地下钱庄，但丸之内总业好歹是光明正大地在营业，与之不同，"天鹅绒贷款"则是货真价实的地下组织。

手法非常简单。首先，给名单上的多重债务人寄一封来自"天鹅绒贷款"的广告信件。地址自然是乱编的，但也还是会虚构一个像模像样的大楼名称。和地下钱庄那些一看就很可疑的廉价传单不同，这封信用的是光滑的优质纸，纸上有彩印花纹，写满振奋人心的情报，宣扬自己利息低（其实还是远超利息限制法标准的高利息），无需担保和保证人，可即时提供五十万日元到五千万日元的融资。

为什么会有如此特殊的融资条件呢？

因为"天鹅绒贷款"是国内二十三个超优良组织成员组成的资金管理事业组织，这是组织运用其以美元形式持有的海外剩余资金的方法。

这句说明读来读去都莫名其妙，但好像并没有人在乎。

管它是剩余资金还是什么，没有哪个放贷的会在无担保、无保证人的情况下随便给债台高筑的债务人提供五千万日元的融资。疑问当然是该有的，然而，急着用钱的人无法做出理性的判断。

自然，也有很多债务人不是不能做出理性的判断，而是故意不去

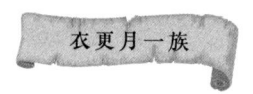

做理性的判断。

现在马上，打电话联系我们！

就这样，他们会给"天鹅绒贷款"打电话。这种人不是一个两个，而是像吃饵的锦鲤一样蜂拥而至，嗷嗷待哺地大张着嘴，希望能尽快拿到钱。

不用说，"天鹅绒贷款"没有店面，不挂门牌也没有招牌，只有四五个热线人员一直在没件像样家具、满是灰尘的屋子里待机。屋里乱丢着便利店便当的空盒子和矿泉水瓶。为了躲避警察的视线，他们每过一两个月就会换一间出租事务所或者单间公寓。

热线人员的工作是按照指南说明骗人，打着汇款手续费和外汇差额的幌子，让对方汇入借款金额的百分之十五。

"明白了。您想融资五千万日元是吗？"

"那么，我们会把融资申请书寄到您提供的地址，请您填好指定事项后寄回。"

"对了，客人，我们的贷款是用海外资金发放的，需要十天到两周才能到账，您可以接受吗？"

"还有一点，从海外调动资金的话，会产生大概百分之十五的汇款手续费和外汇差额，这需要由您负担。"

"啊，是的，时间没有限制，但我们要收款之后才能进行融资手续。"

"如果您很着急，可以现在就汇款，这样的话，我们收到申请书就能马上融资了，您觉得可以吗？"

为了借五千万，要先付七百五十万。这怎么想都很荒唐。

"这有啥啊。那些人虽然没有用来还的钱，但要是用来借钱的钱，他们就算杀人也会筹到。"

也难怪唐木泽能口出狂言。

毕竟，虽然不知道用的是什么方法，那些十万日元都还不起的人却居然能立刻筹到汇款资金。

"蠢货！这点小事就把你吓成这样。他们反正都要破产，现在多欠点少欠点都一样。"

知道工作是金融诈骗时，耕介吓得面色苍白，而唐木泽却痛骂了他一顿。

这份工作虽说有指南，但毕竟不同于在老头、老太太面前装成他们感冒了声音沙哑的傻儿子。面对正在社会上混的对手，需要有人能说得出像样的话。耕介之所以被盯上，理由好像就是这个。

在"天鹅绒贷款"，唐木泽被称作"店长"，但实际掌管业务的，是个人称"部长"、三十二三岁、上班族模样的男人。据说他以前在真正的金融机构工作过，说起话来也确实流利、周到，让人始终分不清他是正经人还是黑社会。

唐木泽有时会露面，但不会亲自"营业"。看来，店长的工作是监视部长有没有私吞"营业额"。照他们的说法，这种"店"有好几家，唐木泽上面还有"社长"。不过，社长别说露面了，连名字都是个谜，不知和丸之内总业的社长是不是同一个人。

其他"员工"都没有头衔，除耕介之外，全都是二十岁左右的年轻人。他们不知是从哪儿被挖来的，不像是天生的恶人，反而像是被集团排挤的公猴子，散发着一股悲哀的气息。他们似乎有正在做亏心事的自觉，工作间隙也不会友好交谈。

誓约书

我发誓，终生不对任何人讲述在此的见闻。

若违此誓，不管自己或家人发生什么事，我都毫无怨言。

刚来时，他们被要求立下誓约书。它重重地压在他们心头。

他们没有社会经验，但凡对话偏离指南一寸，他们就无法应对。也有很多客人在汇款后起了疑心，打电话过来追问。

遇到这种情况，一般是交给部长处理。

"抱歉，请您稍等，我让负责人来听您电话。"

部长不在的时候，则由耕介来应对。

不管对方说什么，都要编理由把他们哄住。虽然电话号码不会暴露位置，但对方要是报警就麻烦了。总之，关键在于拖住他们。

论社会经验，耕介和年轻人差不了多少，但他毕竟比他们年长。

他实质是副部长待遇，将来似乎还有望当部长。

普通员工的月薪一律是二十万日元，不定期还会发五万、十万的奖金。税和社保当然是不缴的，所以，工资交完房租也足够生活。不仅如此，还能存下来以后用。

川崎的房子被拍卖，耕介身无分文地被赶了出来。就算唐木泽手里没有他的把柄，他也没有别的法子可以生活。与其给小偷放风或运毒品，还不如汇款诈骗。他只能接受现状。

结果，他在"天鹅绒贷款"的工作才一年半就画上了句号。那是平成二十年[1]十一月月末的事。

跟平时一样，他们在单间公寓里工作，结果一个电话打到部长手机上，部长命令在场的热线人员立刻全部离开。

"条子好像闻到味儿了。你们赶紧走，再也别回来了。"

部长脸色苍白，只作了这些说明。他们像趁夜逃跑一样换过好几次地方，但这次既然让员工再也别回来，看来是真出大事了。不过，部长毕竟是干部，他好像打算独自留下来处理后事。

耕介头也没回，一溜烟逃回公寓，赶紧收拾好行李上了新干线。目的地是福冈。他选福冈作为逃亡地点并没有特殊理由，只是觉得警察不会追到九州这么远的地方来。

这一年半他存了不少钱，暂时不用担心生活费。在事情有眉目之前，他打算潜伏在福冈。

从电话内容来看，唐木泽刚收到警察搜查的消息就远走高飞了。

---

1 2008年。——译者注

或许他后来被抓了，但无论如何，能在这次骚动中摆脱唐木泽，这真是个意想不到的收获。耕介在福冈市的胶囊旅馆入住，重重倒向床铺，安心地叹了口气。

在那无法忘却的一天，面对赶到现场的急救队队员和警察，唐木泽昂首挺胸地作了证。耕平和奈津子因为鹰尾不动产的负债问题争吵，吵着吵着就扭打起来，不小心一起跌下了楼梯。他们的儿子耕介虽然想阻止，却没来得及。

目击者只是目击者，警察不可能完全相信他的话，然而，不管耕介还是唐木泽，杀了耕平和奈津子都不会有什么好处。别说遗产了，留下的只有还不了的借款。早就离婚的前夫害自己背上借款，也难怪妻子会气昏了头。多亏这种情况，耕介完全没背上嫌疑，事件被当成意外处理了。

当时，耕介一心以为唐木泽帮忙是为了抓住把柄利用自己，但现在冷静下来一想，就知道唐木泽也不想那件事闹成刑事案件。

如果债务人一家因为欠款发生了杀人事件，明显会引发大乱。债权人也会被警察或检察院传唤，接受各种询问。丸之内总业违法放高利贷的事当然也会遭到追究。如果汇款诈骗这桩违法生意也被连根拔的话，那真的是惨不忍睹。

虽然耕介之前也没觉得唐木泽对自己有恩，但这么一想，他瞬间轻松了不少。

对唐木泽来说，耕介根本不值一提。等他今后从逃亡地回来或者出狱，一定早就忘记耕介了。

耕介谨慎地确认着网络新闻。然而，一天过去了，两天过去了，一周之后，他仍然没看到曝光汇款诈骗集团的报道。耕介虽然不清楚整体情况，但集团确实是个跟黑社会有关的大规模组织，如果有引人注目的动静，一定是会报道的。既然没有……耕介的心态逐渐乐观起来。

一开始，他连去便利店都战战兢兢，现在则明目张胆地在福冈城里走来走去。当然，没有任何人会关注他的存在。他当初虽然计划暂时留在福冈，这时候却突然起了乡愁，莫名地怀念起东京来。

川崎的房子被拍卖后，耕介搬进了大田区西蒲田的公寓。公寓离车站不算远，而且旁边就有便利店，他很喜欢。他没跟房东打招呼就跑了，但这才一个月，房间应该还没动过。虽然世人觉得那只是垃圾，但满房间的书、CD 和 DVD 可是他的宝物。

结果，耕介当年就回了东京。如他所料，公寓房间还是老样子。从房东和邻居的反应来看，警察也没在他离家时来过。

居然还跑到九州那么远的地方去了，真是白费工夫。耕介放心了。

一年多以后，他才知道自己太天真了。

5

耕介依然过着不稳定的打工族生活，但只要过得朴素点，倒也能活得下去。现在想想，能懂得平安无事的难能可贵，能满足于这种现状，都多亏了过去的体验。

虽然参加的各种新人赏统统落选，他还是重新开始写小说了。他还不确定自己要写什么类型的作品，但既然有志成为作家，就最好什么事都体验一下。事到如今，目击汇款诈骗现场也成了莫大的财产。

耕介无忧无虑地计划着未来，一通打到手机上的电话却突然将他推进地狱深渊。电话是平成二十二年[1]三月八日打来的。

"鹰尾吗？你好像过得很好嘛。"

陌生的声音。

年龄大概四十左右……这种在喉咙里裹着阴森笑声的说话腔调，绝对不是正经人。耕介顿时吓得面如土色。而且，对方还知道他的手机号。这样看来，只能是跟"天鹅绒贷款"，也就是跟唐木泽有关的人。

"是我。您哪位？"

他声音颤抖。

"我听唐木泽大哥说了。"

无视接到的问题，只顾自说自话。耕介跟这种人相处了一年半，对他们的做法再熟悉不过。

"唐木泽先生吗……他现在怎么样了？"

对方阴森地呵呵一笑。

"你想他吗？大哥还有事要做。我来替他下令。"

"……"

"放心吧，不会再搞汇款诈骗了。这次的工作更轻松。我会再找你的，别想溜。"

1　2010年。——译者注

不等耕介回答，电话已经挂断了。是公用电话打来的，当然，就算不是，他也不可能打回去。

这次究竟要让我做什么？我当时就应该跑得远远的，免得他们来追我。耕介不安而后悔，彻夜未眠。

然而，和次日接到具体指令后相比，这天晚上还算安心。事后想想，他不禁产生了这种念头。

当天，耕介下午才起床，他在六叠大的单间公寓门后发现一个长形3号的普通茶色信封，不禁背脊发凉。这肯定是从信箱口丢进来的，但上面没有地址和收信人，当然，也不知道寄信人是谁。

耕介慌忙拆开信封。

里面有一封打印出来的短信，还有一把扁平的钥匙。

去 JR 蒲田站南口闸机外的投币储物柜。

指示只有这一句话。

用这把钥匙打开储物柜就能看见下一条指示吗？实在难以相信这是现实中发生的事。耕介还以为只有电视剧和小说里才有这种情况。对犯罪组织的人来说，这难道是家常便饭？不管他们要他做什么，都肯定是违法的行为，而更确定的是，耕介没有拒绝的权利。

耕介做出了决定。他没有手套这种时髦玩意儿，于是从抽屉里拿出用旧了的劳动手套。虽然可能会惹人怀疑，但总比留下指纹好。

他立刻前往 JR 蒲田站。虽然不到十分钟就能走到，但如果磨磨蹭蹭的，不知对方会说什么。

他立刻就找到了目标储物柜。这个柜子不是收费三百日元的普通尺寸，而是能放进行李箱的大柜子。他有一种不祥的预感。他战战兢兢地打开柜门，暂时没看到什么吓人的东西。

柜子里摆着个邮政的大箱子。箱子用透明的塑料绳捆得严严实实，还有个方便搬运的把手。箱子表面什么都没写，但用透明胶粘着个长形 3 号的茶色信封。

耕介犹豫了一下要不要当场打开信封，但还是决定先回公寓再说。毕竟不知道会被谁看见。想尽快逃离现场的念头占了上风。

拎起箱子之后，他发现它相当重，似乎足有十千克。摇起来不会沙沙作响，里面难道塞满了袋装兴奋剂？看来这次是被当成运货的了。耕介豁出去了。

他们总不会让我把这东西卖出去吧？

回到公寓后，耕介急不可耐地打开茶色信封，读了印出来的信。

今晚凌晨一点，把箱子放在图示的地方。

敢开箱子你就没命了。

把公寓的备用钥匙贴在邮箱口里面。

耕介浑身寒毛倒竖。

他们不仅要让我运货，今后还打算自由进出我的房间，掌握支配我所有的生活。

一旦涉足其中，就永远无法脱身。

耕介本该知道非法世界的规则。他痛彻体会到自己之前有多天真。

然而，现在威胁他的不只这个。

其实，回家的路上他就隐隐有些在意。虽然期望是错觉，但一旦进入密闭的室内，那立刻就成了难以否定的现实。

箱子很臭。

耕介虽然没见过、没闻过毒品跟兴奋剂，却知道它们不会散发异味。这气味绝对是动物蛋白质的腐臭，还不是鱼类的。恐怕也不是鸟类或爬虫类，而是哺乳类——没错，是腐烂的尸体的臭味。

信封里的图指向大田区××町住宅区的一座独栋房屋，虽然写了地址，但并没写居住者是谁。从耕介公寓过去大概要走一个小时。那栋房子是座平房，应该不会太大。它的房门面朝一条四米宽的道路，和隔壁房子之间有一条小路，图上用箭头指示耕介穿过小路绕到屋后，把箱子放在后门前面。

不过，为什么要让他在深夜送这个箱子？如果想秘密交接，让收东西的人去储物柜就好了，根本不需要特意让耕介中转。

这样想的话，目的就是威胁——不，应该是报复。对方是对立组织的关联人员，或者是背叛了组织的同伙？把对方最为畏惧的东西交给他——应该不是生鲜垃圾或活蛇这种单纯找碴的玩意儿，否则不需要如此慎重的程序。

箱子长三十二厘米、宽四十厘米、高二十三厘米，刚好能放下骨灰盒，但耕介从没听说过骨灰盒会散发异味。

人头——他不禁颤抖起来。

他曾经听说过，成人头部的重量大约是体重的十分之一。假设体重是七十千克，头部重量就是七千克，再加上容器，基本就和这个邮政箱子重量一致。黑社会之间争斗，说不定真会做出这种事。就算有人头送上门，收到的人应该也不会报警。

耕介摇摇头。

这都是什么蠢事！他想一笑置之，鼻腔里却再次钻进如假包换的腐臭，催生了强烈的呕吐感。

晚上十一点三十分，耕介拎着邮政的大箱子离开了公寓。

距指定的凌晨一点还有一段时间，但为了避免迟到，他不得不慎重行动。他用谷歌地图确认过地点，但并没有事先勘查的勇气。

出门时，他用透明胶把备用钥匙贴在了邮箱口，伸手就能轻松取下。今后出门时会被搜家，他必须有所觉悟。电脑也可能被查。不过，里面倒没什么见不得人的东西，只有一堆写了卖不出去的小说。

先不说这些，眼前的任务才是重重压在他心头的大石。想来，他下午起床后什么都没吃，起来就去了蒲田站的投币储物柜，回来后一直想吐。

他实在没法和散发出腐臭的人头待在一起，却也没心思出门溜达，最后便在咖啡店消磨时间，好不容易才喝下一杯热咖啡。他的胃什么都不想吃。天气还冷，他却在公园暗处的长凳上像雕塑一样僵到晚上十一点。

早一秒也好，要尽快完成这个任务。耕介的思维停留在这个问题上，完全没心思考虑完成后又有什么在等待着自己。

他以为会被询问职业，于是穿着西装和大衣假扮上班族，但这担心是多余的。偶尔有人跟他擦肩而过，但根本没人理睬这个拎着邮政大箱子赶路的中年男子。想来也是理所当然，毕竟迄今为止，他一次都没得到过别人的关注。

到得太早或太迟都不妙。耕介途中调整了一下时间，在凌晨一点零一分之前抵达了目的地。

目标是栋木造石墙的独屋，乍看平平无奇，没有院门，玄关直接面向公路。屋龄应该在三十年左右，房前没挂名牌，屋内一片漆黑，从外观看不出有没有住人。

为防万一，耕介在大衣口袋里装了手电筒，但路灯很亮，看来是用不着了。趁没人看见，他急匆匆地绕到后门。

指定的后门好像是厨房门。房屋与隔壁住宅的界线是一面石块墙，七八平方米左右的庭院长满了杂草。一阵强风吹来，尘土四处飞扬。

耕介本想赶紧放下箱子撤退，如今却突然萌生出好奇心。这里是住宅区正中央，不可能遭到袭击。他把邮政箱子放在指定位置，向后门旁的玻璃窗靠近。

窗户内侧拉着窗帘，但接口处有一道细缝。耕介打算拿出手电筒，而正当此时，漆黑的室内传来"哐当"一声，似乎是椅子之类的东西倒在了地板上……

耕介顿时背心发凉，几乎同一时间，他的双腿不由自主地向大路迈去。

再也不要有多余的好奇心了。他完全不记得自己经过了什么地方，只顾一味奔跑。回到公寓后，他软绵绵地瘫倒在地。

不知过了多久，回神一闻，狭窄的公寓仍旧满是那种腐臭。他慢慢站起，正想开窗，口袋里的手机就振动了。

"哦，辛苦了。"

是那个无法忘却的声音。

"酬劳放你屋里了。别乱琢磨。"

耕介还来不及说话，电话已经挂断了。

他重新环视室内，看见洗碗池边乱摆着两张赤裸裸的万元钞。他几乎是无意识地拿起它们，在原地呆站了一会儿。

这就是给我的新任务啊。

他虽然觉得自己很没出息，却更因为完成了任务而安心。他打开窗户，将冷空气吸满胸腔，突然觉得极其饥饿。

耕介酣睡如泥，下午才醒。

他先去附近的便利店买了点早午饭类的食品填饱肚子，然后开始检查室内。既然放了酬劳，明显曾经有人入侵，但看来对方并没有动过什么东西。他本来也没什么值钱东西。电脑没有什么明显异常。他原本就不在乎安全问题。

他姑且安下心来，但还是很在意被敌人夺走的备份钥匙。再者，他虽然不想吐了，却感觉鼻腔深处还黏着那股臭味。

他决定去澡堂把全身都冲一遍。虽然知道这是精神问题，他还是忍不住狠狠搓洗脸和身体。离开澡堂后，他直接去了理发店。那不是现在这种发廊，而是超市旁边的老式店铺，店里只有个六十多岁的大爷。他毫不犹豫地要求推个圆寸。

污秽——耕介实在没想到，自己居然会遭遇如此适合这个过时词汇的情景。

遍体清爽之后，耕介回公寓搞了个大扫除，久违地吸了尘抹了灰，最后还喷了空气清新剂。他虽然很想立刻离开这里，却不知道逃跑会有什么遭遇。至少要清除污秽，让情绪焕然一新。

耕介战战兢兢，唯恐得到下一个指令，然而出乎意料，一周过去了，十天过去了，打电话的男人全无音信。

仔细想想，不管是报复、制裁还是威胁，人头毕竟和手指不一样，就算黑社会也不可能月月量产。这次只是因为目标住宅离耕介的公寓比较近，所以才选中了他。这样想比较自然。如此一来，暂时应该不会叫我了吧？耕介渐渐乐观起来。

三月二十一日春分。这天上午十一点刚过，耕介天真的想法被粉碎了。

要不要把一直塞在抽屉里的佛龛拿出来？一定是因为前阵子的惊恐还没散尽，唯独今年想拜一下。杀父弑母的人还要仰仗双亲，这虽然很可笑，但老爹如今已经成佛了，多少会可怜可怜儿子吧。近三年时光已逝，耕介终于能从容面对那起事件。

去买点线香吧。耕介迷迷糊糊地起了床，发现门里有个长形 3 号的茶色信封时，他呼吸都快停了。

他抖着手拆开信封，只见一封打印出来的短信，还有一把扁平的钥匙。

去 JR 蒲田站南闸机外的投币储物柜。

跟之前一模一样。

他本来饿得挺畅快，此刻却突然很想吐。

怎么会这样！耕介急忙赶往蒲田站。他既害怕因办事磨蹭被揍，也怕有人闻到储物柜里的异味报警，那就全完蛋了。

靠近车站后，他慎重观察着周围的情况。抵达现场后，他在远处盯着储物柜看了两分钟，却没发现任何危险气息。靠近储物柜一看，和上次不同，这次是三百日元的普通尺寸的柜子。

他下定决心打开它。里面果然是邮政箱子，只不过是宽二十二三厘米、长十七八厘米、高十五厘米左右的小尺寸，也没有把手。箱子上用透明胶粘着长形 3 号的茶色信封，这倒是跟上次一样。他抱起箱子，发现它很轻。有一千克吗……至少肯定不是人头。他没闻到异味。

但这就奇怪了。新的不安涌上耕介心头。他们下这么大功夫，究竟想让我运什么？这次说不定真是兴奋剂之类的违法药品。如果是手枪的话，应该会更重一些。

不对，等等。如果是手的话……尺寸刚好。之所以没有腐臭，说不定是因为跟人头不是一个人的，砍下来还没多久。

耕介胃里立刻涌起一股酸水。他明明没穿大衣，戴手套的手和身体却满是汗水。

回公寓之后，他先用自来水漱了漱口。努力平复情绪后，他取出了茶色信封里的东西。

指示还是很简洁。

今天下午三点，带着箱子去上次那里。

到了再给你下一步指示。

这次虽然没写"敢开箱子你就没命了"，但也不代表开了箱子还能保命。不过，目的地怎么和上次一样？而且，这次好像还会在那里给出新指示。

上次，那栋房子里绝对有人。那里说不定是非法组织的基地，所以，叛徒才会遭到组织的无情制裁……

耕介摇了摇头。这些事情想也想不明白，想了也没用。自己只要按命令行动就行。不论如何，幸好目的地是那栋房子。它毕竟在住宅区正中央，比闹市的诡异大楼要好得多。

他发现自己轻松了一些。回来之后，家里会又摆着两万日元吗？居然会考虑这种事情，他觉得习惯真是可怕。

耕介这次是下午两点出门的。毕竟第二次了，他也从容了一些。出门时，他戴了劳动手套，还用一顶黑色的巨人队棒球帽包住了脑袋。

他不想让人知道自己为清除污秽理了圆寸。毕竟那些家伙动不动就找碴，不知道会怎么对付他。

他抵达了目标住宅。因为正值白昼，建筑整体外观和周围情况都看得很清楚。占地面积应该有五十平方米吧。今天也拉着窗帘，实在不像有人居住。明明是白天，左右和对面的邻居却都不见人影。这片住宅区好像本来就很冷清。

耕介多少调整了一下时间，在三点整来到后门。

就像在等着这一刻似的，手机震了起来。是从公用电话打来的。

"从后门进去。门没锁。"

是那个男人的声音。

和之前一样，他不等耕介回答，自己说完后就挂了电话。耕介心情沉重却无可奈何。不用怀疑了，这里一定在做什么违法交易，箱子里面一定是毒品或兴奋剂。

他按下门把手。和男人说的一样，门没锁。

耕介把门推开一半，先看了看里面的情况。这里好像是厨房。虽然没有餐具和厨具，却能看见瓷砖地板、旧式洗碗台和煤气灶。屋里不见人影，听不到任何声音，只能闻到密闭房屋特有的灰尘臭味。

说不定有人正盯着自己，不能再磨蹭下去了。耕介悄悄迈进房屋。三合土上连一双鞋子或拖鞋都没有。

门一关，屋内立刻暗了下来。眼睛习惯了室外的亮度，几乎什么都看不见。耕介抱着箱子，面朝门的方向，两脚互蹭地脱着鞋。

就在这个瞬间，他的臀部传来一股冲击。仿佛有根粗大的注射针扎了进来，疼痛尖锐而钝重……

有人！还来不及细想，意识已经迅速远去。

耕介想要转身，一边半拧着身体，一边瘫倒在地上。

6

在模糊场景的某处，传来了格外欢快的音乐声。

全身像灌了铅一般沉重，不快的感觉分不清是疼痛还是苦闷，而在身体外侧，刺耳的电子音正不识趣地响个不停。

吵死了！别响了！

在朦胧的意识中，耕介终于发现自己刚才睡着了。

床像石头一样冷硬，恶寒仿佛要让人结冰。

睁眼一看，满是污垢的煤黑色天花板透过晦暗浑浊的空气映入视野。陌生的景象。

这是哪儿？

耕介还没力气起来。他缓缓转动沉重的脑袋，窥探周围的情况。灰尘的味道钻进鼻子，让他很想咳嗽。

地板有点脏的厨房——他的回忆迅速苏醒了。难道我一直躺在这儿？

音乐突然停止。在无形凶器的攻击下绷紧的神经，再次慢慢放松下来。

对了，现在几点了？

灯还没开，但有微弱的亮光透过窗帘照进来。是傍晚吗？到这里的时候是三点整……

可能是因为直接撞到地砖上了，耕介的后脑勺很疼。他下意识地摸了摸脑袋，棒球帽还在头上。劳动手套也还在手上。

他终于坐起身，从口袋里掏出了手机。他能看见自己穿着运动鞋的脚。三月二十二日上午六点三十六分。这么说，我在这里躺了半天多？耕介意识到，刚才的电子音应该是手机的来电铃声。当然不是他的手机。他最讨厌来电铃声了。

思维终于渐渐恢复正常。

对了，我怎么会躺在这里？

记得在三合土上脱鞋的时候，突然有什么东西扎进了屁股……然后我就昏倒了。这么说来，臀部还有点痛。难道是麻醉枪？为什么？究竟是谁为了什么让我过来的？

就在这时，耕介的视线捕捉到了奇怪的东西。他定睛一看，是穿着黑裤子和黑鞋的女人的腿？而且是脚底。他能看见皮制的鞋底。

什么啊，可以穿鞋进来啊……视野逐渐清晰，他一边看着鞋底，一边想着傻兮兮的事。

慢慢起立的瞬间，开始觉醒的意识终于捕捉到了女人全身的模样。黑裤子、淡蓝色风衣、红色大波浪、细长的双腿。她双手握拳放在头前，像个被摆成俯趴姿势睡觉的婴儿。他看不见她的脸。

睡意立刻烟消云散。

先不管女人怎么一动不动，这又是什么？地板上有一摊液体，位置正好在她俯趴身体的胸口到腹部。黏稠、鲜红、浓郁，简直像血……不，这就是血。

不过，怎么会有这么大一摊血？难道？女人身体下方隐隐可见的东西，好像是金属匕首的刀柄。

被捅死了？耕介下意识地靠近，倒吸了一口凉气。

女人右侧地板上扔着支带针的注射器，里面还留着少许透明液体。再旁边是空荡荡的邮政箱子，看样子曾被胡乱打开过。

兴奋剂！耕介不禁看向自己的双手，结果吓得声音都发不出来。

指尖染成了黑红色。他这才发现，一股湿漉漉的不快感触透过手套黏在皮肤上。他抬手一闻，闻到一股浓烈的血腥气。这是颜料和血浆绝不会有的、浓得让人头晕的动物肉的臭味。

耕介虽然想吐，却还是撑住了。因为他脑海中浮现出"冤罪"两个字。

待在这里的话，自己可能会被当成杀害这个女人的凶手。不对，这是陷阱。他们叫我到这里来，一开始就是为了让我背杀人的黑锅。

耕介不寒而栗。他正想着必须立刻逃跑，那个欢快的音乐声又突然打破了寂静。声源明显在女人大衣的口袋里。有人一直在给她打电话。

再拖下去就不妙了。耕介勉强还剩下一点判断力。

他急忙抓住手机，头也不回地冲出了后门。

那个女人是谁？为什么会被杀？更重要的问题是，我有没有在那个杀人现场留下痕迹？逃回公寓后，耕介拼命思考。

或许是因为臀部被注射了药物，他的脑袋还像麻痹了一般沉重。他脱掉衣服一看，发现右臀部上方靠近腰的位置有个注射痕迹般的伤口。恐怕是麻醉枪一类的东西造成的。说起来，他好像听说过哪个国家正在开发对人麻醉枪。

幸好戴了棒球帽，他不用担心头发会掉在现场。再说，他剃了圆寸还没多久。因为戴了手套，也不用害怕会留下指纹。虽然不能完全否定留下了运动鞋鞋印的可能性，但要凭这个找到鞋主应该很困难。不管尺寸还是设计，这都是一双非常普通的通贩鞋。

染血的手套和鞋当然要慎重处理。收到的指示书也和信封一起剪碎了冲进厕所。这样就不会留下物证了。

正因为女人的来电铃声很吵，更重要的是，正因为刚好有人给她打电话，我才能得救。按计划，我肯定应该被人发现在尸体旁边熟睡。

想到这里，耕介"啊"了一声。

兴奋剂！他慌忙挽起衬衫袖子。虽然刚才脱衣服时没发现，但左臂上果然有个新的注射痕迹。

昏迷期间被注射了兴奋剂……绝对没错。如果验尿验出了兴奋剂的阳性反应，那不管我怎么说，警察肯定都不会相信。

就算相信了，要说清我去那栋房子的理由也不容易。如果想让警察接受，就必须把我跟唐木泽和"天鹅绒贷款"的关系，甚至那起事件全说出来。

且不论汇款诈骗，如果前阵子搬运人头、三年前杀害双亲的事情曝了光，那我就真完了。别说再也回不到自由的俗世，甚至可能判死刑。简直是噩梦。

然而，耕介虽然如此不安，之后却至少表面上没出什么事。他这次没拿到酬劳，给指令的电话和信也就此中断。警察别说上门了，连在公寓周边出现的形迹都没有。

虽然无法放松警惕，但在凝神屏息地顺利熬过第一个晚上，又过了两天、三天、一周后，他确实不能否认自己有些安心。他相当关注网络新闻，但哪个网站都没报道在大田区××町发现了被捅死的女人。

虽说事件曝光只是时间问题，但发现得越晚，目击信息就越少。日子一长，不在场证据自然也会模糊。至于验尿，只要注射兴奋剂之后过了一定时间，应该也就验不出来了吧？

不过，在毫无音信的情况下过了两周，耕介心中又充满了别的不安。照这种天气，尸体会烂得很快。那又不是山里的独栋，邻居不可能闻不到异味。

但是……耕介转念一想，明明如此却没出新闻，这又是为什么？有两种可能。警察管制了报道，或者非法组织那群人秘密处理了尸体。虽然这两路人都很麻烦，但既然至今尚无消息，他们应该还没掌握耕介的存在。这事会不会就这么过去了？

然而，又过了几天，四月九日下午，耕介被泼了一盆冷水。

他比平时起得更晚，为了去便利店而来到大路上。

"喂，你！"

就在此时，住在公寓对面的村原老太婆叫了他一声。

世间各种快乐都抛弃了村原，如今，她唯一的生存价值就是监视别人倒垃圾，是耕介继警察和黑社会之后最不想扯上关系的人种。

耕介早上在睡觉，倒垃圾必然是晚上。趁着夜色，他会把垃圾丢到离公寓十米左右的垃圾收集场。因为乌鸦和夜猫会翻东西，晚上倒垃圾好像是被禁止的，然而，他可不想连起床时间都被人指指点点。

今天是丢生鲜垃圾的日子，耕介还以为她一定会啰唆。然而，村原朝他挤了挤满是皱纹的眼角。

这说不定是在笑啊。耕介吓了一跳。

"有人在调查你。"

村原口齿不清地说。

好奇心让她双眼发亮。

"真的吗？"

耕介不由提高了嗓门。

完了。后悔也来不及了。

然而，村原似乎完全不觉得他可疑，而是豪爽地挥了挥右手。

"别担心，我没说你坏话。我不会碍着别人结亲的。"

她好像以为是婚前调查。

傻不傻啊！这个年代了，谁会跟窝在这种便宜公寓里的打工族结婚啊。耕介很是无语，但也很在意究竟是谁在调查什么。

"是个什么人啊？"

他努力装出平静的样子问。

"什么人，反正不是本人，是侦探。是个很不错的男人哦。不过，他连很小的事情都问到了。"

村原露出了狡猾的表情。

如果想知道详细情况，就该拿出相应的好处来。她大概是这个意思。

难言的不安压迫着胸口。然而，如果让这个老太婆怀疑自己，之后就麻烦了。

"我还有事，先走了。"

耕介硬是结束对话，赶紧躲开了意犹未尽的村原。

应该不是警察。警察做事不会这么温吞。唐木泽和打电话的男人早就知道耕介的身份，事到如今也不用打听。

耕介快步经过便利店，直接来到公园。确认四下无人后，他一屁股坐到长凳上，脖子上糊满了黏糊糊的汗。

我是什么时候被逼成这样的？我明明没什么奢望，只想平静生活……

突然，耕介忘记了恐惧，被腹中涌起的怒火所支配。这份怒火激烈得像要撕碎身体，但他气的不是唐木泽和他的同党，而是在始终无视自己的情况下死去的，那对不负责、没自觉的父母。

如果没有那种父母，如果没有那起事件，他就不会遭遇现在的危机。

如果可能的话，他想带着明确的杀意再杀他们一次。

当晚，耕介躺在公寓坚硬的地板上，一直盯着天花板。

怎么处理逼近自己的危险情况？答案没那么容易找到。而说实话，在这个瞬间，一个更迫切的问题占据着耕介的大脑。

我真的只是背了杀人的黑锅吗？

从那以来，疑问在耕介心中慢慢发酵，随着日子一天天过去，逐渐酿成了既成事实。

仔细想想，在被麻醉枪击中到被手机铃声吵醒的这十五个小时里，并没有确切的证据表明他一直是昏迷的。我醒过来，被强行打了兴奋剂……应该是为了把我驯化为"送货员"吧。要让人听话，最好的办法就是药物上瘾。

然而，我却因药物影响陷入错乱，用刚好拿在手上的匕首杀了那个女人。没错，刚好拿在手上的匕首……能在女人倒地的身体下面隐约看见一截刀柄的金属匕首。那难道是工具刀？

唤醒过去痛苦记忆的，是耕介对双亲，尤其是对母亲奈津子那难以遏制的憎恶之火。十六岁那年夏天，他冲动得切碎了挂在"紫云英"墙壁上的裸女像。当时，他为什么没把这股冲动抛向奈津子？下意识从口袋里掏出工具刀时，他应该用它捅向奈津子白皙的腹部才对。

当时那把工具刀应该一直收在厨房抽屉深处。然而，从公园赶回公寓后，耕介翻遍了房间也没找到那把散发着钝重光芒的金属匕首。

我不知不觉把那把刀带出去了？就像十六岁那天一样……浓郁的血腥味想起来就烦躁。透过手套浸进指尖的气味残留在鼻黏膜里，至今仍未消失。

够了！耕介发出无声的尖叫。

他再也不想被人威胁、操控、玩弄了。

杀掉父母不算什么。那是我自己按自己的想法下的手，不管有什么结果都能接受。但现在我只是别人的棋子，被注射药物，在不自觉的情况下杀了陌生女人，还日日夜夜都活在恐惧之中。

当时应该更冷静地检查现场……回头想想，耕介越来越后悔。女尸虽然在厨房，但那栋房子还有好几个房间，他应该好好查查的。查了的话，说不定就能找到什么线索。

如果被抓住把柄的只有自己，那他就什么都做不到。必须找出敌人的弱点。就算哪天跟警察自首，手头有交易材料也是好事。

耕介想到，自己并没有看见尸体的脸。和不明身份的对手作战，如同在深不见底的沼泽里徘徊，没有获胜的可能。这次一定要主动出击。敌人早就掌握我的存在了，不用害怕打草惊蛇。

耕介慢慢站起来。

马上就凌晨四点了。到四点就算早上了，在街上晃荡也不会被盘问。耕介戴上巨人队的棒球帽和自己唯一一副墨镜，把全新的劳动手套塞进口袋。

其实，他当时只想着尽快逃离现场，不记得有没有关好后门。今天就算去那栋房子，房门也可能是锁上的。无所谓，至少他能确认那之后有人进去过，发现并处理了尸体。他再也不想在不知道那具尸体去向的情况下苦闷度日了。

出门一看，天色还有些灰暗，但天气似乎很好。

路上零星有些早起的人。清晨的空气干净清澈，但耕介并未深呼吸，只顾埋头赶往目的地。

抵达现场后，附近的房子还裹在寂静之中。别说异味了，连发生过凄惨杀人事件的气息都没有。那栋房子还是拉着窗帘。

耕介悄悄绕到后门。乍看之下，这里也没什么变化。他戴上备好的劳动手套，悄悄按下了门把手。

就像在等他到来一样，门立刻开了。

那个女人还躺在这儿吗？耕介果断地踏入房门。当然，他没脱鞋。

厨房空空如也。什么都没有！没有女人，没有凶器，也没有注射器！

他关上房门，按下墙上的开关，天花板上的日光灯立刻点亮，屋内瞬间变得明朗。果然空无一物。

染红地砖的血水消失得无影无踪。是有人清理过了？完全没留下恶心的血腥味。

这间屋子相当大，应该是餐厨厅。其他房间呢？耕介毫不犹豫地走进屋子深处。

正门玄关两侧分别是大洋室和六叠和室，两间屋子都没有任何家具，空得十分彻底。此外还有狭窄的仓库和盥洗室。他试着冲了冲马桶的水，水很大。

有电有水，证明这里有人用。不管怎么看，这房子原本都是普通的住宅，可能是丸之内总业收来抵债的。

耕介体内的紧张情绪瞬间瓦解。虽然不知道那些人在做什么、想做什么，但他们至少处理了尸体，而我现在毫发无伤。

既然如此，就该早点离开这种地方，再也别过来。那家伙再给我下令的话，我就去找警察。

耕介关掉电灯，打算回家。

就在这时，后门悄无声息地打开，一个男人走了进来。耕介从没见过这个人。他年纪不轻，态度冷静，体格健壮，眼如鸷鸟，眸中静谧地闪烁着光芒。

耕介倒吸一口凉气。男人站在他面前，挡住了他的去路。

"鹰尾耕介是吗？"

听见他不容分说的语气，耕介不禁点了点头。

男人好像认识耕介。他一边瞟着他，一边饶有兴趣地环视室内。

"你是谁？"

耕介忍无可忍地一问，男人便再次看向了他。意外的是，他露出了亲切的微笑。

"我叫榊原。我想跟你聊聊。"

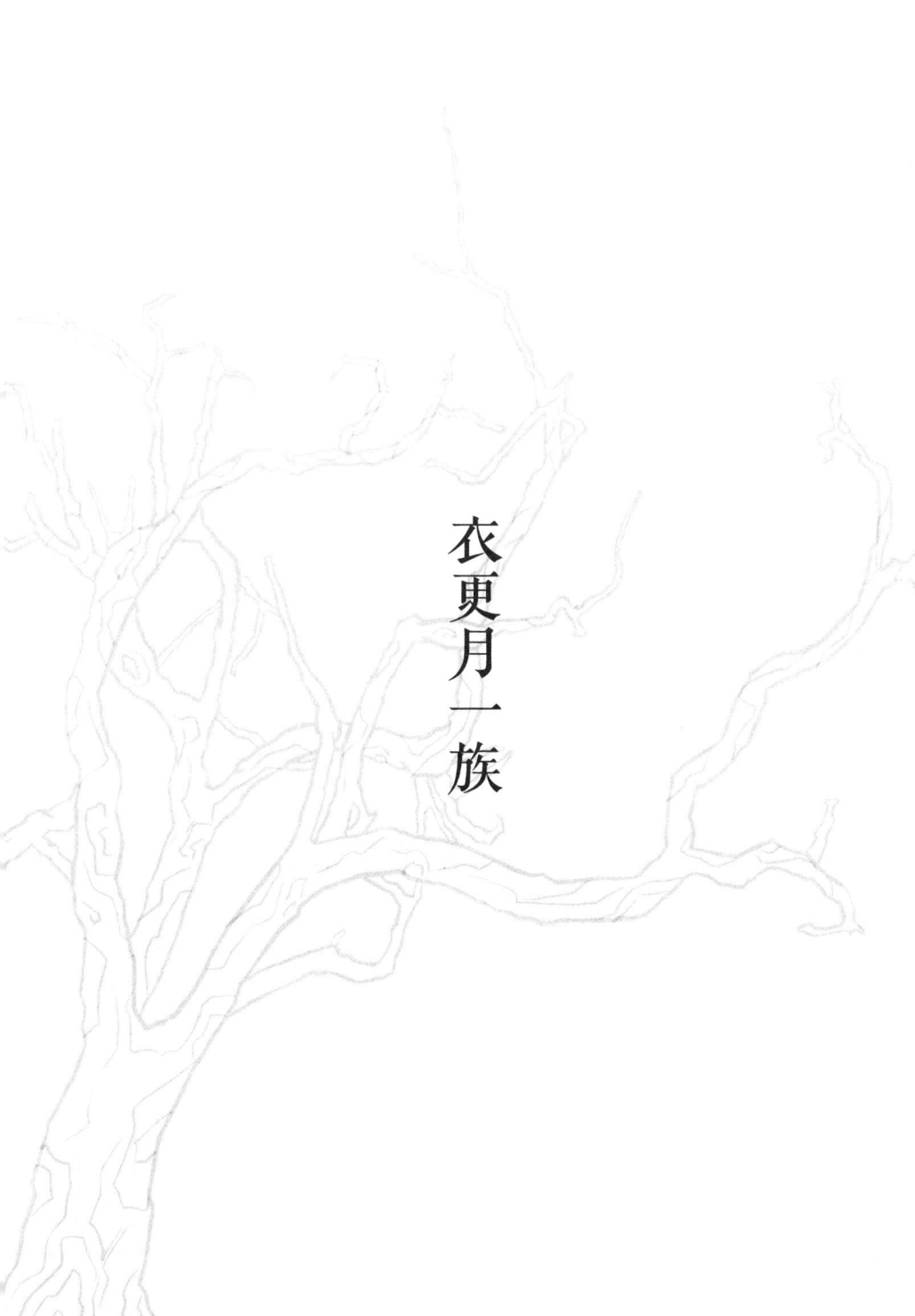

衣更月一族

1

东京都千代田区霞关二丁目一番一号，樱田门十字路口南侧，警视厅办公楼就矗立在此。作为管辖东京都警察的警察总部，它在这条政府机关街上显得格外威严。

理所当然，不像派出所或警察局，这里不是谁都能自由进入的。除开那些手上戴铐、腰上拴绳被押进来的家伙，普通人都要在入口接受严密的检查。

平成二十二年[1]五月十日。警视厅办公楼深处的一个房间里，三个男人正在方形钢桌前严肃谈话。

房间没有窗户，极其单调。谈话开始以来，他们连茶都没喝过一杯。

并肩坐在一侧的，是警视厅搜查一课的原井克俊警部和津津井警部补。前者是个中年男人，结实健壮的身体仿佛硬塞在薄西装里；后者是个面容稚嫩的青年，同样身穿便宜西装，一双长腿伸在桌旁。他们虽然称不上代表搜查一课的优秀刑警，却在目黑区之前发生的广田优子被杀案中漂亮地破了案，扎实的工作能力可见一斑。

与他们对峙般坐在座位上的，则是私家侦探榊原聪。他看来已经

1　2010年。——译者注

年近五十，肌肉却很结实，除确认情况时会插嘴之外，一直昂首挺胸地认真聆听他们说话。

榊原当过警察，但并没在警视厅搜查一课待过。有人说他是个能干的刑警，但他并未步步高升，十多年以前还莫名其妙地突然离职。从那之后，他既调查各种事也找人，成了个单枪匹马什么都干的琐事侦探。

不论如何，搜查一课的警部会带着部下花费宝贵的时间接待一介普通市民，当然是有相应理由的，因为警视厅搜查一课的理事官、极有希望成为下届一搜课长的盐尻三郎警视亲自向他们引见了榊原。

在管理层中，理事官的地位高于管理官，是仅次于课长的重要职位。就算他只是搭个话，搜查人员也会感到紧张。况且，盐尻的指示还不只是"跟这位聊几句"这种礼节性、形式性的内容。

"关于今年三月二十一日在目黑区碑文谷发生的广田优子被杀案，从开端到逮捕起诉的整个过程，全部详细跟榊原先生讲讲。如果他提问或者提要求，你们要尽可能配合。"

盐尻把原井叫到跟前，对他下了这样的命令。

然而，此案已经作为被告人富坂弘毅的防卫过当伤害致死案件提起诉讼，现在正在东京地方法院办理公审前整理手续。警察已经结束搜查，案件已经脱离警视厅掌控，转交到检察院——并且不是负责搜查的刑事部，而是执行公审的公审部——手中。案件尚未第一次公审，照常理而言，搜查相关人员不可能在这个阶段向外部人员泄漏未公开的事实。眼前事态可谓极其异常。

唯一明确的是，榊原并不是盐尻靠私人人脉找来的"和事佬"。他不是个普通的私家侦探。在之前震撼世间的凄惨居家杀人案中，他的调查结果为搜查一课做出了莫大的贡献……他虽是一介私家侦探，却也拥有独立发现隐秘犯罪、推进搜查、彻底解决事件的实际成绩。

那起案件以凶手悔改后自首坦白的形式曝光并结案，实际情况却完全不同。这是警视厅内部公开的秘密。如果案件全貌曝光，警察不仅会被责备搜查不严密，还会因为忽略了如此凶恶的犯罪而遭到严厉追究。

媒体虽然大肆报道这起案件，电视、报纸、杂志上却从未出现过榊原的名字。警察虽然也有所隐瞒，但更重要的是，榊原自己不想见光，一直藏在幕后。

"一旦露面，这生意就做不下去了。"

榊原是这么说的。不难想象，作为这起事件的总指挥，搜查一课理事官盐尻有多么感激他。然而，这未必是"借"或者"欠"之类的负面感情。

榊原并没有什么独创的搜查手法。相反，基本而言，他的作风很踏实。对于他如猎犬般穷追犯罪和犯罪者的嗅觉与执念，盐尻似乎真心感到佩服。对身处官僚机关、为了自己加官晋爵而废寝忘食钩心斗角的人来说，不爱权也不爱钱的榊原本身就是个惊人的存在。从那以来，盐尻一直对这位乍看心不在焉的原刑警抱有某种敬畏。

"既然引起了榊原的注意，这案子一定有问题。"

盐尻的确信化作无言的压力，重重地压在两名搜查官肩头。

原井表面虽然恭顺，内心却翻涌着不解。他跟之前的杀人案并无关联，不欠榊原什么人情，同时，他实在无法对传闻中榊原的做人方式产生共鸣。

没有人会不烦上司。不管上司是什么样的圣人君子，只要身处组织之中，就不可能让所有人都满意。如果只坚持自己的主张却不懂得妥协和协调，最后就会失去容身之地。听说，榊原这男人在离职的同时还抛妻弃子地离了婚，总之就是个有缺陷的人。

"事件概要大致如此。有什么问题吗？"

结束对广田家杀人案的漫长说明后，本就密闭的室内更是充满令人窒息的紧张感。

这间四壁单调的方形密室并不只是物理空间，还是搜查官在讯问嫌疑人时经常利用的心理空间。房间明明没上锁，受讯人却绝对无法逃脱。

原井难以忍受寂静的压力，成了第一个开口说话的人。

两位刑警说明情况时，榊原一动也没动过。他如今仍未改变姿势，正微微低着头思索。这副模样毫不高傲。而作为身处组织之人的人性使然，原井却能在他背后看见理事官的身影。

这家伙反客为主了。堂堂警视厅搜查一课的警部有什么好怕的？搜查那起案件时，我不可能有疏忽。

即便如此，原井心中还是耸动着一丝不安。因为他始终读不懂榊原的表情。现任刑警居然会被前任刑警的扑克脸耍得团团转，真是可笑至极。然而，在两人终于四目相对时，榊原视线之锐利，足以贯穿

他的内心。

榊原的目标并不是广田优子被杀案本身。那起案件的搜查近乎完美。虽然不知道跟什么案子有什么关联，但榊原一定是在为他接到的其他委托搜集材料。

广撒网虽然多是徒劳，但警察就是这么办事的。哪怕离开警界当了私家侦探，他果然还是以从前习惯的搜查方式为基础。

原井如此评价。

然而，榊原的发言让他不禁怀疑自己的耳朵。

"两位真觉得那种起诉事实没问题吗？在我看来，那只能说是检方的自杀行为。"

原井诧异地皱起眉头，随即便听到了更惊人的话。

"富坂弘毅绝不可能直接对广田优子下手。为什么？因为在广田优子被杀的同时，他正在别的地方杀人。"

"胡说！"

原井哑口无言，他旁边的津津井则突然大叫。

他起身起到一半，但好像又改变了主意，重新坐了回去。

"证据是什么？证据呢？"

不单津津井，原井也很想质问他。

"证据有很多。"榊原直视着两名搜查官，如此回答，"但最关键的是，广田优子被杀案最重要的涉案人富坂弘毅和富坂晴菜的供述明显有假。两位刚才跟我说的话，已经足以证明这个事实。"

他的语气很自然，并没有什么自大的感觉。

"哦。"

原井小声叹道。

他萌发了超越不快的好奇心。虽说不是门外汉，但一个外人突然跑来挑我们搜查的刺，就让我好好听听他打算说什么吧。

"同一时间发生的杀人案是哪件案子？既然富坂弘毅是凶手，当然是在警视厅辖区内出的事吧？总不可能是在北海道或九州[1]。"

原井态度依旧礼貌，话中却暗含嘲讽。

"是的，是在东京都西多摩郡。"

榊原如实回答。

他似乎打算忽略原井的心理状态，按自己的节奏讲话：

"不过，警察并没有把这件事当成杀人案。因为没人报警，便当成单纯的自伤事故处理了。"

榊原继续淡淡地说：

"三月二十一日晚上七点左右，一个名叫棚田强志的三十岁男子在位于西多摩郡日出町的西多摩平安陵园被猛烈击打后脑勺，造成了严重的脑挫伤。虽然没有目击者，但他很可能是在跟凶手扭打时被推开，向后倒下时撞到了石头上。强志在八王子市的一家餐厅当厨师，本来和富坂夫妇没有任何关系。然而，出于某些原因，他正在冒充一个男人，也就是今年二月二十八日猝死的楠原雄哉。

"其实，富坂弘毅想杀的正是这个楠原雄哉。但他不知道冒充的事，把强志当作雄哉叫到了西多摩平安陵园楠原家的祖坟前，并且袭

1　此处为松本清张的小说《点与线》中的梗。——译者注

击了他。这是我的推测。

"犯罪后，凶手立刻逃离了现场。陵园的清洁工刚好在附近，听见叫声后，他看见有个男人在往出口方向走。叫救护车的也是这个清洁工。强志到医院时还有意识，但他既然在冒充死人，肯定不想跟警察扯上关系。于是，他对发现自己的清洁工、急救队队员和医院的人都撒了谎，说他是自己跌倒的。

"此外，雄哉有个'妻子'。他死后，她提交了伪造的结婚申请书。出于跟强志同样的理由，这个户口上的'妻子'不能让任何人知道受重伤的其实不是楠原雄哉，而是棚田强志。

"之后，强志陷入昏迷，手术后也没醒过来，在四月三日死亡了。因此，警察不知道这件事。"

榊原的话深入浅出，周到详尽。

这可不能置之不理。原井扬起眉毛。这个男人到底在说什么胡话？

然而，他毕竟是个常年面对嫌疑人的老警察，直觉告诉他，这些话不是胡编乱造的。人如果要说谎，会说得更"像样"些。

"您是说，杀他的凶手就是富坂弘毅？"

原井问话的声音小得像在嘟囔，而榊原则轻轻地点了点头。

"今天听两位说明详细情况之前，我还不是百分之百确定。"

然后，他再次从正面凝视着原井。

"不过，我现在有自信了。"

"胡说！"津津井又叫了起来，"确实，弘毅坚决否定他有杀意，但他还是承认自己导致了优子的死亡。而且，不仅他本人认罪了，现场和凶器上还明明白白地留下了他的指纹。"

榊原微微一笑。

"我不是说了吗？弘毅和晴菜的供述明显有假。那天那个时间，让广田优子死在碑文谷的广田家，才是他们制造不在场证据的终极手段。"

两名刑警不由得面面相觑。

"榊原先生，您说弘毅和晴菜的供述有假，到底是假在哪里了？"原井难掩动摇，如此问道。

"首先，凶器大理石花瓶上的指纹有问题。"

榊原的语气没有变化，仍然很平静。

"我再确认一次。鉴证人员调查花瓶的结果，是在细长立方体近中央、和被害人血迹相反的位置发现了一组弘毅张开十指拿花瓶的清晰指纹，没错吧？"

榊原提醒道。

他认真的眼神讲述着事实的重要性。

"没错。津津井刚才也说了，这和当事人的供述完全一致。"原井回答。

"弘毅没戴手套。他本来没打算杀优子。他只是来找老婆的，当然没这个想法。所以，犯罪现场到处都是他的指纹。"

然而，榊原露出了纳闷的表情。

"可两位不觉得奇怪吗？发现被害人的尸体时，那个花瓶掉在玄

关的三合土上，在被害人头部的右边。发现尸体的晴菜则说，她绝对没碰过花瓶。"

"没错，有问题吗？花瓶上确实没发现晴菜的指纹。"

"没发现指纹，并不代表晴菜就没碰花瓶啊。戴着手套就不会留下指纹。"

"晴菜怎么可能戴手套？！她可是在家里啊。而且，她承认自己摸过柳叶菜刀，菜刀上明明就发现了指纹。"

面对榊原目中无人的发言，津津井又提高了音量。

也不知他是格外胆大还是单纯冲动，盐尻理事官的威严好像不怎么压得住他。

榊原并未在意。

他稳重地继续：

"不过，请两位想一想。照两位刚才所说，花瓶掉在三合土上时，被血染成红黑色的一面是向上的，对吗？如果是这样，至少在把花瓶放上三合土的瞬间，拿花瓶的人是让染血面朝上的。可是，如果用花瓶击打被害人的话，血当然会沾在花瓶下面。这也就是说，在凶手击打优子的瞬间，他必须让花瓶的染血面朝下。

"然而，花瓶上只有一组弘毅的十指指纹，位置还和染血面相反。那么，弘毅是怎么颠倒上下把花瓶放在三合土上的？很明显，如果不移动手指的位置，这根本就不可能。"

"嗯——"

他突然指出意想不到的问题，让原井陷入了沉思。

"会不会不是放到地板上，而是丢出去的？花瓶在地板上滚了一圈，染血面就朝上了。说不定是这样。"

原井的声音软弱无力。

"不对。"榊原毫不留情，"花瓶是大理石做的。这么重的东西丢出去，三合土的地砖不可能不受损。而且，染血的花瓶如果在地上滚动，地砖上一定会留下血痕。有这种痕迹吗？"

"没有……"

"我想也是。如果有那种东西，两位刚才应该会提到。"

"榊原先生，那您是怎么想的？"

问这话的是津津井。

"就像我刚才说的，是晴菜戴着手套摸了花瓶。而且，为了强调自己没戴手套，她还特意在柳叶菜刀上留下了指纹。顺便说一句，柳叶菜刀上的被害人指纹，应该也是晴菜在优子死后故意留下的。"

"可这是为什么呢？"

津津井嘀咕道。

或许是因为大受冲击，他的表情很严肃。

榊原若无其事地回答：

"这还用说吗。因为用花瓶打死被害人的不是弘毅，而是晴菜啊。早在犯罪发生之前，优子去浅草扫墓的时候，弘毅就在现场留下了指纹。当天下午三点半到四点半左右，弘毅戴着帽子待在学艺大学站附近的连锁咖啡店里，就像特意要给店员留下印象。他恐怕在这之前就去了广田家。为了留下自己杀了优子的痕迹，故意在玄关大门等各种地方留下了指纹。

"不过，如果优子回家后用自己的指纹盖住弘毅的指纹，伪装工作就会失败。所以，他们应该很慎重地选择了留指纹的位置。凶器花瓶上之所以只有一组指纹，想必也是为了防止晴菜的手套之后破坏弘毅的指纹。他们夫妻俩事先应该很认真地商量过指纹的位置，然而，在往三合土上放花瓶的时候，却不小心让染血面朝上了。这对我们来说是侥幸，却是他们的致命伤。"

榊原一口气说到这里，暂时打住了话头。原井饱受冲击，哑口无言。

听榊原一说，确实如此。凶器上发现了指纹，于是他就安心了。居然会忽略这么简单的事实，他究竟是怎么了？

他往旁边一瞧，只见津津井也目瞪口呆，正茫然地望着天花板。

仿佛是为了给他们打圆场，榊原继续说道：

"我也遇到过这种事，警察做的就是拼运气的买卖。抓到凶手还不算完。有的人坦白就可能判死刑，而警察的工作就是让他们全说出来。这当然不容易。如果只注意他们说的话，就会掉进意料之外的陷阱。他们如果全盘否定倒还好，毕竟我们也会全力以赴。可如果他们大部分都认了，唯独坚决否定杀意的话，我们就需要提高警惕。我们会把所有注意力都放在否定的部分，从而不小心放松其他部分的取证和确认。这就像气阱一样。"

原井不由得低下头。

确实如此。无言以对。

"榊原先生，您难道就是犯了这种错才不当警察的？"

就在这时，津津井轻率地问。

蠢货！原井正想骂他，榊原却淡淡地给出了回答。

"不是，只是因为不适合。"

原井轻轻叹了口气。

室内充满了尴尬的沉默。

"还有呢？除了凶器指纹之外，还有其他问题吗？"

原井不堪寂静，催了正低头沉思的榊原一声。

"另一个重大的谎言，是晴菜在优子被杀后采取的行动。"

榊原抬头直视原井。

你为什么没发现？他的眼睛仿佛在这样说。

榊原慢慢地开了口：

"关于这一点，晴菜说案发时她在二楼避难，楼下没动静之后也吓得不敢出房间，过了大概十五分钟才下楼，下去就看见优子倒在玄关。她是这么供述的吧？"

原井点点头。

"弘毅在玄关出现，正好是七点的 NHK 新闻开播的时候。既然正在播内容概要，应该就是七点零一分，最多七点零二分。晴菜是七点十七分打的 110，中间大概有十五分钟。她的供述没有矛盾。"

"只看这部分情况的话，确实是没有。"

榊原提醒了一句。

"晴菜说，弘毅来的时候，她正和优子在餐厅边看电视边吃比萨。

外卖比萨连锁店哆来咪比萨送到大号普通饼皮哆来咪特制比萨的时间是六点五十八分。单独来看，这部分情况也没有矛盾。"

"而且，被害人胃里确实基本都是没消化的比萨。"

津津井补充道。

"可是，这件事有个奇怪的地方。"

榊原不禁绷起了脸。

"案发后，两位检查餐厨厅时，发现餐桌上的比萨外卖盒里剩了一半的比萨。比萨送达到晚餐中断，之间只有三四分钟时间……其中，实际吃饭的时间最多只有两分钟，比萨没吃完，这一点儿也不奇怪。大号比萨的直径大概是三十六厘米，分量相当大。

"问题就在于，比萨不是'还剩了一半'，而是'只剩了一半'。就算盘子上还剩了一块刚下口的，两人案发时也已经吃了将近一半的比萨。时间这么短，她们怎么能吃这么多？"

原井不禁看向身侧。

津津井应该能答点什么吧？在外卖比萨这方面，他的知识和经验至少比我丰富。

他指望津津井，津津井却呆滞地盯着空气。

"杀掉优子之后，警车抵达之前，晴菜其实有充足的时间吃比萨。"

榊原冷酷的声音钻进耳里。

"案发后晴菜没直接报警，既不是因为害怕丈夫这个跟踪狂，也不是想让杀了人的丈夫逃跑。她的目的，是让警察相信弘毅逃离了现场，从而隐瞒弘毅其实不在现场的事实。"

这算什么事啊。

"弘毅和晴菜是一伙的？"

原井呻吟着。

"是的。"

榊原平静地点点头。

"那么，他们分居是为了伪装？"

"当然。晴菜应该是装作跟丈夫有矛盾，故意接近优子。姐姐和姐夫正在分居，对他们来说，这是求之不得的状况。优子就算想杀丈夫也不奇怪。先动手的是优子，弘毅就能主张自己是正当防卫。这就是他们的计划。

"自然，就算是优子先动手的，如果在反击中导致她死亡，他或许也不能免罪。不过，只要有所觉悟，这就是最强的掩护。要想让人相信自己，一句认罪的话比一百句否认的话更管用。"

"不过，优子的确想杀丈夫圣一和他的孩子。"津津井插了句嘴，"毕竟她都偷偷在搞丑时参拜了。优子不喜欢吃鱼，却在案发前的二月二十三日买了把柳叶菜刀，这明显是在准备杀害圣一。晴菜想杀优子，优子又刚好想杀圣一，这未免太巧了吧？"

对于他的疑问，榊原平静地回答："不，不是这样的。

"在浅草平岛屋买柳叶菜刀的不是优子，而是晴菜。那天是圣一亡父的忌日，晴菜知道优子会去浅草的永真寺扫墓。当然，后来假装忘了东西给平岛屋打电话的也是晴菜，她趁优子出门用了广田家的座机。她已经料到警察早晚会查通话记录。此外，她还自然而然地诱导警察注意浅草，让两位发现平岛屋。"

"混蛋！"

原井无声地呻吟。

榊原置若罔闻，继续说明："说到底，优子真的想杀她丈夫吗？我不这么认为。如果她真的恨丈夫恨得想杀掉他，就该用五寸钉贯穿圣一那具人偶的天灵盖。如果秃头显得钉子很扎眼，那给人偶戴上帽子就行了。毕竟圣一总是戴着帽子。不对吗？"

津津井也没出声。

"她俩开始吃比萨后，晴菜找借口让优子去玄关，然后偷偷来到她身后，用大理石花瓶砸了她后脑勺一下。那天圣一打算来，优子应该挺心不在焉的。如果跟她说'门口是不是有圣一姐夫的声音？'她肯定会把刚下口的比萨放回盘子，兴冲冲地离开座位。"

解释得很清楚。但原井还是陷入了思考。

他还是接受不了。总有一种纸上谈兵的感觉。

"可是，不管他们杀楠原雄哉的动机是什么，为了制造杀人案的不在场证明就再杀一个人，这也太异想天开了吧？为了杀人而杀人，如果顺利也就算了，但要是露馅了，那风险可就大增了。"

话到此处，原井感觉自己终于找到了榊原的逻辑破绽。

他略微打起精神，津津井却接了句话：

"但是，也有很多人为了还高利贷去借别的高利贷啊。"

刚才，原井觉得连津津井都没能藏住慌乱，看来这只是他的错觉。

榊原的表情没什么变化。

　　"不，他们杀优子，并不只是为了制造不在场证明。杀优子也是大大有好处的。这就是所谓的一箭双雕。广田家的杀人案，是他们犯罪计划中的重要一环。"

　　"什么意思？"

　　原井提问后，榊原停了一瞬。

　　"两位还记得衣更月辰夫这个男人吗？他十多年前出了一起殉情事件，在社会上掀起了轩然大波。"

　　他直视着原井，瞳孔深处浮现出曾为刑警之人那种平静的自信。

　　"这一连串事件的根源，就在衣更月辰夫。"

2

　　"衣更月辰夫？"

　　津津井大惑不解。

　　也难怪他没头绪。案发当时，他还只是个初中生。

　　"我记得，好像是个带着学生一起用手枪自杀的大学教授？"

　　"不是教授，是助教。总之就是这个人。"

　　如此说来，广田优子嫁人之前好像姓衣更月。原井的记忆苏醒了。他当时虽然觉得这姓氏很少见，却没联想到她父亲的名字。

　　"不过，那起殉情事件应该没什么疑点。虽然女学生的遗属好像闹得很凶。"

　　衣更月辰夫殉情事件虽然被媒体大肆报道，在警察内部却没掀起

239

什么风浪。毕竟，且不论动机如何，当事人双方都明显是自愿殉情的。

关于衣更月辰夫这个人，原井多少有点了解，但这不是因为工作，而是妻子把在综艺节目上获得的信息转述给了他。不过现在也已经忘得差不多了。

"殉情事件本身应该如您所说，和本案没有直接联系。不过，那起事件展现出了衣更月辰夫放纵自私的性格，毫无疑问，那种性格正是滋生这次事件的土壤。广田优子和富坂晴菜都是衣更月辰夫的女儿。这是衣更月一家人搞出来的衣更月家事件。"

"这么说的话，楠原雄哉也跟衣更月家有关系？"

"当然。他虽然随母亲姓，但确实是衣更月辰夫的亲生儿子。"

"那他就是优子和晴菜的兄弟了？"

"没错。"

榊原用力地点了点头。

"晴菜说过，她和优子是'彼此唯一的姐妹'，换个角度想，她还有兄弟也不奇怪。"

"嗯——"原井哼唧着，"那，晴菜为什么要把这两个亲人都杀了？"

榊原微微一笑。

"跟大多数人差不多，为了钱。弘毅很缺钱。到处采访的时候，他发现了某个政治家关于黑社会金融机构丸之内总业的丑闻。着眼点虽然没什么问题，但他做得太过火，隐藏身份接触了 S 组的组员，还潜入了丸之内总业。暴露之后，对方让他出钱了事，他只能借高利贷，最后搞得走投无路。不过，他本来就是个见什么都不忘捞一把的事件调停人，所以才利用工作时得到的信息，筹备了一个一举逆转的犯罪计划。可是……"

说到这里，榊原闭上了嘴。

与原井视线相对后，他又开了口："在此之前，能不能让先我讲讲这件事情的经过？把我调查到的事实和广田家的案件放在一起，应该能看出很有意思的花样。"

"好的，请说。"

听到原井的话，榊原轻轻低下了头。

"首先，是关于楠原雄哉的事实情况。

"正如我刚才所说，雄哉是衣更月辰夫的亲儿子，是辰夫和第二任妻子奈津子所生的长男。他母亲奈津子已经死亡，生前则在银座经营一家名叫'紫云英'的小画廊，不仅是个大美人，工作能力也广受好评。她可能是借此和美术评论家辰夫认识的，不过，'紫云英'其实有可能是个买卖器官、伪造首饰和赝作美术品的国际非法组织的温床。

"他们认识时，双方都是已婚。辰夫有妻子和女儿，奈津子有丈夫和儿子。结果，奈津子抛下还是婴儿的儿子，离开夫家鹰尾家，和辰夫开始同居。因为丈夫屡次出轨，辰夫的首任妻子已经精神异常，而这件事成了导火线，她留下当时还是小学生的独生女优子，自杀了。

"他们不惜闹出这种事都要结婚，婚姻却很快告终。奈津子跟辰夫离婚，带着还是婴儿的雄哉回到了娘家楠原家。不知离婚是不是因为辰夫女性关系混乱，但奈津子既然带走了本该继承衣更月家的长男雄哉，可以想象问题出在辰夫，这是奈津子努力反抗的方式。哪怕改姓楠原，雄哉依然是辰夫的儿子，不过，辰夫离婚后从没见过他。

"跟奈津子离婚之后，辰夫马上就再婚了。这第三任妻子就是晴菜的母亲衣更月晓枝。

"就这样，雄哉在只有母亲的单亲家庭中长大了。他应该没有经济上的烦恼，却是个孤独的青年，似乎跟母亲奈津子都从未互相理解。从 K 大学商业系毕业后，他就职于 M 物产，而他勉强能说是顺利的人生也到此为止。后来他闹出了几次金钱纠纷，一出事就换工作，好像也没有亲近的朋友。

"如果只是这样，他也不会被妹妹两口子盯上。然而，去年夏天出了件大事，他居然中了三亿日元的彩票。得到这笔意外的巨款后，雄哉立刻从他工作的堀之渊医院辞职，而因为某些原因，这件事让他跟医院的前同事闹上了法庭。结果，这次骚动上了小道杂志，被又是记者又是事件调停人的弘毅看见了。

"说了这么多，两位应该知道为什么会发生这起杀人案了吧？他们筹备犯罪计划时，楠原雄哉是个单身汉，他的父母衣更月辰夫和楠原奈津子则早已过世。只要雄哉一死，他妹妹晴菜就能从三亿日元的遗产里继承一部分。如果同为雄哉继承人的优子也死了，晴菜就能拿到更多的钱。"

话到此处，默默聆听的原井终于出了声。

"原来如此。"

他往旁边一看，只见津津井眼中也突然大放光彩。

"楠原雄哉是今年二月猝死的吧？他也是被杀的？"

原井会这么问也是理所当然。

"不是的。"榊原果断地否定，"应该是哮喘发病死的。"

然后，他继续说道："不过，出于一些原因，雄哉的遗体在某个地方泡着。不是福尔马林，是泡在酒里的。只要解剖遗体，应该就能明确死因。"

接下来，榊原讲述了楠原家的杀人案——楠原雄哉孤独的生与死，以及棚田强志矢志不渝的爱与死——对原井来说，这是他从来不曾想象的故事。

榊原漫长的发言结束后，原井一时无话。

先做出反应的是津津井。

"不过，袭击强志的凶手真的是弘毅吗？至少，打电话威胁麻贵的男人不是弘毅。他有杀害广田优子的嫌疑，当时正被拘留着呢。"

确实……原井也点点头。

然而，榊原并未动摇。

"打威胁电话的当然不是弘毅，是原本在堀之渊医院当诊疗射线技师的笹塚。为了从雄哉独占的三亿日元里分一杯羹，这个男人十分执着。他虽然找律师跟雄哉打了官司，但这个正面进攻的方法却并不顺利。所以他改变了方针。他以前去过雄哉的公寓，知道麻贵在跟雄哉同居。

　　"不过，杀强志的并不是笹塚。笹塚有个叫井上的护士女朋友。井上也是跟雄哉打官司的原告之一。离开堀之渊医院后，她在立川脑神经医院就职，而这就是强志受重伤后住院的地方。强志死后，在病房跟麻贵说话的年轻胖护士就是井上。我在立川脑神经医院见到她的时候，她胸前好好地别着名牌。不过，麻贵并不清楚打官司的经过，也难怪她没发现。

　　"所以，井上一开始就知道这个住院做手术的楠原雄哉是别人。听井上说过这件事之后，也难怪笹塚会觉得真正的雄哉被强志和麻贵杀了。想到这里，我干脆提出跟笹塚见一面。

　　"笹塚到了约定地点。他一开始很嚣张，但我看出他其实很胆小。我告诉他，他的行为属于恐吓，而且，强志受伤不只是单纯的摔伤事故，他搞不好会背上杀人嫌疑。一听这话，他立刻就发起抖来。他现在在三鹰市的医院上班，他给我看了案发当天的出勤簿和工作日志，拼命展示自己有不在场证明，还发誓再也不找麻贵要钱。"

　　榊原说得很清楚。

　　可是……原井心中出现了疑问。

　　威胁麻贵的男人和袭击强志的男人不是同一个，这他明白了。但就算如此，要想断定袭击强志的就是弘毅，证据未免太薄弱了吧？就算有动机，但只要没有证据，这就只是想象。

　　津津井一直在思考。他心里应该也是这么想的吧？

　　不知有没有察觉这种气氛，榊原平静地继续说：

　　"当然，我确实稍微吓了吓他。先不说恐吓，杀强志的明显不是笹塚。毕竟一看就知道,笹塚的头发和那封信里的粗硬黑发完全不同。"

"没错,那根头发!"津津井大叫起来,"把它交给鉴证科就行了。马上就能知道寄信的是不是弘毅了。"

"没错。"原井表示赞同,"榊原先生,您当然会把头发给我们吧?"

然而,榊原静静地摇了摇头。

"不,没这个必要。"

"为什么?"

原井不禁提高音量。

"不好意思,我并不是拒绝提交证据。"榊原抬手示意他冷静,轻轻低下了头,"那不是弘毅的头发。"

然后,他继续说道:"我委托民间的研究所进行鉴定,得知那根头发的主人是鹰尾耕介,也就是雄哉同母异父的哥哥。耕介是奈津子和第一任丈夫鹰尾耕平所生的孩子,也是雄哉的继承人之一。进一步说,我确定那封信是用耕介家里的打印机打出来的。不仅机型和样式一致。只要仔细研究,每台机械都有能够确定它们的特征。虽然信封和打印纸上都没有指纹,但它们也和耕介家里的东西一样。"

"那么……"

凶手不就确定是鹰尾耕介了?或者耕介和弘毅是共犯?

原井欲言又止。

"这是弘毅和晴菜设下的巧妙陷阱。"

榊原截住了他的话。

面对哑口无言的原井,他滔滔不绝。

"他们不仅制造了不在场证明，还把剩下的另一个继承人鹰尾耕介包装成杀死雄哉的凶手。不过，在此之前，请两位听听我掌握的关于耕介的事实情况。两位一定会对他的诡异经历很感兴趣。"

听完仿佛在嘲笑警察的鹰尾家杀人故事后，室内再次陷入了沉重的沉默。中间，津津井买来三瓶绿茶，随手放在钢桌上，除此之外，再未出现过任何声音。三个男人的呼吸声把密闭的空间塞得更紧。

"得知冒充雄哉的强志被某个人叫到西多摩平安陵园后，我调查了雄哉的继承关系。"再次打开话头的是榊原，"如果有人想要雄哉的命，首先就该考虑凶手的目的是彩票中来的三亿日元遗产。强志是被叫到楠原家祖坟的，从这一点来看，也足够想象这件事跟亲属有关。假如不考虑在雄哉死后进行虚假结婚登记的木村麻贵，雄哉的法定继承人就只有异母姐妹优子和晴菜，以及异父兄弟耕介。"

榊原从肩包里取出一张打印纸，在桌上摊开来。

"这是衣更月一家人物关系的简图。

"从这张图上可以很清楚地看到，通过婚姻关系，他们都直接或间接地跟已故的衣更月辰夫有牵连。虽然目前只有辰夫的遗孀衣更月晓枝还姓衣更月，但从亲属和继承关系来看，他们都是衣更月家的人。"

"确实。"

原井用力地点了点头。

听完之后还看到了图示，他们的人物关系骤然明确起来。

"话说到这个地步，两位应该能够体会我的感受。冒充雄哉的强

衣更月家人物关系图

鹰尾耕平

楠原奈津子

衣更月辰夫

衣更月晓枝

前妻

鹰尾耕介

广田优子

广田圣一

川村阳咲

棚田强志

木村麻贵

楠原雄哉

富坂晴菜

富坂弘毅

健人

实亚

儿子

儿子

志遇袭时，身为雄哉继承人的优子在同一天同一时刻被同为雄哉继承人的晴菜的丈夫所杀，得知这个事实时，我产生了极大的兴趣。"

"嗯——"

原井不禁嘟囔起来。

"如果在西多摩平安陵园遇害的是真正的雄哉，这起事件一开始就会被视为刑事案件，一定会在某个阶段牵扯到广田家的案子。然而，实际遇袭的是强志这个冒充者，楠原家的杀人案并没有曝光。弘毅和晴菜的期待完全落空了。弘毅摆脱了杀害雄哉的嫌疑，却也失去了陷害耕介的机会。"

"嗯——"

原井又嘟囔了一声。

"不过，在这个阶段，我还没有发现富坂夫妇的计划。"

榊原淡淡地继续。

他的声音冷静低沉，毫无骄傲之情。他是本就如此，还是自制力很强？原井无从判断。

"沉眠在楠原家祖坟里的奈津子是雄哉的母亲，同时也是耕介的母亲。我们可以很自然地想到，叫雄哉出去的是耕介。当然，我首先调查了耕介身边的情况。

"说是调查，但我根本用不着搜查令这种麻烦东西，这就是侦探的优势。我先查了他的垃圾。从垃圾场偷了点他扔掉的垃圾后，我立刻就拿到了指甲。虽然不是头发，虽然只是剪下来的一小片，但也足够做 DNA 鉴定了。

“我顺利地得到了结果。信封里那根头发毛囊上的 DNA 和垃圾袋里耕介指甲的 DNA，两者完全一致。”

“哦。”

原井真心佩服，榊原却露出了苦笑。

“如果只注意这个结论，那就中了凶手的套。我一开始也完全中了他们的计。然而，他们有一个重大的失误：他们不知道耕介今年三月十日理了圆寸。除了深夜倒垃圾的时候之外，耕介外出时一直都戴着棒球帽。也难怪弘毅没发现。

“得知这一事实后，我不得不彻底重新考虑事件。假如耕介是在案发前不久的三月十九日或二十日写的信，怎么会不小心掉根十厘米的头发在信封里？而且，他为什么要寄这么一封让自己沾上嫌疑的信给雄哉？难道耕介被谁陷害了？我不禁产生了怀疑。

“我跟附近的居民打听了一下，得知耕介是个毫无威胁性的宅男，人们对他没有特别差的评价。公寓对面住着一位八十多岁的女性，她把耕介喜欢的便利店便当和常去的理发店都告诉了我。多亏她，我准确地确定了耕介理圆寸的时间。她观察得很仔细，甚至知道耕介最近好像在害怕什么，行为胆怯又可疑。总之，不管是主动还是被动，耕介确实和这起事件无关。这之后我所做的，就只是通过监视和跟踪来找线索。

“四月十日早上，耕介偷偷离开公寓，而我尾随其后。他没去车站也没去便利店，而是去了大田区住宅区正中央的一栋独栋空房。我直接跟他聊了聊，从再探‘幻之杀人现场’的他口中得知了那个极其

有趣的故事。"

原井抱起双臂，盯着空气一动不动。

3

"那么，这起案件是如何完成的？虽说有必要依序重现整个过程，但两位可以先听听我的假设吗？当然，如果觉得有问题，请直接指出来。我的证据还不可靠，正因如此，才希望两位能够帮忙。如果觉得我的假设可以接受，请警方务必展开搜查。"

密闭的房间中，只有榊原的声音在回响。

榊原似乎无意浪费时间。面对几乎放空大脑的刑警，他果断、利落地推进着话题。原井骤然回神，朝津津井使了个眼色。津津井一点头，做好了记笔记的准备。

"这次犯罪计划的开端，无疑是雄哉中了三亿日元的彩票。"

榊原立刻展开了只有三人参加的搜查会议。他或许是回忆起了自己的警察时代，语气非常娴熟。

"堀之渊医院的三亿日元骚动是去年十一月下旬登上《丑闻周刊》的，因此，这对夫妇应该也是在那时知道雄哉交了好运。不过，弘毅是记者又是调停人，可能更早就通过其他途径获得了情报。不论如何，弘毅借了钱，当时手头很紧。之所以借钱，是因为他为了取材而潜入丸之内总业，结果暴露了身份，被迫出钱了事。

"如两位所知，丸之内总业是跨区域黑帮 S 组旗下企业，不仅牵涉地下金融，还牵涉汇款诈骗及药物交易等犯罪。警视厅为此盯上了他们，而就在即将上门搜查的时候，某个政治家介入其中，唐木泽逃往国外，事件不清不楚地结束了。这方面的情况，两位应该很清楚。"

原井苦着脸点了点头。

气氛更加沉重了。

这件事轮不到原井插手，而且，他本就完全不想反驳"怎么可能有这种事"。就算榊原说的是事实，他一介刑警也无能为力，而就算对方曾经是警官，被民众批评还是很不愉快。

"我和丸之内总业没什么关系，但我当警察时的熟人现在是 S 组的干部。靠他牵线，我跟丸之内总业的人聊了聊。据说，弘毅当初正在调查这个政治家和丸之内总业不可告人的关系，他应该是在这时候偶然听说鹰尾耕介的。

"鹰尾耕平和楠原奈津子被他们的长子耕介所杀，刚好在场的唐木泽则拉拢耕介，让他成了汇款诈骗的施行犯。这件事在组织内部很有名。多有价值的消息啊，当然要利用利用。就算弘毅觉得这是天启也不奇怪。虽说他是自作自受，但也的确遭了不少罪。对手是黑社会，他别想逃跑或破产。不论如何，他肯定都不想连累晴菜和孩子。

"他们的三亿日元掠夺计划大概分为三部分。第一，当然是杀害持有三亿日元的雄哉，让晴菜能够继承遗产；第二，让雄哉的异父哥哥耕介背上杀害雄哉的黑锅；第三，杀害优子，伪装成正当防卫。为此，他们要把优子包装成杀害圣一未遂的凶手。晴菜实施了第三个计划，两起事件在同一天同一时刻发生，制造了雄哉案件的不在场证据。

这我刚才已经说过了。

"顺便一提，关于第二个计划，我认为他们最终应该是打算杀了耕介，并且伪装成自杀。在他们的剧本里，耕介会被警方怀疑，在无处可逃之下选择自杀。这样一来，他们的犯罪就完成了。"

榊原打住话头，窥探原井的表情。

"刚才说的这些，您有什么意见吗？"

原井静静地摇了摇头。

他早就无意抵抗了。

"没有，完全没有。您继续说吧。"

"是吗，那我就继续了。"

榊原用眼神略一致意。

他的态度依旧谦和。面对搜查一课的现任刑警，他不卑不亢，只顾平静地阐述自己的论点。世上竟有这种男人，原井实在难以置信。

"定好计划后，弘毅和晴菜立刻在去年十二月分了居。具体来说，是晴菜带着两个孩子回了横滨的娘家。她之前就到处说丈夫好赌又欠钱，自己已经不爱他了。弘毅则装成追老婆的跟踪狂，一直缠着晴菜。他们还找了警察，把夫妻间的隔阂演得像模像样。与此同时，晴菜巴结讨好一直很疏远的姐姐优子，成功取得了她的信任。优子的境遇那么寂寞，自然会对同样跟丈夫分居了的妹妹产生亲近感。

"优子戴着'体贴妻子'的面具，其实却疯狂憎恶丈夫在外面生的孩子。知道这件事之后，晴菜一定在心里窃笑不已。警察看到钉了五寸钉的纸黏土人偶，这也在她计算之内。万一警察看漏了，她应该打算找机会自己说出来。"

津津井坐立不安。

"那么，用五寸钉钉人偶的是晴菜？"

他明显大感震惊，榊原却摇了摇头。

"不，丑时参拜绝对是优子本人的行为。她房里有丑时参拜需要的所有道具。而且，万一动手脚的是晴菜，她就不应该钉孩子，而应该钉圣一的人偶。正因为动手的是优子，她的目标才不是丈夫，而是孩子。圣一断言妻子对自己绝对没有杀意，果然是有根据的。"

津津井答不出话。

过了一会儿，榊原继续说："当然，晴菜还陪优子去了浅草，发现永真寺到浅草寺途中有家专卖刀具的平岛屋。她定在三月二十一日春分那天下手，既是因为圣一每个月二十一日会来给生活费，更是因为优子那天一定会去扫墓。优子离家后，她有很多事要做。另一个不能忽略的事实是，要骗雄哉去西多摩平安陵园，春分这个扫墓日也是最合适的。雄哉一定认为是哥哥耕介叫自己去的。要让警察意识到耕介的存在，'楠原家祖坟'是个重要的关键词。

"然而，为了制作那封'邀请函'，他们必须在耕介出门时进入他的公寓，使用他的电脑和打印机。他们在这里用的伎俩，就是让耕介害怕不已的'人头'骚动。"

这时，认真聆听的原井扬起了眉毛。

"也就是说，那件事跟丸之内总业和 S 组没关系？"

"没关系。"

榊原答得很简洁。

"问问管黑社会的部门就知道了，唐木泽至今潜伏未出。而且，费那么大工夫让耕介运东西，他们根本一点好处都没有。"

"确实……那空房是怎么回事？"

关于这一点，榊原应该也早就调查清楚了。他冷静地点点头。

"据我调查，那栋房子正在拍卖。房子很长时间都有纠纷，弘毅可能曾经居中调停过，不过，和所有调停人一样，记录上并没有他的名字。居民卡显示，登记簿上的房主早就卖了这套房，搬到北海道的钏路市去了。无论如何，在定下新的房主之前，房子肯定交给某个人在管。不过，就算着手去查，应该也查不出弘毅的名字。

"除开房主之外，这种房产还有租客、调停人和非法占有人等各种人出入。弘毅应该在某个阶段拿到了钥匙。只要偷偷打开后门，让任何人都能自由出入，就算警察查到了那里，也不会怀疑他跟这件事有关。"

"这么说的话，那个邮政大箱子里不是人头？"

津津井问。

"不是。"

"但不是很臭吗？难道是死猫之类的？真讨厌啊。"

津津井夫妇好像都很喜欢猫。或许正因如此，他的表情有些僵硬。

"有可能。不过，用来吃的肉和内脏也可以，不一定非要用动物的尸体。"

榊原淡淡地岔开了话题。

"就这样，三月八日，瞄准耕介的'运货作战'开始了。方法很简单。首先，弘毅用公用电话打给耕介的手机，只要学黑社会的样子凶一凶，耕介马上就会害怕。第二天早上，再把装了储物柜钥匙和信的信封塞进耕介公寓的邮箱口。当然，在此之前，他已经备好了装烂肉的邮政大箱子，放在了 JR 蒲田站的投币储物柜里。

"深夜，当脸色苍白的耕介抱着大箱子出门后，就该进行下一项工作了。他戴上手套，用贴在邮箱口里的备份钥匙侵入了公寓。

"首先要做邀请函。做这事用不着胆战心惊，毕竟，耕介应该也知道自己出门时电脑会被动。接下来是找头发。在一个独居男人的屋里，这应该很容易找到。最后是找刀。有杀伤能力还容易携带的东西——在厨房抽屉里找到金属工具刀时，弘毅想必很是窃喜。"

"原来如此。"

原井嘟囔道。

漂亮的作战。他知道自己确实小看弘毅了。

榊原微微一笑。

"最后，他在洗碗池旁边放了两万日元。工作到此结束。耕介应该还要很久才会回来。这段时间，晴菜一直藏在漆黑的空房里。如果运'人头'来的耕介产生了奇妙的好奇心就糟了。为此，他们必须让他相信，这里不是普通的空房子，而是非法组织的基地。"

"哦，所以才专门弄出动静了啊。"

津津井大声说。

"没错。"

"弘毅还打了个电话让他别乱琢磨，这样就更保险了。"

津津井完全打起了精神。

"不过，这威胁太有效了。好不容易拿到了头发，耕介却剃了个圆寸。"

原井插嘴道。

他终于有了看见事件全貌的实感。

"那么，三月二十二日早上倒在空房地板上的尸体是假的，其实是晴菜装的？"

"那具女尸留着大波浪，腿很长，对吧？晴菜个子很大啊。发型能用假发改，腿的长度却改不了。"

原井发言后，生着一双长腿的津津井貌似喜悦地接话道。

"就是这样。"

榊原表示同意。谈话突然活跃起来。

搜查会议就该这样。

"优子出门扫墓是二十一日下午一点十五分左右，回家的时候接近五点。她不在的时候，弘毅可以潜入她家，晴菜也可以外出。"

榊原此前一直在唱独角戏，现在却换上了跟他们畅谈的口吻。

"下午三点半到四点左右，弘毅确实在学艺大学站附近的连锁咖啡厅里。早些时候，他下午一点开始在新宿的酒店里参加出版社的派对。不过，他可以早上就去蒲田站的储物柜，还可以把信塞到耕介公寓的邮箱里。这都很容易。"

原井说。

"三点准时用公用电话打给耕介的手机，这也很容易。"

津津井接话。

"然后，等耕介从后门进来之后，晴菜朝他臀部发射了麻醉枪。晴菜这女人，到底是从哪弄到麻醉枪的？"

原井大惑不解。

"对了，对了，弘毅和Ｓ组的人有来往啊。"

他立刻又想通了。

"说得对，应该就是从这个渠道入手的。"榊原表示同意，"还有一点。当天晚上，晴菜住在东京都的酒店里。这也是他们的巧妙战略。如果继续住在广田家或是回横滨老家，都有警官在旁边警戒，她没办法偷溜出去。晴菜戴上假发、换好衣服，准备好注射器和血糊，回到了耕介正在昏睡的空房子。当然，注射液不是兴奋剂，应该是葡萄糖。"

"混蛋！给我记着！下次见面一定……"

原井不禁口吐脏话。

但他想起榊原还在，于是把后面的话咽了回去。

"'尸体'的手机早上六点半会响，当然也是有计划的吧？哪怕正在逃亡，用公用电话打手机也很简单。"

津津井一边思考，一边慢慢地说。

"没错。所以他们专门选了刺耳的铃声。"

"用来代替闹钟啊……确实，总不能等几个小时，一直等到耕介自然苏醒啊。"

"不如说，晴菜装死的绝对条件，就是控制耕介苏醒的瞬间。另

外一个必需条件，就是室内虽然暗，但还是要能看清一点东西。不能看不见尸体，也不能看得太清楚。他们的头脑真是让人佩服。"

这个男人的头脑也很让人佩服。听着两人谈话，原井偷偷叹了口气。

"不过，发现'尸体'后，慌张的耕介可能会直接去找警察，这种风险不也存在吗？"

津津井继续思考。

榊原还没回答，原井先插了话：

"不，不会的。但凡不是傻子，都知道警察没这么容易相信自己。而且，拔出萝卜带出泥，如果以前犯的罪都曝光了怎么办？就算会沾上杀雄哉的嫌疑，换作我是耕介，我也会这么想。杀害父母、汇款诈骗、搬运尸体和兴奋剂，最后还杀了个陌生女人。两种情况相比，哪边的罪比较轻？我说榊原先生，是这样吧？"

原井已经完全恢复了常态。

榊原点点头。

"啊！"津津井好像又想到了什么，"对了，血，血！我一直很在意。从麻醉状态中醒来时，耕介手指上沾的不是血糊，而是真的血对吧？那是怎么回事？"

他陷入了沉思。

"你是不是傻！"原井骂道，"那种玩意儿根本无所谓，动物的血就够了。应该是在别处搞到，装在瓶子里拿过去的吧？"

"动物的血……请别说得这么诡异。总不会是猫的血吧？"

津津井表情僵了。

"津津井啊，你好像总喜欢先考虑自己最不想考虑的事。别担心，没人说是你家的猫。"

"不，别管是不是我家的猫，问题不在这里。别说这个了，警部。现场有注射器吧？晴菜会不会用注射器抽了耕介的血？"

"那注射器就应该被血弄脏。注射器里只有透明液体啊。你没认真听吗？"

两人争辩起来。

"我说一句。我大概已经知道耕介手指上的血是谁的了。"

榊原冷静地打断他们。

"真的？"

原井不掩惊讶，榊原用力地点了一下头。

然后，他抑制着感情，低声继续说："不过，从现在开始，我们才刚要举出一个个确定的证据，在累积证据的基础上得出确定的结论。先不提这个，我想说说关键的楠原雄哉，也就是棚田强志被杀案，可以吗？"

"这个啊。说到底，雄哉和耕介完全没有来往吧？"

原井问。

如果雄哉偶尔会和耕介见面，收到那种邀请函之后，他应该会先打电话或者发邮件确认。

"好像没有。"

榊原立刻回答。

关于这一点，他应该也已经谨慎地调查过了。

"不过，那毕竟是他亲哥哥啊。如果哥哥说春分这天要在母亲墓前跟他谈些要紧的事，他想听听也是人之常情。"

原井接受了。

榊原把这句话当作示意自己继续的信号，再次慢慢开了口。

"耕介这男人很可怜，是块自卑的结晶。他小时候就被母亲抛弃，也不觉得父亲爱过自己。而且，他一直以为这是因为自己不像美貌的母亲，而是个像父亲的失败品。他把自己和谷崎润一郎小说《少将滋干之母》中的主人公相重叠，从这个行为也能看出，面对一母所生却有个著名美术评论家父亲的雄哉，他一直很鄙视只有个平凡父亲的自己。耕介偷看了父亲委托侦探出的报告，知道雄哉是著名私立大学 K 大学商业系的毕业生，在一流企业 M 物产上班。这也是加深他莫名自卑情绪的关键因素。

"耕介是个很有文采、很感性的人。不幸的是，他周围没有能让他发现自己优点的人。这样一来，当耕介知道父亲耕平为了面子说他是 K 大毕业的 M 物产员工时，难怪会怒火中烧。他会把父母推下楼梯，也有一部分原因在这里。"

"您的意思是，弘毅知道这件事？"

面对原井的问题，榊原摇了摇头。

"不，这我还不确定。不过，他应该知道雄哉性格孤僻，没有亲密的朋友，跟母亲也很疏远。雄哉甚至没给母亲奈津子办葬礼。由此看来，雄哉不可能和耕介有交流。而且，因为辰夫的遗产问题，晴菜见过雄哉好几次，应该知道他是个什么样的人。"

"这样啊。弘毅应该知道雄哉和麻贵在同居吧？他没想过他俩会结婚吗？"

"不是没想过。雄哉在八王子圣路易宫买房时，他当然调查了户籍副本。不过，在蛇酒做好之前，冒充雄哉的强志必须让麻贵远离这件事……麻贵三月十五日才和雄哉登记结婚，距离弘毅有机会把那封邀请函放进邮箱，中间只有短短几天时间。"

"嗯，这婚姻当然是无效的。不过，如果雄哉真的跟麻贵结婚了，这次的事是不是就不会发生了？"

就因为薄薄一张户籍副本上的内容，一会儿要杀人一会儿不杀人的。原井无法理解这种精神结构。

"这也说不定。不过，当死者有配偶却没有子女父母时，配偶会继承四分之三的遗产，兄弟姐妹总共只能继承四分之一。和风险相比，利益确实很少。"

榊原礼貌地回答。

这个男人如果犯罪，会计算这种问题吗？原井忽然想。

"那接着说杀人方法吧？棚田强志脑挫伤的原因究竟是什么？"

原井转换了话题。

如果强志不是自己摔倒的，实际发生了什么？在榊原刚才的说明中，还没讲清这个问题。

"我其实不太清楚。"榊原难得一脸遗憾，"现场没搜查过，当事人又什么都没说就死了。我到现场时，墓碑和铺路石上没有任何痕迹。扫墓季之后，花和祭品乱七八糟的，清洁工应该扫得很仔细。"

"有可能是用石头或金属之类的钝器打的吗？"

"这也不清楚。不过，现场没有这种东西，应该是带过去的吧？"

"强志跟雄哉不同，个子很高对吧？应该很难从上方打他吧？"

津津井发表了意见。

"可能是趁他在坟前跪拜时从背后来了一下。"

原井回答。

"也有可能是他们打了起来，强志摔倒之后，脑袋撞在了石头上。"

榊原补充。

"不过，摔到头也不一定会死，活下来的可能性比较大吧？"

原井提出疑问。

"犯罪计划明明那么严密，这也太草率了。他该学学他老婆，至少看清楚人有没有死啊。"

原井的话略显轻率。

"恕我直言，他应该不是草率。"

榊原的表情依旧认真。

"弘毅逃离现场，是因为强志大叫了一声。实际上，清洁工就是听见这个声音才来的。当然，让对方大叫本就是个致命的疏忽。但强志是个厨师，比他想的更强壮、更敏捷。

"在我看来，弘毅最终是打算动刀的。因为这不仅能保证解决敌人，还是嫁祸耕介的伪装工作的重要一环。因此，为了防止溅到血，他穿了黑色的雨衣，同时，他包里应该还藏着那把从耕介公寓里偷出来的工具刀。"

哦！原井点点头。

"工具刀？"津津井发出了不能接受的声音，"可那把刀不是在装尸体的晴菜肚子下面吗？不就是因为这个，耕介才会觉得是自己杀了她吗？"

"蠢货。"原井骂道，"那肯定是演戏用的小道具，只不过外观有点像。最重要的是，真刀很危险啊。"

"说得对。"

榊原也同意。

"就算用耕介的电脑和打印机做了邀请函，就算还小心谨慎地夹进了耕介的头发，伪装工作也不算万无一失。如果雄哉把信丢掉，计划就进行不下去了。用耕介的刀当凶器，刀上有耕介的指纹，这才是他们伪装工作的关键环节。"

"这样啊。"

原井感叹。

这是对凶手发出的感叹，还是对榊原发出的感叹？他自己也不知道。

"津津井，这下我可算懂了。二十一日晚上，弘毅为了筹措逃亡资金，从南千住区域给他哥打了个电话要钱对吧？时间是九点二十四分。从碑文谷的广田家到南千住，有一个小时就够了，可他却跟个傻子似的，优哉游哉这么晚才到，搞得我很在意。然而，他其实根本不悠闲。他从西多摩平安陵园换乘了电车，正在赶往南千住的路上呢。"

"没错。"听了原井的话，榊原点点头，"从 JR 五日市线的武藏五日市站到东京地铁日比谷线的南千住，走最短路线也要一小时四十五分左右。不过，为了扮成搞出意外后不得不逃跑的跟踪狂丈夫，这也是必要的工作。"

榊原连这种细节都看穿了。

"不过，对耕介来说，这是不幸中的万幸。

"被害人强志坚持说这只是摔伤事故，手术后还挺了十三天，因此，弘毅和晴菜的期望完全落空了。他们等来等去，既没等到雄哉的死上新闻，也没等到户籍副本变动。没办法，案发六天后，弘毅只好到西目黑警署自首。毕竟再逃下去的话，审判人员对他的心证会变糟。若非如此，耕介早晚会被'自杀'，尸体旁边还会摆一封用他的电脑写的遗书。"

漂亮。原井深感佩服。

他同时输给了凶手和榊原，只好自嘲了事。

"对了，耕介有件事想拜托两位。"

不知榊原有否察觉原井的想法，他在此打住话头，恭敬地朝他们低下头。

"来警局拜访之前，我跟鹰尾耕介认真谈了谈。他已经决定自首，现在肯定做好了随时露面的准备。他觉得自己杀害了父母。事实也的确如此，他把父母推下楼梯，而他们摔断颈椎死亡了。不过，我觉得这里有个问题：他是不是真的有杀意？在愤怒地推倒父母的瞬间，他有想杀他们，或者觉得他们死了也无所谓的明确意识吗？我不能确定。

"摔下楼梯不一定会死，更多时候是撞伤或骨折。如果他有杀意，这个方法实在不可靠。关于这一点，我觉得他本人也不太清楚。毕竟，人类并不总是在明确意识的指挥下行动的。因此，他的行为是杀人还是伤害致死，我觉得应该慎重判断。"

"简单地说，他自首的条件就是把'杀人'变成'伤害致死'，对吧？"

原井确认道。

说实话，原井不喜欢说话说得太露骨。就算不说出口，大多数事情也能心领神会。不过，有些时候不说清楚也不行。

就算事实同样是死了人，故意杀人和施暴致死的罪名不同，刑罚轻重自然也不同。杀人的法定刑是死刑、无期徒刑或五年以上有期徒刑；伤害致死则是三年以上有期徒刑，不会判死刑，也不会判无期。

全面协助搜查的交换条件是略微减轻当事人罪责。日本虽然没有司法交易制度，事实上却在做交易。

然而，榊原摇了摇头。

"不，耕介自己什么都没说。他不怎么熟悉法律。他唯一的期望，就是让企图陷害他的卑鄙之徒受到制裁。所以，我不是想让你们做交易，只是希望你们认真听他说话，正确理解他的本意。如果这之后依旧判定他有杀意，那也是没办法的事。不过，我希望你们不要一味地责骂他，不要强逼他承认自己有杀意。"

原井像看外星人一样看着他。

4

"喂，津津井。我问你啊，你觉得榊原这人怎么样？"

原井喝光纸杯里最后一口挂耳咖啡，提出了这样的问题。

"什么怎么样……就挺厉害的啊？"

津津井看着掌心里的手机，头也不抬地回答。

"这我倒不否定。"

原井捏扁了纸杯。

杯子被他扔向垃圾桶，却撞到桶沿，落往地面，溅出两三滴喝剩的茶色液体。

津津井瞥了一眼，狠狠皱起眉头，而原井决定无视他。

"他那么喜欢警察游戏，怎么会主动辞职？我简直想不通。"

"肯定是出事了，没办法才辞的吧？"

"据我所知，没这回事。他突然就递了辞职信，把其他人吓了一跳。"

"是吗……先不说这个，我们以后怎么办？"

夜已经深了。

这天过得非常漫长。榊原离开之后，已经过了两小时。

这段时间内，他们向盐尻汇报了情况，并且交换了有关今后方针的意见。事件横跨三个警察署的管辖范围，还和检察院有所牵扯，他们不能轻举妄动。对此，大家都表示同意。

原井靠向椅背，闭上双眼，开始慢慢回忆和榊原的对话。

"我明白榊原先生的意思。我们也打算迅速处理，问题是证据不足。"

听见原井的结论，榊原用力地点了点头。

"您说得对。"

"就算他们没能伪造不在场证明，这也只是状况证据，不能直接证明罪行。弘毅和晴菜的供述里存在重大谎言，会对优子被杀案产生各种影响。不过，他们在谎言背后还做了什么？如果揪不住他们的狐狸尾巴，强志被杀案就不会有进展。就算硬把他们抓来，也只会给律师制造在法庭上的口实而已。"

"您说得对。"

榊原重复着这句话。

"没错，证据，要证据啊。如果这是电视剧，只要识破不在场证明的伪装工作，警察就能顺利结案了。"

津津井自言自语地念叨。

"警察这玩意儿，毕竟是受法律和上级束缚的啊。我们虽然擅长搜查这种定式工作，却对变化球束手无策。榊原先生，您会去当私家侦探，也是因为警察很没用吧？"

原井这话明显很讨嫌，榊原却答得很认真。

"不，警察的组织力超乎寻常，无人能及。如果警察认真起来，那不管凶手还是私家侦探，都不能跟你们的头脑、经验和情报收集能力相抗衡。不过，有些事情，也确实是民众才做得到。说实话，我就是想跟您聊聊这个。"

榊原微微一笑。

转瞬之间，他锐利的眼神就消失在亲切的表情里。

原井觉得，自己见识到了榊原的一件武器。

平成二十二年[1]五月十六日，星期天。刚到下午两点，八王子圣路易宫 308 号房的门铃就响了起来。有客人来了。

映在监视器上的是个女人。她大约三十岁，一头短发，五官深邃。

"我是富坂。"

她语气利落，应该是个职场女性。

"请进。"

麻贵懒洋洋地回答，开了楼门的锁。

女人不久就出现了。她走进房门，瞥了麻贵一眼，脸上显有轻视之情。

"你就是麻贵小姐？"

声音里透着从容。

"是啊。"

麻贵则不掩反感。

"我是晴菜。多指教了。谢谢你寄信给我。"

她一边说，一边估价似的在入口四处打量。

"过来吧。"

1　2010年。——译者注

麻贵带她走进客厅。客厅里站着个男人。

"这位是？"

晴菜目露怀疑。

"他是榊原先生……是我的熟人。我很笨，所以请他来帮我。我自己可斗不过你。"

麻贵介绍道。

榊原没有开口，用眼神行了一礼。

晴菜似乎想说什么。

"两位，别站着，坐下吧？"

在麻贵的催促下，她坐了下来。

与其为无聊之事僵持，还不如早点进入主题。她可能是这样判断的。

"不好意思，我就不说什么吊唁的话了。"她自说自话地发出宣言，面对面盯着麻贵，"雄哉摔死了是很可怜，但我跟他完全没来往，不想装模作样地在佛龛前拜他。我不要什么遗物，你按照法律把东西分给我，我就不会多嘴。放心吧。对了，遗产有目录吗？"

她的语气像在挑战麻贵。

与此同时，她也在试探她，想看看这个乍看愚蠢弱小的嫂子究竟有多大的本事。

"怎么可能有。他的遗产可没多到能做成目录。"

麻贵还是一副随随便便的样子。她似乎无意接受晴菜的挑战。

晴菜双肩猛地一抖。

"胡扯！怎么可能？你专门叫我过来，不就是要说分遗产的事吗？"

"是真的。除开这套公寓，遗物全是衣服和身边的小东西。不过，再少也是遗物，我听说必须分给兄弟姐妹。"

"开什么玩笑！你觉得这种话有人信吗？有存款吧？银行的存款。"

晴菜发起了挑战。

她涂着鲜红口红的大嘴仿佛锦鲤。

"才没什么存款呢。你以为雄哉是干什么的啊？"

麻贵始终佯装不知。

基本上，她的确是什么都不知道。

听见这个回答，晴菜脸色一变，却又突然露出了大胆的微笑。

"我说你啊，别跟我装蒜了。"

敌人撒谎撒得太过敷衍，她反而从容了起来。

"这套公寓是三月刚买的吧？这个地段的新房，再怎么都得要四千万吧？但雄哉根本没贷款，用现钱一次性付了全款。所以这房子上没有抵押。只要查查不动产登记簿副本，这种事是很容易知道的。他究竟哪来的那么多钱？"

她直视麻贵，窥探着她的反应。

"也对，有钱也不一定存在银行，可能买了股票或黄金。毕竟雄哉很会钱生钱。不过，我已经知道他有三亿日元了。三亿，三亿啊！你要是觉得自己能藏住，那就大错特错了。"

然而，麻贵丝毫不为所动。

"什么三亿？"

她平静地反问。

晴菜盯着眼前的女人。她不想应付这种显而易见的装傻。这是雷厉风行之人特有的焦躁。

"你也真够倔的。就非得我来说吗？那我就说给你听。去年八月，雄哉中了三亿日元的暑假大彩票。他们消暑会抽签的奖品是彩票，明明不是自己买的，他却交好运中了奖。怎么样，吃惊吗？应该不吧。你也是因为这个才跟他结婚的吧？"

她悠然地微笑。

"不过，第一时间辞职虽然很好，但他却被告上法庭，被同居人逼着登记，最后还死了。真是倒霉啊。难道用光运气所以遭天谴了？真蠢。"

"你说你跟雄哉完全没来往，知道得倒还挺多啊？难道是看了《丑闻周刊》？那么低俗的杂志，真亏你看得下去。"

"哎哟，装完傻又开始装聪明了？麻烦你别小看我。我老公是收集情报的专家。你给我寄信之前，我已经知道雄哉搬到这里跟你结了婚，之后没过多久就死了。七七都过了你还没动静，我正想主动找你呢。这下你懂了吧？就算勉强赶在他死前登了记，你也没法独占三亿日元。"

看见麻贵无从反驳的样子，晴菜似乎高兴了起来。

她慢慢坐回沙发，跷起二郎腿，卖弄地伸出模特般修长紧实的

小腿。

麻贵回过头。

她视线前方是榊原。

"你调查得真详细。"

刚才，榊原坐在离她们略有段距离的藤凳上，一直没有说话。这时，他终于开口发言了。

晴菜满脸惊讶地看向他，好像已经忘记他的存在了。

"要打胜仗就必须了解敌人，充分调查是很重要的。不过，调查伴随着留下自己痕迹的风险，也可能导致失败。"

"干吗啊你？！"晴菜变了脸色，"就是你在给这女人出主意？"意外的发展似乎让她有些慌乱。

榊原并未回答问题，而是慢慢开始讲话：

"不管是偶然看到了《丑闻周刊》，还是有别的情报源，总之你们两夫妻知道了堀之渊的三亿日元骚动，对雄哉的幸运羡慕不已。这部分就不多说了。《丑闻周刊》没有报道雄哉的真名，但正如你所说，你丈夫是个收集情报的专家，就算发现被告 K 是雄哉也不奇怪。

"不过，雄哉还很年轻。虽然有哮喘的老毛病，但他并没有卧病在床，过得很健康。谁也想不到他不久就会猝死。那么，为什么你们两夫妻会逐一调查他今年三月买新房搬家的事，他和这位麻贵小姐结婚的事，甚至他在四月三日过世的事？我只能认为，出于某种理由，你们知道雄哉早晚会丧命。"

"这……"晴菜踌躇了一瞬，"我们就只是查了查。听说哥哥中了三亿日元，谁都会想知道他是不是还单身吧？结果我们查到他四月三日死了，吓了一跳，然后才认真调查的。不行吗？"

榊原沉默不语，锐利地凝视着晴菜。

晴菜移开了视线。

"你已经明白了吧？找借口是没用的。"榊原慢慢开口，"不管户籍副本、居民卡还是登记簿副本，谁在什么时候要了几份证明，市政府和法务局都有记录。虽然我们平民申请也得不到回应，但警察调查记录就很容易。被害人遇袭到死亡这段时间，如果有人查了好几次户籍副本，那也难怪这人会被怀疑涉案吧？"

晴菜变了脸色。

"你是律师？"

"不是。"

榊原简短地回答。

他似乎不打算说更多。

"你老公因为杀人被警察抓了吧？"

听着两人的对话，麻贵开了口。

"用花瓶砸雄哉姐姐的头，把她杀死了对吧？"

"什么杀……那是正当防卫。"

晴菜的回答是说给榊原听的。

听语气，她已经发现榊原不只是晴菜的普通熟人了。

"因为一开始有那种报道，所以我老公被误会了。先动手的是我姐。她以为弘毅是我姐夫，想捅死他。我没说谎。这件事，警察也是认同的。"

榊原没说话，只是盯着她看。

回话的是麻贵。她越来越激动。

"是吗？你老公不可能杀人对吧？因为，雄哉姐姐被杀的时候，他根本就不在碑文谷。"

晴菜脸颊一抽。

"当时你老公在哪儿干什么？我告诉你吧？他在西多摩平安陵园雄哉妈妈的坟前，砸碎了我男朋友的脑袋！"

麻贵"嗖"地起立，走到晴菜旁边。

"你看！这是我男朋友……被你老公杀掉的福分。"

不知何时，麻贵拿起了手机。

一滴眼泪滑过脸颊，但她无意去擦。

晴菜瞥了瞥塞到自己鼻子底下的手机屏幕，瞬间瞪大了双眼。

"这是谁？"

她似乎是看到了出乎意料的东西，声音很低，反映出内心的不安。

"我刚说过了，是福分。"

"可是，这不是雄哉吧？"

"不是。我说过了啊。这是刚做完手术的时候，这张也是……这是第二天。缠了这么多绷带，插了这么多管子，到最后都没醒过来……你看，这张也是，还有这张。"

麻贵一边扑簌扑簌地掉着眼泪，一边不停切换照片。

晴菜一直盯着屏幕。

"这下你明白了吧？什么情报收集的专家啊。你老公以为福分是雄哉，把他杀掉了。"

"那雄哉呢？雄哉在哪儿？"

晴菜大叫。

她的声音因恐惧而僵硬，她匆匆打量着四周。

"雄哉已经不在了。"

麻贵瞟了阳台一眼，如此答道。

她的语气很轻快，表情却阴暗沉重。

晴菜随她移动视线。看到阳台角落的特大运载车时，她无声地惨叫起来。

她应该确实明白雄哉发生了什么。她右手勉强支撑住后仰的身体，左手捂住嘴巴，然后突然从沙发上蹦起来，快步走向通往入口的门。她晃动着自己的大个子，眼看就要握住门把手了。

然而，麻贵比她动作更快。她迅速追上晴菜，左手抓住她的肩膀，右手拽住她的头发。晴菜呀啊惨叫，猛烈地摇着头。

她们眼看就要打起来了。

"住手。"

榊原制止了她们。

"你们在公寓里闹，是想让邻居打 110 吗？"

他的声音并不大，却很是威严。

女人们瞬间就不动了。榊原从她们身边穿过，走到门边。他回过头来，眼神中居然带有笑意。

"另一位客人好像到了。让他进来，听听他怎么说吧。"

"别站在那儿，进来吧。已经开始了。"

榊原打开门。

于是，不知何时来到这个家的鹰尾耕介慢慢走进了客厅。他戴着黑色的巨人队棒球帽，抱着个比小号邮政箱略大一些的纸箱。

"……"

晴菜半张着嘴，一句话也不说。

"哎呀，之前真是谢谢你了。"

耕介朝她轻轻一点头。

"你出了那么多血，结果还活着啊。"

"我不认识这人。"

晴菜嘀咕。

这句话不知是说给谁听的。她刚才的威风已经无影无踪。

"那就怪了。你不可能忘记我啊？你不是在我胳膊上打了药吗？啊，对了。我头发要比那时候长一点了。"

他"嗖"地用单手摘下棒球帽，露出满头三四厘米长的头发。他的头发粗硬笔直，就像刺猬一样。

"居然在自己不知道的时候捅了个女人，我当时可急坏了。"

耕介语气郑重，眼神却很呆滞。

晴菜微微颤抖，浑身写满惊愕和恐惧。

不过，想必是榊原刚才的话奏了效，她并未惨叫，而是向玄关大门冲去。

麻贵从后面扯住她夹克的后领，与此同时，耕介挡在了她前方。

"放手！"

晴菜粗暴地打开麻贵的手。

但她已经逃不掉了。她好像理解了情况，转身看着榊原。

"坐回去吧。"

榊原抬起下巴，指着沙发。

"你们想对我做什么？"

晴菜或许是有所觉悟，声音意外地冷静。

"我们不打算动粗，只是想跟你聊聊。"

榊原回答。他的声音很沉稳。

这话可能让晴菜安下了心。她哼地一笑，看得出是突然放松了。

"干掉雄哉拿走三亿日元！你们也是这么想的吧。你男朋友居然是冒充的雄哉，这是我们失策。如果知道这件事，弘毅也不会袭击他……不过，真是吓了我一跳，没想到耕介哥也是一伙的。"

她双手拢着刚刚在争斗中乱掉的短发。

"嗯，就这样聊吧。你挺好说话的。"

话虽如此，榊原的声音却很低沉。

"听你刚才说的话，我明白了三件事。第一，你见过耕介；第二，你丈夫弘毅想杀害雄哉，结果失误杀了替身；第三，既然杀死优子女士的不是弘毅，那就是你了。因此，我当然可以得出结论，认为正当防卫完全是编出来的。"

哪怕榊原指出了真相，晴菜的脸色依然没变。

"那又怎么样？"

不愧是衣更月辰夫的女儿，真有胆量。明白周围都是同类后，她似乎完全恢复了从容。

"那可不是陌生人啊。居然用花瓶砸亲姐姐的脑袋，你怎么下得了手？"

麻贵声音颤抖。

"徒有血缘关系的兄弟姐妹比陌生人更糟。你就是不知道这一点，才能说得这么天真。"

晴菜吐出这句话。

"我爸死的时候，优子和雄哉有多欺负我和我妈，你们知道吗？被媒体追着吃苦头的，只有姓衣更月的我妈和我。他们那会儿一副外人的样子，等要分遗产了，立刻就厚着脸皮说自己才是长女长子……我当时还在读高中，不能上法庭。但优子说，三个孩子的继承份额明明相同，她妈却死了，妈妈的份额一分也不归她，全成了我的。她嚷嚷说这不公平，把调解委员拉到了她那边。

"再加上有奈津子这女人出主意，雄哉搞了一些假的鉴定书，说我爸留下的美术品收藏很值钱。我妈完全被骗了。他们抢走了所有存款和股票，我和我妈继承了所有废品。实际一卖，连鉴定价格的五分之一都没有。我爸生前到处说自己的收藏以后会涨到天价，我妈就这么被骗了。要不就是我爸白当了美术评论家，被卖旧货的骗了。

"优子也不是什么好东西。她钓了个公司老板，傲得不行，结果等生不出孩子老公不要她了，就想起让我安慰她了，自私也要有个度啊。"

"所以你把她杀了？"

麻贵的声音近乎惨叫。

晴菜瞪了她一眼。憎恶的蓝色火焰在她周身袅袅升腾。

"蠢货，别那么大声。刚才不是警告过你了吗？而且，你明明也杀了雄哉。"

"不，她没做过那种事。"

榊原代麻贵答道。

晴菜皱起眉头。

"但雄哉是死了吧？"

"嗯。"

"总不会是自然死亡吧？"

"没错，就是自然死亡。他……"

"少装了。"

晴菜打断榊原。

但她声音依旧不大。她直直地看向阳台一角。

"是，下手的可能是她男朋友，但你们别想蒙我。我知道了，那辆车里面藏着尸体吧？是要分完尸埋到山里？总而言之，我们都是一丘之貉。耕介哥看着懦弱，其实也意外地胆大。不愧是杀过父母的人啊。"

麻贵倒吸一口凉气，战战兢兢地偷看耕介的脸。

耕介微微低下头。

"耕介父母的事，你是听谁说的？"

"S组一个叫利根的小弟。他有段时间经常跟弘毅一起玩。不过，这种事根本无所谓吧。"

她一脸畅快。

"不说这个了。难得雄哉的三个继承人都到齐了，我们还是聊正事吧。既然到了这个地步，我们就别再抓彼此的把柄，干脆分成三份怎么样？我们三个有一个被抓就玩完了，现在不是亲戚吵架的时候吧？如果麻贵没地方住，这套公寓可以给你。剩下的钱就我们三个分吧。"

晴菜干劲十足。

"我想先问你个问题。"

耕介打断她。

坚毅的表情述说着他的决心。

"你躺在厨房地板上的时候，肚子下的血是买来的血浆吗？当时有点暗，我看得不太清楚。不过，我手套上的绝对是真血。那是谁的血？"

"对了，你怎么处理手套的？"

晴菜不答反问。

语气很随意。

"当然丢掉了。留着那种东西，会被当成凶手的。"

耕介不悦地回答。

晴菜好像对这个回答很满意。她嘴角浮现出微笑。

"你为什么会用自己的血？"

这次提问的是榊原。

晴菜没说话。

榊原慢慢开口。

"在事先定好的严谨犯罪计划中加入即兴念头，这是失败的根源。今后还是注意一点比较好。你在现场突然发现，耕介手套上一滴血都没有。如果捅人捅得能让尸体下面流那么一大摊血，握刀的手套不可能还是白色的。不过，因为一闻就知道不是真血，你也不能用买来的血浆敷衍。难得备好了舞台装置，这样可吓不住耕介。不仅如此，最坏的情况下，他还可能匿名报警。没办法，你只能用自己的血。"

晴菜眼中闪烁着妖艳的光芒。

不过，她嘴角依旧留有从容。

"不好意思，你完全猜错了。"

她露出洁白的牙齿。

"要我告诉你吗？那是动物的血，是老鼠血。我家没养猫，所以用捕鼠板粘了老鼠。它叫得很烦，我砍了它的脑袋，把血装在容器里带过去了。"

呕。一个异样的声音响起来。是麻贵。

榊原和耕介却一动不动，只顾凝视着晴菜。

"而且，我根本就没受伤啊。别想瞎蒙引我上钩。"

晴菜斩钉截铁地宣告，然后侧过了身体。这个姿势既自信又虚张声势，是在挑战他们。

"不是瞎蒙。"

榊原回答。

他稳重的语气和晴菜形成了对比。

"毋庸置疑，那是人类女性的血，而且是只在每月特定日子排出的血。那天刚好是那个特定的日子。听说，你杀掉优子后肚子痛了起来。那应该是痛经。如果肠胃不舒服，你不会吃比萨。你突然需要准备血液，于是利用了自己这份好运。"

然而，晴菜不躲不避，平静地用一双大眼看着榊原。

"我不太明白你的意思。就算是那样又如何？"

"至少能证明你做了奇怪的伪装工作。扮尸体不算犯罪，但警察当然会问你为什么这么做。"

"可是很不巧，证据手套已经扔掉了吧？"

晴菜露出妩媚的微笑。

"地板和门把手也擦干净了，绝对查不出那是谁的血。连证据都没有，讲道理又有什么意义啊。"

"你真觉得没证据吗？"

榊原回以微微一笑。

"有时候，预料外的东西会成为决定性证据。"

晴菜皱起眉头。

她探究似的盯着榊原。

"你究竟是什么人？又不是警察，说什么证据不证据的啊。我们自家人杀来杀去，跟你有什么关系？"

她的语气很大胆，却隐含着不安。

"我是私家侦探。死在你丈夫手上的棚田强志的家人委托我，让我寻找强志的下落。"

榊原的声音没有明显变化。

"我个人并不关心衣更月家的三个孩子会怎样。不过，我有义务向委托人汇报强志遇到的事，所以避不开这个问题。当然，我的委托人希望杀害强志的凶手能受到惩罚。"

在此一瞬，晴菜止住了呼吸。

"你们在想什么啊！看不出这个男人想跟警察告密吗？"

晴菜的声音响彻客厅。

她站起来，凶神恶煞地逼近麻贵和耕介。

"别愣着，说话！"

然而，麻贵和耕介都只是冷冷地回视她。

"这……难道是圈套？"

她好像终于发现了，提问的声音小得像在嘀咕。

刚才的凶猛气势完全消失，话说到最后，她的声音微微发抖。她飞快地扫视周围，但并没有往门口跑。

终于，她虚脱似的又坐回沙发。

"先说一声，我拿了你的鞋。"

耕介站着没坐，把纸箱放到桌上。

"我在门口放了双一样的新鞋。你穿那双回去吧。"

耕介打开箱子，里面是一双黑色的浅口女鞋——好像是晴菜穿来的旧鞋。就女鞋来说，尺码有些大。

"这什么东西？"

麻贵怪叫一声，耕介微微一笑。

"是银座金井的女鞋。"

榊原解说道。

"金井是家有名的鞋店，对吗？"

麻贵点点头。

"我是没买过啦。又贵，又是给老阿姨穿的。"

她边说边瞟了晴菜一眼。

晴菜脸色苍白地看着正前方。

榊原从箱子里拿出一只鞋，举在手上翻了个面。

"你看看鞋底。瞧，是不是能看见'KANAI''GINZA''24.5'的刻印？'24.5'是鞋码，在女鞋里好像算大的。还有，不踩地的部分有张'SI 38401 VG'的贴纸对吧？这是商品编号。只要跟店员说这个编号，他们马上就能查出是哪款鞋。"

麻贵频频点头。晴菜微露惊讶之色，但还是保持着沉默。

她好像是决定不随便说话了。

"鞋底就在我眼前，不想看也看到了。"耕介继续说，"我很擅长记数字的。"

"耕介记忆力确实好。跟银座金井的店员说了商品编号之后，他们马上就找出了相同款式的鞋。看完照片之后，负责人说他记得你。因为这个码卖光了，他帮你调过货，所以对你有印象。嗯，可能也因为你是个美人。"榊原再次接过话，"当然，银座金井顾客很多，有同款同码鞋的女性应该也不止你一个。不过，如果你穿的鞋和耕介那时看到的一模一样，我实在不觉得是巧合，只能说那具尸体很可能是你。这还不是全部。这双鞋鞋跟和脚尖之间有防滑的波浪形沟槽对吧？这里沾着细土，肉眼也能看见对吧？分析成分的话，它和大田区那栋独屋里的土一定有共同点。"

沉默蔓延。

耕介和麻贵都凝神屏息地看着晴菜。

晴菜正高傲地抬着脸瞪视虚空。可能是死心了，她笑了出来。

"真傻啊我。明明有那么多双鞋，居然穿着同一双来了。"

"不，这不是问题。结果都是一样的。"榊原平静地摇摇头，"只要警察出手，你家的东西就会全部被扣押搜查。找到这双鞋只是时间问题。

"教你一个有用的知识吧。完美犯罪的奥秘，在于完美隐藏犯罪的存在。犯罪不存在，警察就不会行动。真正聪明的凶手，是不会跟警察比输赢的。

"所以，完美犯罪绝对不会让人看见。如果完美犯罪出了名，那就已经失败了。就算案子成了无头案，凶手之后的行动也会大幅受限。骗警察的时候，你们的失败已成定局。"

晴菜恢复了冷静，看起来美得惊人。

"喂，我能问个问题吗？"她问榊原，"我实在不能理解，他们俩究竟在这儿干吗？总不会是被催眠了吧？"

"我都说我没杀雄哉了！"

麻贵大叫。

"那你呢？"

晴菜无视了她，抬头看着耕介。

"你不怕被警察抓吗？"

她面前没有什么一心想复仇、为胜利兴奋不已的男人，只站着一个疲劳而悲伤的中年男子。

"你就那么想要钱吗？"

耕介问。

谈话再也没有继续。

原井从监视器屏幕上移开视线，大叹了一口气。他一边扭动脖子，一边跟旁边的津津井搭话。

"我说，晴菜这女人就那么漂亮吗？"

"漂亮啊。警部，你没认真看吗？"

津津井一边从口袋里掏出手机，一边如此回答。

"话说回来，真精彩啊。"

一副刚看完电视剧似的语气。

"不过，比赛现在才开始。别大意。证言很容易就会翻盘，必须举出更多物证。"

"对了，弘毅和晴菜谁才是主犯啊？"

"当然是老婆啊！晴菜一击就要了被害人的命，弘毅却出了差错。水平差得太远了。女人真可怕啊。"

胡言乱语的同时，原井脑海中浮现出榊原的身影。榊原不仅没骂晴菜，甚至一句大声的话都没说，就这样把她逼到了绝境。

仿佛看透了他的内心，津津井悄声说："对了，警部，照我媳妇儿打探的消息，榊原先生是被他太太抛弃的。他会不会是打击太大才离职的啊。"

可能是，也可能不是。

"不是，只是因为不适合。"

他想起来，问到离职的理由时，榊原是这么回答的。

下次好好跟榊原聊聊吧。

原井下了决心。

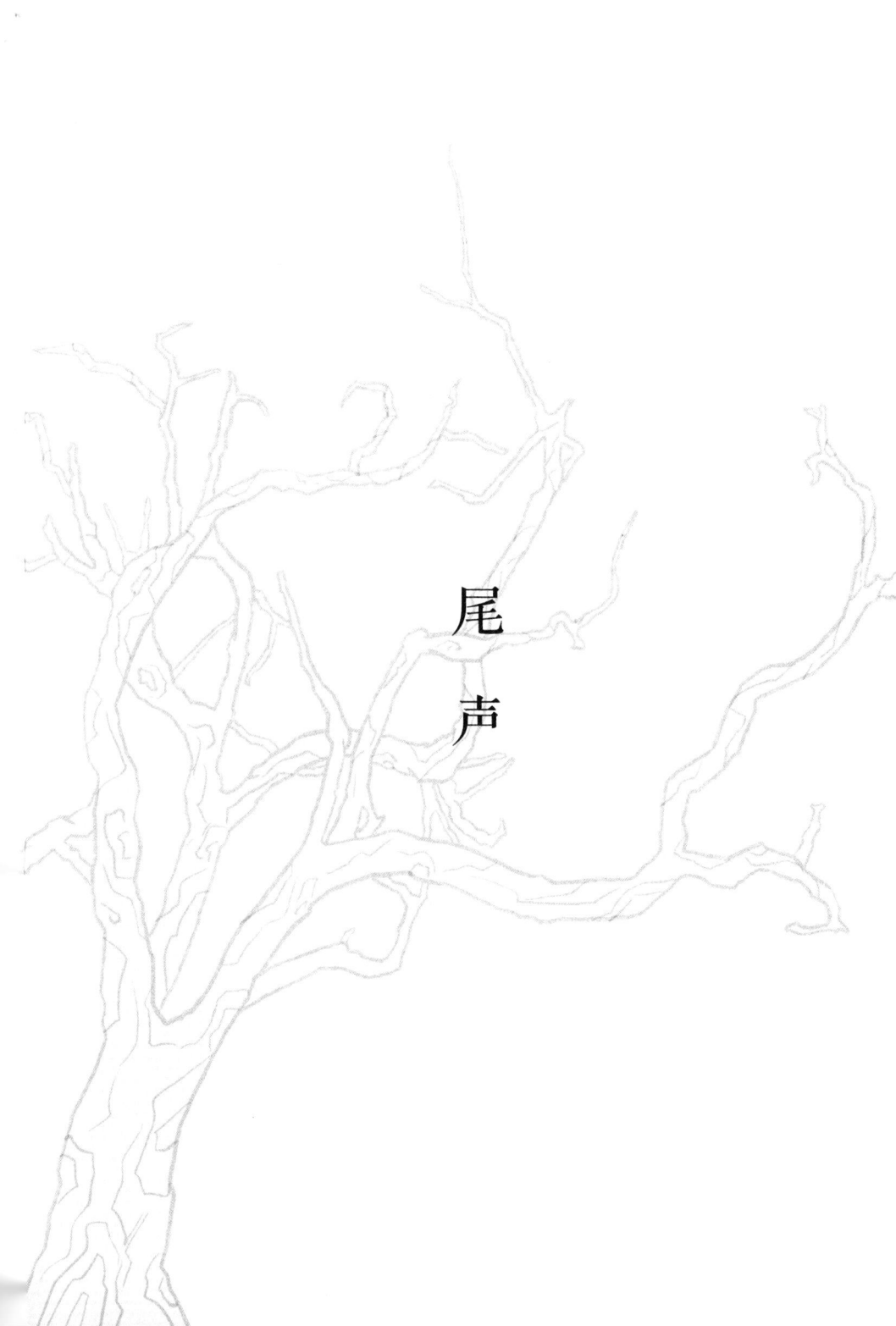

尾
声

平成二十二年¹五月二十一日，三个男人又在警视厅办公楼深处的房间里相对而坐。这个单调的密闭空间连扇窗户都没有，却流淌着明朗祥和的气氛。

"当场让晴菜协助调查录口供果然是对的。那么顽固的女人，痛痛快快就招了。所以我们才能马上逮捕她。哎呀，真是全靠榊原先生帮忙。"

原井低头致谢。

"可靠的老婆全交代了，老公想抵抗也抵抗不了。不过，弘毅逃亡时用来联系的预付费手机也是个致命的疏忽，他落网只是时间问题。"

"晴菜电脑里塞满了资料，又是西多摩平安陵园的主页，又是大田区空房附近的地图，又是舞台小道具和兴奋剂相关的维基百科，这些东西也很有用吧？晴菜这家伙，以为把老公说成跟踪狂就一定能摆脱自己的嫌疑。太小看我们了。"

津津井比平时话更多。

榊原恭谨地点了点头。

"对了对了，我们让Ｓ组的利根也录了口供。榊原先生，跟你推

1　2010年。——译者注

测的一样。和利根喝酒的时候，弘毅说过自己老婆是衣更月辰夫的女儿，然后他们就聊到辰夫的第二任妻子被儿子杀了。"

"这样啊。"

榊原的话很短。

找到凶手之后，侦探的工作就结束了。之后只要警方和检方按程序办事就行。不过，意气风发的搜查官们并未发现榊原的变化。

"对了，榊原先生。你居然能发现手套上的血是经血，简直是神一样的推理啊。晴菜当时确实说她肚子痛，但我们毕竟是男人，实在想不到那方面去。虽然的确是没别的证据，但举出这个一定让晴菜很震惊吧。毕竟一说到这个她就傻了。"

"不，那完全不是推理。"听了津津井的话，榊原面露苦笑，"经血是和脱落的子宫内膜一起排到体外的。只要进行鉴定，很容易就能发现和普通血液不同。不用找科搜研，民间的鉴定机构就够了。鉴定的结果，手套上的血就是人类女性的经血。"

"但是，榊原先生……"原井不禁提高音量，"耕介不是把那双手套扔了吗？"

"是的。不过……"

榊原从肩包里取出一个装着黑色物体的塑料袋，递到原井眼前。

里面是一顶巨人队的棒球帽。

"这是三月二十二日早晨，耕介在那栋空房里醒来时戴的帽子。他躺在厨房地板上，下意识地用戴着手套的手摸了头，然后发现自己还戴棒球帽。黑帽子看不太出来，不过，手套上的血当时沾在这上面了。"

对哑口无言的原井作完说明后，榊原深深鞠了一躬。

"这就当作证据交给你们了。很抱歉一直没说出来，但在今天这样确认搜查进度之前，我必须留张底牌。我绝不是怀疑各位的诚意。只不过，搜查当局已经起诉的案子很难翻案。警察有自己的面子，并且不能违抗检方的意向。而就算警察放弃，我也有义务找出杀害棚田强志的凶手。"

不知何时，榊原手里多了个装着几根茶色头发的小塑料袋。

"这个也顺便给你们。不过，晴菜已经被捕，它可能没用了。"

这是什么？原井用眼神询问。

"是木村麻贵那天拼命从晴菜头上扯下来的头发。为了抓住证据，她也用她的方式努力过了。"

在原井面前，榊原初次露出了温柔的微笑。

主要参考文献

娜塔莉·安洁：《女性身体的奥秘》，中村桂子、桃井绿美子译，综合社，2005年.

堤治：《受孕、不孕治疗和得子》，朝日出版社，2004年.

图书在版编目（CIP）数据

衣更月一族 /（日）深木章子著；杜星宇译 . -- 北
京：台海出版社，2021.5
ISBN 978-7-5168-2850-2

Ⅰ.①衣… Ⅱ.①深… ②杜… Ⅲ.①推理小说－日
本－现代 Ⅳ.① I313.45

中国版本图书馆 CIP 数据核字 (2020) 第 246204 号

版权合同登记号　图字：01-2020-7050

衣更月一族

著　　者：[日]深木章子	译　　者：杜星宇

出 版 人：蔡　旭	封面设计：李宗男
责任编辑：员晓博	

出版发行：台海出版社

地　　址：北京市东城区景山东街 20 号	邮政编码：100009

电　　话：010-64041652（发行、邮购）

传　　真：010-84045799（总编室）

网　　址：www.taimeng.org.cn/thcbs/default.htm

E - mail：thcbs@126.com

经　　销：全国各地新华书店

印　　刷：北京盛通印刷股份有限公司

本书如有破损、缺页、装订错误，请与本社联系调换

开　　本：880 毫米 ×1230 毫米	1/32		
字　　数：192 千字	印　　张：9.5		
版　　次：2021 年 5 月第 1 版	印　　次：2021 年 5 月第 1 次印刷		
书　　号：ISBN 978-7-5168-2850-2			

定　　价：56.00 元

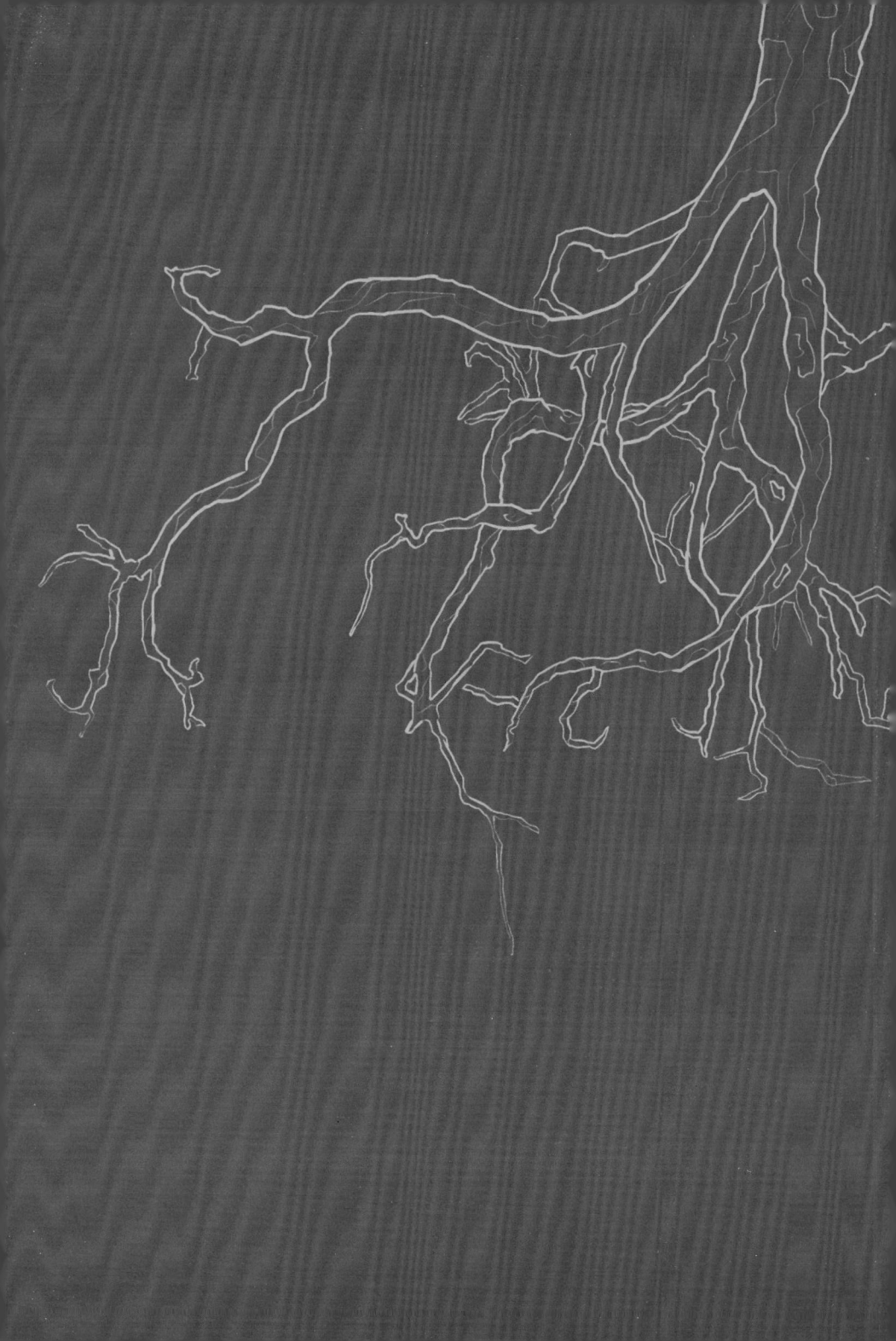